Natalie Peracha

Planeten der Nacht

Im Sturm der Schatten

Brighton Verlag® GmbH

1. Auflage Framersheim Juni 2018

Geschäftsführende Gesellschafterin: Sonja Heckmann
Zuständiges Handelsregister: Amtsgericht Mainz
HRB-Nummer: 47526
Mitglied des Deutschen Börsenvereins: Verkehrsnummer 14567
Mitglied der GLS Gemeinschaftsbank eG Bochum.
Mitgliedsnummer: 58337
Genossenschaftsregister Nr. 224, Amtsgericht Bochum
www.brightonverlag.com
info@brightonverlag. com

Covergestaltung: TomJay - bookcover4everyone / www.tomjay.de
unter Verwendung von Illustrationen von ©Lukiyanova Natalia
frenta/Shutterstock.com und ©Pakmor/Shutterstock.com

Satz: Ernst Trümpelmann

ISBN 978-3-95876-549-8

Prolog

In einer Zeit, bevor die Menschen auf der Erde herrschten, kreisten in dem Sonnensystem, das wir heute so gut kennen, nicht nur acht Planeten, sondern zehn.

Die Erde war nicht der einzige Planet, der Lebewesen beherbergte, denn es gab noch zwei andere, die mit ihr in einer Verbindung standen.

Ihre Namen waren Faraley und Dragonier.

Beide Planeten waren bereits weit entwickelt und besaßen menschenähnliche Lebensformen. Auf Dragonier lebten die Anemanier, menschenähnliche Lebewesen, die sich in ihre Seelentiere verwandeln konnten und eine Macht besaßen, die sie nutzten, um sich und ihre Artgenossen zu beschützen.

Auf Faraley gab es die Tresalteses. Auch sie waren menschenähnliche Lebewesen, die mit ihren Seelentieren in einer Verbindung standen. Man nannte ihre Seelentiere Faeless. Sie waren die Beschützer der Tresalteses und begleiteten diese meist in der Form von Drachen durch ihr ganzes Leben.

Alle drei Planeten waren verbunden durch die Masiers; Portale, die einen zu einem der anderen Planeten transportieren konnten.

Sie standen in einer Dreier-Konstellation zueinander. Die Erde drehte sich um sich selbst und um die Sonne. Um die Erde herum drehte sich ihr Mond und regelte die Gezeiten. Doch von der Erde aus konnte man zu jeder Zeit Umrisse zweier gigantischer Planeten erkennen, die noch viel größer waren als die Erde selber.

Sie wanderten mit ihr Jahr für Jahr um die Sonne.

Faraley drehte sich in entgegengesetzter Richtung der Erde auch um sich selbst, Dragonier stand still. Doch Dragonier hatte die Eigenschaft, durch eine fluoreszenzähnliche Flüssigkeit im Innern selbst zu leuchten. Deshalb erhellten in der Nacht nicht nur die Sterne und der Mond die Erde, sondern auch Dragonier, der Planet, der durch sein Lichtspiel ein Muster in die Dunkelheit zeichnete, welches jeden, der es sah, in seinen Bann zu reißen schien.

Alle Jahre, wenn das Muster Dragoniers am hellsten leuchtete und die Sonne am höchsten stand, trafen sich die Einwohner Dragoniers und Faraleys auf der Erde, tauschte Neuigkeiten und Wissen aus und feierten ihr jährliches Fest.

Doch die Schönheit und der Frieden der drei Planeten sollten nicht lange halten, denn inmitten der drei Planeten braute sich eine Macht zusammen, die alles in Dunkelheit zu werfen drohte.

Die Tresalteses und die Anemanier spürten diese Dunkelheit und taten ihr Bestes, sie zu vernichten – doch diese Macht war zu groß. Die Erde wurde angegriffen und ihre Lebewesen, die zu der Zeit auf ihr wohnten, vernichtet.

Milliarden von Jahren später wurde dieser Angriff als Meteor identifiziert, der die große Zeit der Dinosaurier beendet hatte. Aber die Tresalteses und Anemanier wussten, was es wirklich war – und sie bekamen Angst.

Sie trafen sich auf Faraley. Wohlwissend, dass sie sich wohl das letzte Mal sehen würden, vereinbarten sie, die Planeten voneinander zu trennen und somit die Dunkelheit in ihrer Mitte zu zerstören. Durch die Kräfte der Einwohner beider Planeten konnten sie einen neuen Platz im Universum finden und ihr Leben fortsetzen.

Die Erde erholte sich wieder und neue Lebensformen entwickelten sich aus dem Ruin – bis schließlich die Menschen kamen, unwissend, dass die Erde nicht allein in dieser Welt stand.

Es schien alles in Ordnung zu sein und so lebten die Bewohner der Planeten weiter. Dabei wussten sie jedoch nicht, dass bei der Trennung der Planeten die Dunkelheit in drei Teile gerissen wurde und jeweils einer dieser Teile auf den drei Planeten verborgen lag.

Die Menschen auf der Erde nannten sie Nemesis, die Göttin der Zerstörung. Die Anemanier sprachen von dem allumschlingenden Schatten und die Tresalteses von der Finsternis. Diese Teile der Dunkelheit waren dafür zuständig, die Planeten wieder in ihre ursprüngliche Konstellation zu bringen. Ihretwegen kam es immer wieder zu der Öffnung von Portalen und Übergriffen von Dragonier und Faraley auf der Erde.

Es entstanden Mythen und Geschichten, Sagen und Märchen von Drachen und Einhörnern, von Hexen und Vampiren, von Göttern und Teufeln – und sie alle hatten ihren Ursprung in der Konstellation der drei Planeten.

Eine von diesen Geschichten sollte die Welt für immer verändern. Denn weit, weit weg von der Erde auf Dragonier wurde es langsam dunkel, die Sonne verblasste am Horizont und die Wärme versank mit ihr. Die Dunkelheit betrat den Himmel und die Sterne fingen bereits an mit dem Mond die Nacht zu beleuchten. Ein kühler Lufthauch strich sanft durch die Bäume und weiße Blüten rieselten wie Schnee auf das Gras. Die am Tag tropischen bunten Blumen verdunkelten sich und schaukelten im leichten Wind. Wie auch die Blumen wiegten sich die großen Bäume, die von langen Lianen umschlungen ihr prächtiges Blätterdach zum Himmel streckten. Mit der Nacht kam auch der Schatten.

Ein Mann in einem Metallanzug, gefolgt von seinen hasserfüllten Untertanen, durchwüstete die paradiesische Gegend.

„Wo ist sie? Wo ist das Mädchen? Ich will sie haben! Ich brauche sie!“, krächzte der Mann.

Sein totes Gefolge und er verließen den Dschungel und gingen auf einen Strand zu.

„Da ist sie, Sir“, sagte einer von den Schattenkriegern.

Das Mädchen stand am Strand, den Blick aufs Meer gerichtet. Auf ihrer Schulter hockte ein prächtiger Phönix mit im Mond schimmernden Federn. Zu ihrer Linken ruhte ein großes, elegantes, muskulöses Pferd mit seidig glänzendem Fell.

„Gut, schnappt sie euch!“, befahl der Mann.

Die Schattenkrieger teilten sich auf und kreisten das Mädchen ein. Der Mann im Metallanzug ging auf sie zu. Erst als er bei ihr war, drehte sie sich zu ihm hin. Während die Untertanen sich auf die Tiere stürzten, kam der Mann näher. Er wollte nach dem Mädchen greifen, doch dieses kam ihm zuvor und packte seinen Arm. Er reagierte blitzschnell und zog mit der anderen Hand ein gezacktes Schwert aus seinem Metallgürtel. Das Mädchen ließ sofort los und wich nach hinten aus, um nicht getroffen zu werden. Die Schattenkreatur donnerte das Schwert in den sandigen Boden statt in ihren Körper und schwankte durch den Aufprall. Gleich darauf schlug er abermals zu, doch auch dieses Mal war das Mädchen schneller und wich dem Schlag elegant aus. Um ihren grauen Faltenrock schlang sich ein silberner Metallgürtel wie ein Ring quer über ihre Hüfte, sodass der Verschluss an ihrem Oberschenkel baumelte. Der Anfang des Gürtels stellte einen Drachenkopf dar, mit einem kleinen Rubin als Auge. Am Ende wurde der Gürtel dünner und endete als kleine Spitze, die sich wiederum als Verschluss direkt hinter dem Kopf um den Hals schlängelte.

Die goldenen Augen des Mädchens funkelten vor Zorn – und plötzlich blitzte eine schwarze Drachensilhouette in ihnen auf. Ihre Hände wurden zu riesigen Klauen und ihre Zähne verwandelten sich in fünf Zentimeter lange, schneeweiße Waffen. Aus ihrem Rücken ragten bunte Stacheln hervor und riesige Schwingen breiteten sich aus. Ihr Körper war plötzlich von Schuppen übersäht und von der mädchenhaften Gestalt fehlte jede Spur. Als großer Drache bäumte sie sich vor dem Schatten auf. Der eben noch so hasserfüllte Mann trat zur Flucht an und hetzte unter dem Drachen hindurch ins Meer. Gefolgt vom wütenden Drachenweibchen rannte er immer weiter ins Wasser, bis er plötzlich in der Tiefe verschwand. Der bunte Drache kreiste über dem Wasser, Stille breitete sich aus.

Am Ufer standen die Schattenkrieger und die zwei Tiere des Mädchens, die gespannt darauf warteten, was nun passieren würde. Es schien so, als wäre der Mann nie da gewesen. Das blaue Meer glitzerte still in der Nacht, nur am Rand plätscherten kleine Wellen leise vor sich hin. An der Stelle, wo der Schattenmensch verschwunden war, bildete sich ein schwarzer Punkt, der immer größer wurde. Angestrengt schaute der bunte Drache den immer größer werdenden Fleck an. Plötzlich teilte sich das Wasser und heraus schnellte – gemeinsam mit dem Mann – ein anderer Drache, der sich um seinen Reiter schlängelte. Der Schattendrache sah aus wie eine mutierte, schwarze, riesengroße Kobra.

Der schöne Gürtel hing um den Hals des bunten Drachen und die Kobra fixierte ihn mit einem habsüchtigen Blick. Dann griff der Schattendrache den Hals an. Er hatte das andere Wesen fest im Griff, aber auch der bunte Drache schmiss seine Zähne in den Nacken des Gegners und drückte ihn mit den Klauen weg. Blut tropfte aus der Wunde am Hals, doch das Mädchen war fest davon überzeugt, diesen Kampf zu gewinnen. Genau diese Überzeugung spiegelte sich in ihren kampflustigen Augen wider und der schwarze Drache zuckte zurück. Diesen Moment nutzte der bunte Drache aus und stürzte sich mit der Kobra auf den Boden, während er sie an der Kehle festhielt. Die Riesenschlange keuchte und wickelte ihren Schwanz um den Bauch des Drachenweibchens, um auch ihr die Luft herauszupressen.

Der Schattenmann stand auf einer Klippe mit verschränkten Armen und schaute mit ernstem Blick auf das Getümmel, das sich unter ihm abspielte. Denn nicht nur die Drachen kämpften, sondern auch die Tiere hatten sich befreit und griffen nun die Schattenkrieger an. Das Pferd stürmte mit dem Kopf auf einen der Krieger zu und rammte ihn, dass er umfiel. Ein anderer Kämpfer nutzte diesen Moment und klammerte sich am Rücken des Pferdes fest. Dieses buckelte und trat um sich, doch als es merkte, dass das nichts brachte, warf es sich auf den Rücken und zerquetschte den Schattenkrieger. Dann stand es wieder auf und stieß ein kreischendes Wiehern aus. Der Phönix flatterte wild in der Luft und versuchte vergeblich, die Kette um seine Krallen zu lösen, aber der Schattenkrieger, der diese Kette geworfen hatte, zog so sehr daran, dass jeder Versuch, davon loszukommen, einen stechenden Schmerz verursachte.

Plötzlich knallten die beiden kämpfenden Drachen gegen den Krieger, der den Phönix mit der Kette festhielt. Der Krieger stieß einen schmerzerfüllten Schrei aus, der abrupt abbrach, als die beiden Drachen auf ihn stürzten. Das bunte Drachenweibchen spürte, wie die Knochen des Kriegers mit einem ekelhaften Knirschen brachen und das schwarze Blut, das aus seinem zerquetschten Kopf quoll, an ihren Schuppen kleben blieb.

Nachdem die Drachen von dem Krieger runtergerollt waren, verlor er seine Schatten und man erkannte den Anemanier, der von den Schatten verseucht gewesen war und eigentlich all das, was er gemacht hatte, gar nicht gewollt hatte. Bei dem Anblick des toten, unschuldigen Anemaniers wurde der bunte Drache noch wütender und krallte sich umso mehr in dem Schlangendrachen fest. Der Phönix wurde nach unten gezogen, als der Krieger unter dem mächtigen Drachen verschwand, und versuchte krampfhaft, seine aufgerissene Kralle von der Kette zu befreien. Die beiden Drachen rollten auf ihn zu und drohten ihn ebenfalls zu überollen. Er riss an der Kette, bis sie endlich abfiel und er sich in den Schutz der Bäume schleppen konnte. Er wollte schon fliehen, aber konnte seine kämpfenden Freunde nicht im Stich lassen. Also riss der Phönix sich zusammen, unterdrückte den brennenden Schmerz an seiner Klaue und hob ab in die Luft.

Als der Phönix über das Schlachtfeld zog, sah es so aus, als würden er und seine Freunde die Schlacht gewinnen. Doch dann ertönte ein schrilles und angsteinflößendes Kreischen aus dem Wald. Dem folgte noch eines und noch eines. Es klang wie der Tod persönlich und hallte noch lange nach. Der Phönix spürte, wie das Blut in seinen Kopf schoss und sein Herz anfing wild zu hämmern. Es wurden immer mehr Schreie. Diese Schreie lähmten seinen ganzen Körper und er fiel wie ein Stein auf den Boden, wo er sich vor Schmerz krümmte.

Das Pferd konnte von den Schreien nicht beeinflusst werden, aber es war ängstlich und schaute mit vor Entsetzen weit aufgerissenen Augen durch die Gegend. Das bunte Drachenweibchen jedoch erlitt die gleichen Schmerzen wie der Phönix und wurde von dem Kreischen niedergedrückt. Durch diese lähmenden Schreie war sie dazu gezwungen, sich zurückzuverwandeln – was der Schlangendrache ausnutzte, um seinen Schwanz um das Mädchen zu schlängeln, das nun schlaff dalag.

Aus dem Wald tauchten weitere Schattenkrieger auf, welche sich ohne Vorwarnung auf die drei Freunde stürzten, die teilweise bewusstlos auf dem Boden lagen, und fesselten sie.

Als das Mädchen wieder zu sich kam, war der Strand von endlos vielen Schattenkriegern belagert. Sie selbst war umzingelt von diesen ekelhaften Kreaturen, genauso wie ihre Freunde. Ihre Handgelenke waren schmerzhaft zusammengebunden und sie versuchte, sich krampfhaft daraus zu lösen, aber das Ergebnis waren aufgeschrammte Haut und nur noch mehr Schmerzen. Trotzdem hörte sie nicht auf, bis der muskulöse Schattenmann vor ihr auftauchte und ihr fest in die Augen schaute. So verharrten sie eine kurze Zeit, bis der Mann sich hinkniete und versuchte, den Gürtel von ihrem Rock zu schnallen.

„Shadow, bitte! Merkst du nicht, dass das nichts bringt? Du zerstörst deine eigene Welt!“, flehte das Mädchen.

Shadow lachte nur.

„Das ist nicht meine Welt und das weißt du auch!“

Er grinste und zeigte seine langen und gelben Zähne, sodass das Mädchen nur schwer einen Brechreiz unterdrücken konnte.

Der Mann packte den Gürtel und stampfte davon. Um sie herum gab es viel Gemurmel und die ganzen Schattenkrieger schwärmten dorthin, wo Shadow verschwunden war, sodass das Mädchen nichts mehr sehen konnte. Kurz nachdem sich alle versammelt hatten, wurde es ruhig. Das Mädchen hörte Schritte und das Klimpern mehrerer Gürtel – als plötzlich, mit einem lauten Krachen, ein großer Lichtstrahl in Richtung Himmel schoss. Es sah wunderschön aus, hätte es sich nicht augenblicklich über den ganzen Strand verteilt. Dieses Licht war glühend heiß auf der Haut. Für einen Moment dachte sie, sie würde verbrennen. Die Hitze fühlte sich an wie scharfe Dornen, die sich tief in die Haut bohrten und bei jeder Bewegung schmerzten. Doch zum Glück verschwand das Licht genauso schnell, wie es gekommen war. Dann war alles still.

Wie aus dem Nichts teilte sich das leuchtende Meer. Die Stille zerbrach wie Glas, während das Wasser zu einem großen Drachenkopf zusammenfloss. Immer weiter schoss dieser in den Himmel und ließ sich wie eine Welle über den Strand fallen. Als er alles umschlungen hatte, zog er sich wieder zurück und riss somit auch das Mädchen mit ihren Freunden und den Schattenkreaturen mit sich. Das Letzte, was sie sahen, war die eisige Schwärze, die sie langsam, aber sicher mit sich nahm.

1. Kapitel

Müde starrte ich auf die aufgeschlagenen Seiten meines Mathebuches und strengte mich an, aus dem Gemisch der Zahlen irgendwas Logisches zusammenzusetzen. Doch jedes Mal, wenn ich versuchte, mich zu konzentrieren, verschwamm mein Blick und die Zahlen kreisten um mich herum wie lästige Fliegen.

Irgendwas kitzelte mich im Nacken. Irgendwas beobachtete mich und ich spürte den Blick wie heißes Feuer an meinem Hinterkopf, doch als ich mich umschaute, sah ich meine Klassenkameraden die Aufgaben rechnen und Mexx neben mir mit seinem Bleistift ein Loch in den Radiergummi bohren.

Er schaute mich an.

„Alles okay?", fragte er, als sich unsere Blicke trafen.

Ich nickte stumm und schaute wieder auf mein Mathebuch und mein leeres Heft.

Mexx war sowas wie ein Bruder für mich. Alice, seine Mum, ist schon unsere Putzfrau und meine Babysitterin, seit ich mich erinnern kann. Sie lebte gemeinsam mit ihrem Sohn in unserem Haus und immer, wenn meine Eltern auf irgendwelchen Trips waren, wir zum Beispiel im Moment, passte sie auf mich auf.

Mexx gab nur ein „Hm" neben mir zurück und schaute dann nach draußen.

Die Sonne schien hell und der Himmel war klar. Es war heiß, aber in Miami ist auch eigentlich nichts anderes zu erwarten.

Ich folgte Mexx' Blick nach draußen und erstarrte. Mein Herz fing plötzlich wie wild an zu pochen, als ich in die roten Augen einer schwarzen Gestalt schaute.

„Layla? Geht's dir gut?", fragte Mexx noch mal besorgt.

Ich schluckte schwer. Mein Hals fühlte sich an wie eine Wüste, so trocken war er plötzlich. „Siehst du das?" Ich zuckte zusammen bei der gebrochenen Stimme, die plötzlich aus meinem Mund kam. Mexx schaute wieder nach draußen.

„Nein, was soll denn ...", er brach ab und erstarrte wie ich.

„Was ist das?"

Keine Ahnung, wollte ich sagen, aber die Worte blieben mir im Hals stecken und Angst jagte mir wie Feuer durch die Adern, breitete sich in meinem Körper aus, als die schwarze Gestalt so am Fenster stand und uns beobachtete. Mit roten Augen, die wie Blut glitzerten und aus dem Nichts leuchteten. Die Gestalt hatte kein Gesicht, keine Züge, sah nur aus wie eine Gestalt in der Form eines breitschultrigen, großen Mannes. Die Dunkelheit schienen wie Schatten, die sich um ihn herum bewegten.

„Mrs. Heffley? Was ist dort draußen so interessant, dass sie ihre Aufgaben nicht erledigen können?“, fragte Miss Ravenwood, meine Mathelehrerin.

Ich schüttelte nur den Kopf.

„Gut, dann bearbeiten sie bitte ihre Aufgaben weiter.“ Sie drehte sich zu Mexx. „Und sie auch, Mr. Anderson.“

„Sorry“, murmelte er.

Unsere Klassenkameraden begannen zu murmeln und zu tuscheln. Eine Unruhe breitete sich aus und man hörte von überall die Frage: „Was haben sie denn gesehen?“

Alle schauten nach draußen, zogen verwirrt die Augenbrauen zusammen und blickten fragend zum Nachbar, der auch nur die Schultern zuckte. Niemand sah es. Die Gestalt dort draußen am Fenster. Außer Mexx und mir.

Klasse, dachte ich nur, jetzt werde ich auch noch verrückt.

Ich schluckte schwer. Mit aller Kraft zerrte ich meinen Blick auf das Mathebuch und bemühte mich, den Rest der Stunde nicht mehr nach draußen zu schauen. Als ich am Ende der Stunde, kurz bevor ich den Raum verließ, wieder zum Fenster blickte, war dort nichts mehr.

Verwirrt zog ich meine Augenbrauen zusammen und verließ das Klassenzimmer.

„Du hast ihn auch gesehen, oder?“, fragte Mexx mich nach einer Weile.

Wir saßen draußen auf dem Schulhof und aßen unser Mittagessen unter einem Baum, der uns genug Schatten brachte.

Mexx saß auf der Lehne der Bank und überblickte den Schulhof, während ich auf dem Boden im Schneidersitz meine Banane aß. „Ja.“ Ich zuckte mit den Schultern. Ich wollte nicht mehr darüber nachdenken, doch das Gefühl, beobachtet zu werden, ließ mich einfach nicht los.

Als es wieder zum Unterricht klingelte und sich alle auf den Weg zurück in die Schule machten, sah ich die Gestalt ein zweites Mal. Und als ich aus der Schule ging und in Alices Wagen stieg, ein drittes Mal.

Es kitzelte in meinem Nacken und verfolgte mich den ganzen Tag. Dieses Gefühl, von blutroten Augen beobachtet zu werden. Es packte mich wie eine eiserne Kralle und ließ mich nicht mehr los.

Selbst als ich zu Hause war, spürte ich den Blick immer noch, als wäre er überall und nirgendwo – doch immer wenn ich mich umschaute, entdeckte ich nichts.

Die Sonne vom Vormittag versteckte sich langsam hinter dunklen Wolken, als ob sie dem Blick ebenfalls ausweichen wollte. Ich stand am Fenster in der Küche und schaute zu, wie die dunklen, fast schon schwarzen Wolken über den blauen Himmel zogen und die Sonnenstrahlen einen nach dem anderen erstickten.

Dunkelheit legte sich über uns wie eine Decke und ein Wind zog auf.

„Für heute Nacht ist Sturm angesagt“, unterbrach Alices Stimme meinen Gedankengang. Ich zuckte zusammen und wirbelte rum.

Sie grinste amüsiert.

„Bin doch nur ich.“

Ich rollte mit den Augen. „Du hast mich trotzdem erschrocken“, murrte ich.

Sie seufzte. „Ich gehe noch vorher einkaufen. Wir haben nichts mehr im Haus. Es dauert aber nicht lange, höchstens eine halbe Stunde. Stellt nichts Blödes an wie eine Party schmeißen oder sowas. Bin gleich wieder da“, rief sie, während sie ihre Tasche schnappte, den Schlüssel von der Kommode nahm, sich anzog und aus der Tür verschwand.

Ich beobachtete noch, wie ihr Auto aus den großen Toren vor unserem Haus fuhr, als ich wieder die schwarze Gestalt erblickte. Angst machte sich in mir breit wie Feuer und Eis zugleich. Sie umkrallte mein Herz und ließ es schneller pochen, als wollte es aus meinem Körper entfliehen. Ich holte tief Luft und mit aller Mühe befahl ich meinem Körper sich vom Fenster wegzubewegen. Ich wanderte die Treppen hoch in Mexx’ Zimmer, wo er an seinem Schreibtisch saß und mit Kopfhörern auf den Ohren an seiner PlayStation irgendein Ballerspiel spielte. „Nein, nein, nein! Diese miese ...“, fluchte er und knallte wieder irgendwas ab.

Ich rollte meine Augen. Jungs und ihre hormonellen Phasen sind schrecklich.

Ich lugte wieder aus dem Fenster, doch wie ich es erwartet hatte, war die Gestalt verschwunden. Verwirrt schüttelte ich meinen Kopf. Entweder ich bekam jetzt total die Vollmeise oder irgendwas ganz Gefährliches spielte sich in meiner Nähe ab.

Ich verließ das Fenster und wanderte zu Mexx, klaute mir ein paar von seinen Nachos und rannte aus seinem Zimmer, bevor er mir seine ekligen Socken ins Gesicht werfen konnte.

Selbstzufrieden legte ich mich auf mein Bett und starrte die Decke an. Während ich an meinen gestohlenen Nachos mampfte, begann es zu regnen. Der Sturm draußen wurde stärker und der Wind brachte die Fenster zum Knarren.

Ich schaute wieder hinaus und schrie auf.

Da waren mehr als nur eine von diesen Gestalten in unserem Vorgarten. Ich kraxelte rückwärts von meinem Bett und fiel mit dem Hintern auf den Boden. „Mexx!“, schrie ich und rannte panisch durch den Flur.

„Mexx!“

Ich stürmte in sein Zimmer und knallte dabei die Tür so auf, dass sie fast von den Angeln riss.

Mexx, der seine Kopfhörer trug, merkte davon natürlich gar nichts.

„Mexx!“, schrie ich noch mal und riss ihm die Kopfhörer von dem Kopf.

„Was ist?!“, sagte er angenervt und schaute mich wütend an.

Ich hatte fast Tränen in den Augen, so ängstlich war ich.

„Schau doch mal nach draußen!“, flehte ich und lief bereits zum Fenster.

Mexx stöhnte wütend auf, stapfte mir dennoch hinterher und erstarrte.

Er zog scharf die Luft ein, als er die Gestalten im Vorgarten erblickte.

„Fuck!“, fluchte er.

Der Sturm wütete draußen. Donner grollte laut und ließ die Welt erbeben. Der Regen peitschte gegen die Fenster und die Blitze zischten durch den Himmel wie ein Messer durch das Fleisch.

Der Himmel blutete, dachte ich nur.

Von unserem Haus aus konnten wir das Meer sehen, dessen Wellen über den Sandstrand rollten und fast bis zur Straße kamen.

Die Gestalten jedoch standen dort wie Statuen. Stocksteif und still. Die schwarze Masse, aus der sie gemacht waren, wand sich um sie, streckte sich gen Himmel und umhüllte sie wie rauch. Nur die blutroten Augen glitzerten uns mörderisch an.

Sie besaßen lange Klauen, die bis zum Boden reichten und aus ihrem Kopf ragten wie Hörner. Einige von ihnen sahen aus wie Höllenhunde, andere hatten die Gestalt von Menschen oder Tieren, ein paar hatten sogar Flügel. Und das Einzige, was sie taten, war still zu stehen und uns anzugucken.

Im Hintergrund dudelte der Sound von Mexx' Spiel aus den Kopfhörern, die er abgenommen hatte, sonst war nichts zu hören außer der Sturm.

„Scheiße!", fluchte Mexx erneut und ich schaute ihn verwirrt an, als ich sah, dass Alice um die Ecke gebogen kam und auf den Vorhof fuhr.

Ich fluchte ebenfalls eine Reihe von Wörtern, die ich sonst nie in den Mund nehmen würde, und rannte mit Mexx gemeinsam die Treppe runter zur Haustür.

Wir liefen durch den Flur, an der Küche und dem Wohnzimmer vorbei direkt auf die Haustür zu und blieben schwer atmend stehen, als sie plötzlich knarrte und quietschte und die Klinke wackelte. Jemand versuchte sie zu öffnen.

„Ist es einer von ihnen?", fragte ich.

Mexx zuckte mit den Schultern. „Es könnte auch Mum sein."

Die Klinke wackelte und wackelte.

Es donnerte.

Ein Blitz erhellte den Himmel, dann schlug die Tür auf.

Mexx und ich schrien auf. Eine schwarze Gestalt stand im Türrahmen.

Der Regen prasselte auf den Boden wie Glaskugeln, während das Licht im Flur anging – und Alice hereintrat. Sie schloss die Tür hinter sich und meckerte dabei: „Ihr hättet mir ja auch mal helfen können! Die ganze Tüte ist durchgeweicht und ich bin von oben bis unten nass. Und was macht ihr? Steht im Flur und schreit! Das bin nur ich!"

Damit stapfte sie durch den Flur und stellte die Einkaufstüte in der Küche ab. Mexx und ich schauten uns an und folgten ihr.

„Sorry Mum“, murmelte Mexx. Während er weiter mit ihr sprach und sich für unser Verhalten entschuldigte, wanderte ich zum Fenster, schob die Gardine etwas zur Seite und lugte nach draußen.

Nichts. Dort war einfach nichts!

Ich konnte es nicht fassen! Wurde ich jetzt verrückt? Aber Mexx hatte sie auch gesehen!

Und dann erblickte ich jemand Neues. Ein junges Mädchen, ungefähr in Mexx' und meinem Alter, stand in unserem Vorhof.

Sie schaute mich direkt an; es schien, als würde sie in meine Seele blicken. Ein Schauder rann mir den Rücken runter und dann, ganz langsam, drehte sie sich um und lief von unserem Grundstück, bis ich sie nicht mehr sehen konnte.

Erst danach drehte ich mich vom Fenster weg und als wäre ich in einer anderen Welt gewesen, trafen mich die Stimmen von Mexx und Alice wie ein Schlag.

Es donnerte. Es blitzte. Ein ungutes Gefühl machte sich in mir breit. Ein Gefühl, dass ich öfters hatte, aber immer wieder verdrängte, da ich es für einen kindischen Gedanken hielt. Ich hielt es für etwas, an das man als Kind glaubt, aber für das ich nun zu alt war. Dennoch war es wieder da und ließ mich nicht los. Dieses Gefühl, nicht von dieser Welt zu sein. Dieses Gefühl, anders zu sein.

2. Kapitel

Zwei Stunden nachdem Alice von ihrem Einkaufstrip zurückgekommen war, lagen Mexx und ich in meinem Zimmer und starrten die Decke an.

Aus dem Flur hörte man den Fernseher dudeln. Alice befand sich in ihrem Schlafzimmer und schaute wie jeden Abend ihren Krimi. Bald würde sie den Fernseher ausmachen und schlafen gehen, wie an jedem normalen Tag – doch es war kein normaler Tag gewesen heute.

Diese Gestalten mit ihrer schwarzen, zerfetzten Haut und ihren roten Augen, mit den langen auf dem Boden schleifenden Krallen und den schwarzen Schwaden, die aus ihnen heraustraten, sie verfolgten mich. Jedes Mal, wenn ich meine Augen schloss, waren sie da.

Ein Rascheln schreckte mich aus meinen Gedanken auf und ich schoss hoch, doch es war nur Mexx, der ruckartig aufgestanden war und zum Fenster lief.

Es regnete immer noch, allerdings schwächer als vorhin. Mexx öffnete das Fenster und zog aus seiner Jeans eine Zigarettenschachtel.

Ich rollte meine Augen. „Muss das jetzt sein?"

Mexx nickte. „Es beruhigt mich."

Ich seufzte, während Mexx eine Zigarette aus der Schachtel zog und sie anzündete. Er atmete tief ein und ließ die Rauchschwaden durch das geöffnete Fenster in die kalte Nacht ziehen.

„Es geht mir nicht um das Rauchen an sich, sondern um den Rauch, den ich dabei produziere. Ihn anzusehen, das füllt mich mit einem Gefühl des Wohlbefindens. Als wäre das genau das, für was ich bestimmt bin", sagte er, während er die Sterne anschaute, die zwischen den dunklen, grauen Wolken hervorblickten.

Ich schaute ihn von meinem Bett aus an.

„Ich fühle mich wohl, wenn der Rauch bei mir ist. Mich einhüllt, mich berührt."

Er nahm einen weiteren Zug und dieses Mal, als er den Rauch aus seinem Mund wieder freiließ, bildeten sich in ihm Figuren und Symbole. Sie tanzten kurz in der Nacht und verschwanden dann in der Dunkelheit.

„Ich weiß."

Mexx schaute zu mir.

„Ich kenne das Gefühl."

Ich sah Mexx an und stand dann auf. Ohne weiter darüber nachzudenken, brachten mich meine Füße die Treppe runter in die Küche. Ich hatte keine Socken an, doch das schöne Gefühl der kalten Fliesen unter meinen Füßen war unbeschreiblich. Ich fand mich vor dem Kühlschrank wieder und setzte mich neben ihn.

Ich atmete tief ein und öffnete die Tiefkühltruhe, dann nahm ich mir eine Handvoll Eiswürfel heraus, schloss die Tür und drückte mir die Eiswürfel an meine Brust. Es war, als würde ich das Eis aufsaugen – und es beruhigte mich. Dasselbe Gefühl, wie Mexx es beim Rauchen beschrieben hatte, umgab mich nun. Mein Puls fuhr herunter und mein Atem wurde tiefer. Ich schaute durch das Küchenfenster nach draußen an den Himmel und zählte die Sterne, die durch die dunklen Wolken schienen, während das Eis auf meiner Haut schmolz und als Wasser meinen Körper herunterfloss.

Ich schloss meine Augen, wiegte mich in dem Gefühl des Wohlseins und vergaß all die Geschehnisse vom Tag. Als ich dann wieder ausatmete, war mein Atem wie Eis, das den ganzen Raum erfüllte.

Ich wusste nicht, wie lange ich dort saß, doch irgendwann stand ich schließlich auf und ging zurück in mein Zimmer. Mexx war nicht mehr dort. Ich legte mich in mein Bett, so wie ich war – mit meinen feuchten Klamotten –, und schlief ein.

Das Nächste, das ich wusste, war, dass es ganz laut knallte und alle Fenster in unserem Haus in tausend Splitter zerbarsten.

Ich schreckte hoch.

„Layla!", schrie Mexx irgendwo aus dem Flur, doch ich ignorierte ihn. Mein Blick war auf das Fenster gerichtet.

Der Regen prasselte durch das Loch, der Wind peitschte ihn mir ins Gesicht, während die weißen Vorhänge wie Geister in dem Wind wehten.

Der Himmel war klar. Keine Wolke war dort. Nur das dunkle Himmelszelt mit seinen unendlichen Sternen.

Wo kam der Regen her?

Ich stand auf.

Im Flur hörte ich Mexx' und Alice' Schreie, doch ich war wie hypnotisiert, bewegte mich langsam und sicher zum Fenster und spürte dabei nicht mal, wie sich die Scherben in meine Füße bohrten. Hinter mir entstand eine Spur aus Blut, als ich ans Fenster ging und hinausschaute. Der Wind war eisig und ich atmete ihn tief ein. Und dann sah ich sie wieder: die Kreaturen.

Sie öffneten alle gleichzeitig ihren Mund. Schwärze trat aus ihnen heraus und floss auf den Boden, während die langen, gelben Zähne mich an den Mund eines Kraken erinnerten. Und dann fingen sie an zu kreischen.

Ich hatte noch nie in meinem Leben etwas so Schreckliches gehört.

Es riss mich aus meiner Trance und die Angst schlug auf mich ein wie ein Wasserfall. Mein Herz hämmerte, mein Atem wurde schneller.

Ich hielt mir die Ohren zu und schrie. Rückwärts stolpernd schaffte ich es aus meinem Zimmer. Meine Füße schmerzten wie tausend Nadelstiche, während ich den Flur entlang stürmte und direkt in Mexx und Alice lief.

„Layla!“, rief Mexx und nahm mich in den Arm.

„Oh Gott, bin ich froh! Wir kamen nicht mehr in dein Zimmer!“, fügte Alice aufgebracht hinzu.

Der Wind wehte heftig, der Donner grollte wie ein Monstrum durch die Nacht, nur das Kreischen übertönte es. Mir wurde ganz schwindelig davon.

Zu dritt rannten wir die Treppe herunter. Alice stürmte in das Wohnzimmer und öffnete den Tresor für die Waffe, während Mexx und ich uns die großen Fleischmesser aus der Küche schnappten. Ich wagte einen weiteren Blick nach draußen – und wie auf ein Zeichen stürmten die Gestalten direkt auf unser Haus zu.

Alice kam aus dem Wohnzimmer heraus und sagte: „Ich habe die Polizei gerufen.“

Dann rüttelte das ganze Haus und die Kreaturen brachen über uns ein wie ein Sturm. Wie von dem Wahnsinn gepackt stachen und schwangen Mexx und ich die Messer um uns herum. Zwischendurch glaubte, ich etwas gespürt zu haben. Widerliches, Schleimiges und Festes. Dann rammte ich mein Messer einer Kreatur direkt in die Brust. Sie schaute mich an und plötzlich war sie menschlich, sackte auf dem Boden zusammen, während schwarzes und rotes Blut aus ihrem Körper floss und die weißen Fliesen färbte.

„Was ist das?“, fragte Alice und schoss irgendwo drauf. „Und wo ist es? Auf was stecht ihr ein?“ Sie schrie auf, als eine Kreatur sie berührte, drehte sich und schoss auf sie. Aber sie schien nicht zu wissen, wo sie hinschoss – und dann wurde es mir klar. Alice konnte die Kreaturen nicht sehen! Genauso wie unsere Mitschüler heute Mittag.

„Schieß einfach, Alice! Schieß überall hin, außer auf Mexx und mich!“ Und dann schoss sie.

Das ganze Haus war nur noch gefüllt von Schüssen und dem Kreischen dieser Kreaturen, das mir langsam in den Kopf stieg. In einem Moment wusste ich noch, dass ich das Messer um mich schwang, und im nächsten Moment spürte ich mehrere Krallen um meinen Körper. Alles wurde schwarz.

Ich atmete tief ein und schreckte auf. Panisch schaute ich mich um. Alles war dunkel. Der Sternenhimmel über uns noch klar, der Sturm hatte aufgehört. Unter mir spürte ich feuchtes Gras und um mich herum sah ich die leichten Umrisse von Bäumen. Eine leichte Brise brachte die Blätter zum rascheln. Ich stand auf. Alles drehte sich um mich herum, die Welt schien kopfüber. Ich übergab mich.

Wo waren Mexx und Alice? Was war passiert? Wie bin ich hergekommen? Obwohl ich versuchte still zu sein, hörte ich meinen Atem wie den Wind eines Orkans und mein Herz pochen wie das Grollen des Donners.

Hektisch schaute ich mich um und stolperte dann einige Schritte vorwärts. Doch als ich beim ersten Baum ankam, kam ich nicht mehr weiter. Irgendetwas hielt mich auf, etwas Unsichtbares. Dort war nichts außer der Wald und dennoch konnte ich keinen Schritt weitergehen, als es die Lichtung erlaubte.

Panik schoss durch meinen Körper und ich fluchte verzweifelt. Obwohl ich wusste, dass es nichts brachte, stiegen mir Tränen in die Augen und dann plötzlich bebte die Erde unter mir.

Ein Fauchen und Ächzen unterbrach die Stille und Schritte polterten über den Boden, langsam aber sicher, in meine Richtung. Ich stand wie erstarrt in der Mitte der Lichtung und schaute durch einen Glasfilm meiner Tränen auf die Schatten im Wald. Ich schaute genau dorthin, wo nichts zu sehen und nur die Schritte zu hören waren.

BOOM! BOOM!

Die Bäume schwankten, der Boden bebte, mein Herz pochte. Dann tauchten blutrote Augen aus der Dunkelheit auf und eine riesige Gestalt trat auf die Lichtung. Sie sah aus wie das doppelte der Kreaturen, die wir vorher gesehen hatten. Ich wich zurück, während sie immer weiter auf die Lichtung stapfte. BOOM! BOOM! Die Schritte donnerten über den Boden, brachten die Erde zum Erbeben und als ob das nicht schlimm genug wäre, tauchten in der Dunkelheit immer mehr roten Augenpaare auf und einer nach dem anderen trat auf die Lichtung. Zwei dieser widerlichen Gestalten trugen jemanden zwischen sich.

„Mexx!“, schrie ich erleichtert. Dieser hörte auf sich zu wehren und riss seinen Kopf herum in meine Richtung. „Layla?“

Dann warfen die beiden Gestalten ihn in meine Richtung. Er klatschte auf den Boden, rappelte sich jedoch schnell wieder auf und wich zurück, bis er bei mir war.

Um uns herum zischte und fauchte es immer noch. Und dann sah ich, warum ich mich nicht weiter bewegen konnte, als die Lichtung es erlaubte. Etwas schlängelte sich am Rand der Lichtung entlang. Es war nicht unsichtbar, sondern schwarz wie die Dunkelheit selbst. Dann ragte sein gigantischer Kopf über der riesigen Gestalt vor uns herauf. Um seinen kobraartigen Kopf war ein riesiger Kragen, aus seinem riesigen Maul triefte eine schwarze Soße auf den Boden und zischte.

„Was zur Hölle ist das?“, fragte Mexx angewidert und beängstigt zugleich.

Die riesige Gestalt vor uns, die vermutlich der Anführer der ganzen anderen Gestalten war, schien sich noch weiter aufzubäumen. „Layla Heffley, geboren am 23.06.2001 in Florida, Miami. Mexx Anderson, geboren am 03.02.2001 in Florida, Miami. Ist das korrekt?“

Ich klammerte mich an Mexx fest, wir schauten uns kurz an. Woher wusste er das?

„Ist das korrekt?!“, brüllte er und seine Stimme donnerte durch den ganzen Wald. Die Schlange über ihm fauchte laut und verspritzte dieses schwarzes Zeug noch mehr.

„J-ja“, stotterte ich und Mexx nickte hastig.

„Ihr habt etwas in eurem Besitz, das ich brauche“, fuhr die Gestalt fort.

„Was denn? Wir können dir alles geben, Gold und Geld und Juwelen. Was auch immer du willst, meine Eltern sind reich. Solange ihr uns nur nicht tötet.“ Meine Stimme zitterte.

Die Gestalt brüllte laut und Mexx und ich wichen weiter zurück.

„Ihr habt etwas in eurem Besitz, das ich brauche!“, wiederholte er. „Ihr habt die Drachenkristalle!“

„Die ... w-was?“

„Die Drachenkristalle!“, schrie er.

„D-du musst dich irren, wir haben k-keine ...“

Die Gestalt brüllte laut und ich brach ab.

„Ihr habt anemanisches Blut in eurem Körper! Ihr habt die Drachenkristalle!“

Mexx und ich schauten uns an. Wenn wir ihm sagen, dass wir sie nicht haben, lässt er uns entweder in Ruhe oder – viel wahrscheinlicher – er tötet uns. Und wenn wir ihm sagen, dass wir sie haben, dann wird er uns töten, sobald er herausfindet, dass wir sie nicht haben.

Was sollten wir bloß tun?

„Gebt sie mir!“, grollte er. „Gibt sie her!“ Er stampfte mit seinen Füßen auf wie ein kleines Kind, das unbedingt etwas haben wollte, und holte dann mit seiner gigantischen Faust nach uns aus. Mexx und ich schrien und wichen weiter zurück, doch die Schlange versperrte uns den Weg. Wir sahen die Faust auf uns zukommen, machten uns so klein wir konnten und verschränkten die Arme über den Kopf. Doch die Faust kam nie an.

Vielmehr zerplatzte die Lichtung in ein Brüllen und Kreischen und dann war es plötzlich ganz heiß. Mexx und ich schauten auf.

Über uns flog ein gigantischer Drache, dessen Feuer die Gestalten zu Asche werden ließ. Die riesige Schlange schoss aus dem Wald und krachte in den Drachen, der mit einem lauten Schmerzensschrei zu Seite schwankte. Dann waren sie nur noch ein Gemisch aus Drache und Schlange. Vor uns bäumten sich die übrigen Gestalten auf, doch der Anführer war weg. Mexx und ich hatten uns an der Hand gepackt und schauten entsetzt auf die auf uns zukommenden Kreaturen, als plötzlich etwas von hinten vor uns sprang und sich vor uns aufbäumte.

„Was zur ...?!“, stieß ich hervor. Das große, schwarze Pferd vor uns rammte in die nächstgelegene Kreatur und dann schoss neben uns auch noch ein Vogel hervor. Er war doppelt so groß wie ein Adler und brannte in allen möglichen Farben.

„Komm mit!“, rief Mexx und zerrte mich in den Wald.

Wir rannten durch die Bäume, weg von dem Geschehen.

Doch es dauerte nicht lange, dann hörte ich wieder ein schrilles

Kreischen und Mexx und ich trieben unseren Körper an die Grenze, weit über unser Limit heraus.

Meine Lunge fühlte sich an, als würde sie gleich in Flammen aufgehen, und mein Herz, als würde es gleich explodieren wie unsere Fenster vorhin. Alles, was mich antrieb, war die Angst – aber auch sie war nicht mehr Antrieb genug für meinen erschöpften Körper und ich fiel hin. Mexx riss ich gleich mit runter. Wir sogen die Luft ein, als ob wir ersticken würden. Ich presste meinen Kopf auf den Boden und atmete ein und aus, ein und aus. Im Hintergrund hörte ich das Kreischen und das Kämpfen.

Ich glaubte, ich würde mir gleich in die Hosen machen! Ich schloss meine Augen und flüsterte zu mir: „Bitte lass es ein Traum sein, bitte lass es ein Traum sein!"

Als ich meine Augen wieder öffnete, schrie ich auf vor Schreck. Sie waren wieder da. Diese Gestalten mit ihren zerrissenen Häuten, hinter denen man Sehnen und Muskeln, teilweise sogar die Knochen sah. Aus ihrem Inneren stiegen dunkle Rauchwolken und ihre Augen glühten rot wie Blut. Und jetzt flogen sie sogar. Sie sahen aus wie Drachen, nur viel kleiner als der von vorhin. Auf ihren Rücken saßen Gestalten, genauso dunkel und schwarz wie sie, dass ich sie fast gar nicht erkannte. Aber die Umrisse waren menschenähnlich.

Sie kreischten finster und kamen auf uns zu.

„Oh Gott, wir werden sterben!", heulte ich schon fast und hielt Mexx' Hand fest. Ich hörte ihn schluchzen und sagen: „Das ist nicht echt! Das kann nicht echt sein!"

Die Kreaturen waren fast bei uns, als wir ein lautes Brüllen hörten und lilafarbene Krallen nach uns schnappten. Die Kreaturen wichen zurück und so hatte das Wesen, das uns gepackt hatte, genug Zeit, um abzuheben.

Wir flogen bereits, als das Wesen uns auf seinen Rücken setzte. Wir waren ziemlich hoch über der Stadt und ich konnte nur wenig erkennen, aber es gab zwei Dinge, die ich feststellen konnte. Erstens: Das Wesen, auf dem wir saßen, war definitiv ein weiterer Drache in der Größe eines Dinosauriers. Zweitens: Es war mit großer Wahrscheinlichkeit derselbe Drache, der vorhin gegen die Schlange gekämpft hatte.

Ich hoffte immer noch, dass ich träumte und gleich aufwachen würde, aber meine Hoffnungen trafen nicht ein. Ich schaute zurück und sah einmal Mexx, der die Augen geschlossen hatte, zitterte wie ich und sich so fest an mich klammerte, dass ich fast keine Luft mehr bekam – und dann noch diese schrecklichen Kreaturen.

„Was, um alles in der Welt, sind das für Viecher?“, schrie ich.

„Das sind Schatten!“, antwortete der ... Ich schaute mich um. Der Drache?

„Was sind Schatten? Ich meine, ich weiß, was Schatten sind, aber das sind doch keine Schatten!“

Der Drache antwortete nicht mehr, stattdessen legte er seine Flügel an und ließ sich fallen.

Ich krallte mich an den Stacheln fest, die sich anfühlten wie Haare, und sagte nichts. Schrie nicht oder machte sonst irgendwas. Ich hielt mich bloß fest, während das Adrenalin durch mich durchsauste. Meine Hände verkrampften sich und ich hielt die Luft an. Dann spürte ich, wie mir mein Essen in den Hals stieg, und ich verfluchte mich, dass ich ausgerechnet heute Morgen noch ein Brot mehr essen musste. Ich sah den Boden auf mich zurasen und für einen Moment dachte ich schon, der Drache hätte vergessen, dass er noch fliegen muss. Plötzlich tauchten Bilder aus meinem Leben vor mir auf. Mein erster Schultag. Das eine Mal, wo meine Eltern meinen Geburtstag vergessen hatten. Alice, die sich um uns sorgte.

Doch zu meiner Erleichterung breitete das Wesen schließlich doch seine Flügel aus und wir sausten ganz knapp über die Dächer der Häuser, bevor der Drache seitlich wieder nach oben schwang.

Für einen kurzen Moment konnte ich auf die Straße sehen, auf die einige Schatten, wie der Drache sie nannte, geknallt waren, und Autos ineinander krachten. Ich war froh, dass ich bloß kurz hinschauen konnte, als der Drache sich wieder gerade legte, denn mir wurde plötzlich ganz schlecht von dem Gedanken an unschuldige Tote. Möglicherweise waren da ja auch Familien in den Autos! Oh nein, kleine Kinder, die sich freuten und ... Verdammt, hör auf, daran zu denken!

Mexx krallte sich immer fester an mich, sodass es schon fast wehtat, doch ich war ja selbst viel zu sehr damit beschäftigt zu verstehen, was hier gerade abging.

Eisiger Wind peitschte mir ins Gesicht und von irgendwo her hörte ich Sirenen aufheulen. Wenn ich zurückschaute, sah ich die Schatten, die uns verfolgten, während unter uns Straßen und Lichter vorbeizogen und ich mir wünschte, dass ich zu Hause in meinem Bett lag und schlief. Wie jeder andere Mensch auch.

Plötzlich hörte ich ein ohrenbetäubendes Kreischen neben mir und schaute entsetzt auf den Schatten, der nach uns schnappte – und uns verfehlte. Eine kurze Zeit flog er neben uns, als der Drache sich plötzlich zur Seite drehte, mit den gewaltigen Klauen die Kreatur umklammerte und sich auf den Rücken drehte.

Mein Herz stoppte, als ich unter mir die Straßen sah und die winzigen Autos, während ich mich an den Stacheln festkrallte und Mexx sich an mir. Ich spürte, wie Mexx abrutschte und fiel.

„Mexx!“, schrie ich verzweifelt und schaute unter mich, nur um ihn fallen zu sehen.

Ich hatte jedoch keine Zeit, um mir großartig Gedanken um ihn zu machen, als ich selbst den Halt verlor und mit ihm stürzte. Die Straßen näherten sich mir und ich schloss meine Augen. Ich wartete auf den todbringenden Aufprall, als ich von etwas Kaltem, Schuppigem aufgefangen wurde. Ich atmete schnell und heftig, klammerte mich an dem rauen Ding fest und wagte nicht, meine Augen zu öffnen – aus Angst, eine Schattenkreatur könnte mich geschnappt haben. In weiter Ferne hörte ich Sirenen heulen, das grässliche Schreien der Schattenwesen und die Schwingen eines gigantischen Wesens über mir.

Obwohl ich Angst hatte, dem Ungeheuer direkt ins Gesicht zu sehen, öffnete ich zaghaft meine Augen. Der schuppige Hals des Drachen, von dem ich kurz vorher heruntergefallen war, schimmerte mir entgegen. Ich wand mich panisch in der Kralle und suchte nach Mexx, den ich kurz darauf in der anderen gigantischen Klaue erblickte. Er schien genauso verängstigt und verwirrt zu sein wie ich.

Ich richtete meinen Blick nach vorne, wo sich eine Hauswand bedrohlich schnell näherte. Reflexartig duckte ich mich in die Dunkelheit der Kralle, als es plötzlich einen Ruck gab. Alles drehte sich und die Welt stand Kopf. Wir durchbrachen die Glasfront des Hochhauses und prallten gegen die gegenüberliegende Wand. Durch den heftigen Aufprall wurde ich in der Kralle hin und her geworfen. Das Klirren von tausenden Glasscherben hallte in meinen Ohren und kleine Splitter, die es durch die Spalten der Kralle geschafft hatten, bohrten sich in meine Haut. Es war dunkel und ich erkannte nur die Umrisse. Aber es kam mir vor, als hätten wir die halbe Außenwand mitgerissen, so viel

Schutt und Glas lag um uns herum. Ich sah überall Dreck und zerstörte Möbelstücke und Computer, die auf dem Boden verteilt waren. An den Decken hingen Kabel von den Lampen, die nun zersplittert im Raum verteilt waren. Benommen versuchte ich mich aufzusetzen. Mein Kopf dröhnte und mein Körper schmerzte. Ich wollte heulen, aber ich konnte nicht. Der Schock ließ mich nicht mehr klar denken. Ich zitterte am ganzen Körper und mir war eiskalt.

Ich stützte mich auf die Arme und wollte nach Mexx schauen, als ich wieder von der Klaue gepackt wurde und wir uns rückwärts aus dem Gebäude fallen ließen. Meine Hand tat weh, so fest krallte ich mich ein und spannte meinen ganzen Körper an, als wir drehten und wieder in Richtung Himmel flogen. Das Kreischen der Schattenwesen kam wieder näher. Vor mir sah ich den verschwommenen Umriss eines großen Gestells. Ich war mir nicht sicher, aber ich glaubte, es war ein Kran. Jedenfalls flog der Drache direkt auf das darunter baumelnde Seil zu, an dessen Ende eine breite Metallplatte hing.

Der Drache schnappte sich diese mit seinen Hinterkrallen und flog wieder hoch – so weit, bis es eine gewisse Spannung in dem Seil ergab. Ich konnte die Schatten nun sehen. Sie kamen näher und näher und ich fragte mich langsam, warum der Drache nicht wegflog, sondern auf sie wartete. Bitte mach doch was, flehte ich innerlich, als ich die Kreaturen nicht mehr weit von uns sah.

Die Kreatur lachte und ließ los. Die Platte schoss wie ein Pendel zurück und riss die restlichen Schattenwesen mit sich.

3. Kapitel

Ich war wie in eine Schockstarre gefallen. Wir saßen nun auf dem Rücken des Drachen. Ich klammerte mich noch immer an seinen regenbogenfarbenen, haarigen Stacheln fest und Mexx umklammerte mich. Die Schattenkreaturen verfolgten uns nicht mehr und der Sturm hatte sich gelegt, doch ich begriff immer noch nicht, was geschehen war, was das alles mit Mexx und mir zu tun hatte und wie so etwas auch nur geschehen konnte.

Wir waren weit über der Stadt und es war eisig kalt, aber es half auch meine Gedanken zu klären. Der Drache war mindestens 17 Meter lang und 9 Meter hoch, er hatte lilafarbene Schuppen und schwarze Hörner ragten aus seinem mächtigen Kopf. Dazu kam eine Spannweite von 14 Meter, doch die Haut der Flügel war in einigen Teilen eingerissen, was für viele Kämpfen sprach.

Miami lag nun unter uns, wir waren auf dem Weg nach Hause – wo auch immer dieser Schatten uns hin verschleppt hatte, wir flogen stetig davon weg. Mit jedem mächtigen Flügelschlag, der lauter summte als der Motor eines Sportwagens, wurde mein Herz leichter und ich verkrampfte weniger.

Die Kälte hier oben war wie ein altes Gefühl, obwohl ich es mir echt kälter vorgestellte hatte in dieser Höhe. Mexx zitterte wie ein Blatt im Wind hinter mir und der Drache brüllte laut, riss sein Kiefer auf und spie einen großen Strahl Feuer, der in allen Farben leuchtete.

Ich duckte mich reflexartig als wir hindurchflogen. Und dann wurde mir erst klar: Verdammt, wir saßen auf einem Drachen! Einem riesigen, eigentlich gar nicht existieren dürfenden Drachen!

Das Adrenalin jagte durch meinen Körper und meine Schockstarre fiel von mir ab wie eine Maske. Das war alles so surreal und irgendwie auch aufregend! „Wir fliegen! Mexx, wir fliegen! Das ist ein verdammter Drache!“, lachte ich und jubelte laut.

Mexx grummelte nur unverständlich hinter mir und ließ mich nicht los, während ich meine Arme hochwarf und laut „Woohoo!“ schrie.

Ich verlor beinahe wieder den Halt, als der Drache seitlich einlenkte und sich dem Boden näherte. Wie aus dem Nichts tauchte das Meer unter uns auf. Es glitzerte in der aufgehenden Sonne und es schien, als läge die Unendlichkeit vor mir. Leichte Spritzer flogen mir sachte ins Gesicht und eine Wärme kehrte in meinen Körper zurück, die mich von innen wie ein Feuer erfüllte.

Ich hörte ein Wiehern und den Schrei eines Vogels. Als ich dann nach rechts blickte, erkannte ich das mächtige Pferd von vorhin wieder. Es war schwarz, mit einer langen Mähne, die im Wind wehte, und besaß alle möglichen Hörner und Kristalle, die aus seinem Fell sprießten wie ein Teil von ihm. Seine Hufe waren nach vorne gewölbt; es hatte ein goldenes, sichelartiges Horn auf seiner Stirn, das wie Metall glänzte. Und es ritt wortwörtlich auf seinem eigenen Schatten in der Luft!

Ich drehte meinen Kopf nach links und sah den schönen Vogel von vorhin – groß, mindestens 5 Meter lang mit der entsprechenden Spannweite der Flügel. Er war wie ein Feuerball und leuchtete in allen Farben, wie das Feuer des Drachens vorhin auch. Seine dunklen Augen schauten mich an und plötzlich hörte ich einen wunderschönen Gesang in meinem Kopf. Es war eine sanfte Melodie, die mich einwickelte in ein Gefühl des Wohlbefindens und der Wärme.

Ich lächelte den Vogel an.

Der Drache flog eine weitere Kurve. Das Pferd und der Vogel folgten ihm.

Es dauerte nicht lange, da landeten wir auf einer verlassenen Stelle am Strand. Weit und breit war niemand zu sehen. Rechts von uns stand eine große Höhle, gegen die das Meer prallte und sich daran aufspaltete. Mit lautem Getöse platschte es wieder in die blauen Weiten zurück, bis die nächste Welle kam. Es war ein endloser Rythmus und ich konnte meinen Blick kaum davon abhalten, doch dann schüttelte der Drache sich und ich sah Mexx schon unten am Strand stehen.

Er übergab sich ins Meer und kniete auf dem Sand, völlig außer Atem. Daraufhin stieg auch ich von dem Drachen herunter und ging rüber zu Mexx, der immer noch würgte.

Ich legte ihm meine Hand zur Beruhigung auf den Rücken und er dankte es mir, indem er meine andere Hand nahm und sie einmal fest drückte. Dann schaute er mich, immer noch zitternd, mit seinen bernsteinfarbenen Augen an und wir fielen uns in die Arme. Wir sagten nichts, denn wir waren einfach viel zu überwältigt von dem, was passiert war. Ich hätte ewig in Mexx' Armen liegen können hier am Strand, einfach seinem Herzschlag lauschend und seinen schönen Geruch einatmend – doch ein gleißender Lichtstrahl ließ uns auseinanderspringen und erstaunt schauten wir auf die Stelle, wo der Drache vorhin noch gestanden hatte.

Ich konnte kaum hinsehen, so hell war das Licht, doch als es weg war, verschlug es mir den Atem.

„Was?", fragte Mexx nur. „Wie? Was? Hä? Wie geht das?"

Der Drache war verschwunden. Vor uns stand nun ein Mädchen, ungefähr in Mexx' und meinem Alter. Es war dieses Mädchen, das ich gestern gesehen hatte, als die Schatten kurz weg waren.

„Du?", fragte ich und schaute das Mädchen mit zusammengezogenen Augenbrauch an.

„Wer ‚sie'? Du kennst sie?" Mexx war verdutzt, aber ich ignorierte ihn.

Das Mädchen nickte.

Ich wurde wütend. Waren Mexx und ich nur die Opfer von etwas viel Größeren gewesen? Etwas, das mit dem Mädchen zu tun hat? War sie an alldem Schuld?

„Sind die hinter dir her?"

Das Mädchen nickte.

„Also hast du uns in etwas reingeführt, mit dem wir gar nichts zu tun haben? Haben die uns nur geschnappt, weil sie dich wollten?"

Das Mädchen rührte sich nicht.

„Toll!" Ich warf meine Arme in die Luft. „Komm, Mexx, wir gehen!"

Ich nahm ihn am Arm und wollte mich umdrehen und davonstapfen. Mexx stammelte verwirrt. Doch in meinem Kopf tobten nur die Beschuldigungen an das Mädchen. Dieses Mädchen, das an allem Schuld war!

„Sie werden wiederkommen."

Mexx und ich machten einen Halt.

„Ihr braucht mich. Sie sind nicht nur hinter mir her, sondern auch hinter euch", sagte sie.

Ihre Stimme war wie Honig, beruhigend und sanft – und dennoch war dort auch etwas Hartes, das einen dazu bewegte, ihr zu gehorchen. Etwas war dort in ihrer Stimme, das von Macht und von Weisheit sprach. Mexx und ich drehten uns zu ihr hin.

„Und warum?", wollte ich wissen.

„Weil durch euch das Blut von Dragonier fließt. Weil ihr beiden eine

Macht habt, von der ihr kaum zu Träumen wagt. Sie werden wiederkommen. Und dann werdet ihr mich brauchen."

Das helle, gleißende Licht von vorhin erfüllte wieder den ganzen Strand. In einem Moment stand sie als Drache vor uns und im nächsten waren sie und ihre beiden Begleiter verschwunden am Horizont. Mexx und ich schauten ihr hinterher.

„Ist sie jetzt einfach gegangen?", fragte Mexx verdutzt. „Hat sie uns gesagt, dass wir sie brauchen, weil ... weil diese Dinger da wiederkommen werden? Und ist dann einfach gegangen? Wie können wir sie denn jetzt erreichen?" Er schaute mich verzweifelt an.

Ich rollte mit den Augen und drückte Mexx nach vorne.

„Sie hat uns jetzt gefunden, dann wird sie es auch machen, wenn die Schatten wiederkommen", sagte ich, doch die Angst blieb auch bei mir.

Mexx und ich blickten uns ängstlich an und stolperten dann über den Strand nach Hause.

Als wir dort ankamen, wurden wir von mindestens zehn Polizeiwagen, drei Feuerwehrautos und Krankenwagen begrüßt. Alice wurde gerade von einem Polizisten interviewt.

„... und ... und dann war alles dunkel", hörte ich sie schluchzen. „Und die ... die Scheiben sind zerplatzt und Mexx und ..." Wieder ein Schluchzen „... Layla waren einfach weg. Einfach weg."

Wir wollten durch das Haupttor in den Vorhof laufen, da wurden wir von einem Polizisten angehalten. „Tut mir leid. Kein Zutritt."

„Das ist mein Haus!", rief ich empört und dann sah auch Alice uns.

„Layla! Mexx!", rief sie und rannte von dem Polizisten weg. „Oh mein Gott! Ich habe mir solche Sorgen gemacht! Wo um alles in der Welt wart ihr?!"

Und während der Polizist zur Seite trat, war Alice schon bei uns und überprüfte uns von Kopf bis Fuß nach Verletzungen.

Dann wurden auch wir von der Polizei befragt. Die Sanitäter untersuchten uns gründlich, doch außer Prellungen und Schürfwunden hatten Mexx und ich beide nichts Schlimmes abbekommen.

Es war erst spät in der Nacht, als die Polizei alles untersucht hatte und endlich wieder Ruhe einkehrte.

Außer den Fenstern war nichts wirklich kaputt gegangen. Ein paar Vasen waren durch den Wind runtergefallen und einige Sachen waren umgestoßen, aber ansonsten war alles okay. Wir hingen vor die kaputten Fenster ein paar dicke Decken für die Nacht und legten uns alle zusammen ins Wohnzimmer.

Am nächsten Tag würde es auch keine Ruhe geben, da die Fenster repariert werden mussten und Mexx, Alice und ich das Haus aufräumen würden, doch heute Abend war alles friedlich.

Der Himmel war wieder klar und die Sterne leuchteten hell. Die Ruhe war wie Gesang in meinen Ohren und es war schön, zu dritt im Wohnzimmer zu liegen auf den Matratzen. Irgendwie fühlte es sich an wie Camping.

Wir erzählten uns Geschichten, Alice machte uns heißen Kakao und dann schauten wir noch etwas fern. Doch es dauerte nicht lange, da wurden meine Augenlieder immer schwerer und schwerer und ehe ich mich versah, war ich eingeschlafen.

Dunkelheit umgab mich und dann sausten mir Bilder durch den Kopf – von dem Autounfall auf der Straße, von dem zerstörten Gebäude, von diesen widerlichen Schatten und allem, was ich gesehen hatte, bis hin zu Mexx' wunderschönen, warmen Augen und dem Mädchen am Strand.

Ich hatte das Gefühl, ich hatte gerade mal eine Minute geschlafen, da schlugen meine Augen wieder auf und ich starrte hellwach die Decke an. Ich schaute auf die Uhr: 3:00 Uhr.

Ich seufzte. Neben mir schliefen Mexx und Alice, eine lange Zeit hörte ich ihren gleichmäßigen Atemzügen zu und sehnte mich nach dem Schlaf, der nie kam.

Um 4:30 Uhr gab ich dann auf, warf die Decke von meinem Körper und schlich auf Zehnspitzen aus dem Wohnzimmer in den Flur. Ich schlüpfte schnell in ein paar Schuhe und öffnete die Hintertür zum Garten.

Ein leichter Wind wehte, frische Luft flog mir ins Gesicht. Es war angenehm kühl. Der Himmel leuchtete azurblau und die Sterne strahlten wie Diamanten in der Nacht.

Ohne es zu bemerken, hatten mich meine Füße zu unserem Pool gebracht, der inmitten unseres grünen, mit Blumen übersäten Garten still und leise darauf wartete, dass ihn jemand benutzte.

Im Schneidersitz ließ ich mich an seinem Rand nieder und glitt mit meinen Fingern durch das kühle Nass. Die Sterne spiegelten sich darin wieder.

„Layla?“

Ich erschrak. Mein Kopf schnellte herum und mein Blick traf auf Mexx.

„Du hast mich erschreckt“, sagte ich.

„Tut mir leid.“

Ich drehte mich wieder zum Pool.

Stille.

„Kannst du nicht schlafen?“

Langsam schüttelte ich den Kopf.

„Ich auch nicht.“

Mexx trottete neben mich und lies sich nieder. „Irgendwie komisch“, begann er nach einer kurzen Zeit, „das alles, was passiert ist. Man hört in Geschichten davon und sieht es in Filmen, aber man glaubt nicht daran.“

„Aber man wünscht es sich“, fügte ich hinzu. „Tief im Inneren, da träumt man von diesen Abenteuern, stellt sich eine andere Welt voller Wunder vor, ohne zu wissen ...“

„... dass sie eigentlich direkt vor einem liegt“, ergänzte eine wunderschöne, sanfte Stimme.

Mexx und ich drehten uns ruckartig um.

Das Drachenmädchen stand da und lächelte uns an. Hinter ihr stapfte das Pferd aus den Schatten und vom Himmel herab glitt der wunderschöne Vogel, dessen Gesang die Nacht erfüllte.

„Hallo“, sagte sie, „mein Name ist Cayenne, ich bin ein Anemanier von dem Planeten Dragonier. Das hier“, sie deutete auf das schwarze Pferd mit den silbernen Augen und dem goldenen Sichelhorn, „ist mein Patier, Phantasy. Und er hier“, und damit zeigte sie auf den Vogel, „ist mein Phönix, Paradies.“

Mexx und ich sagten nichts. Das Einzige, was wir zustande brachten, war der verdutzte Blick in ihre Richtung.

Das Drachenmädchen – Cayenne – hatte Augen, die in allen möglichen Farben leuchteten. Ihre goldbraunen Haare schimmerten an einigen Stellen bunt. Sie trug einen grauen Faltenrock und eine weiße Bluse, die sie oben zugeknotet hatte, sodass diese bauchfrei war. Ihre rechte Körperhälfte war bestückt mit gelben, kleinen Kristallen. Wuchsen sie aus ihrem Körper? Oder waren es Tattoos? Zumindest waren es dieselben, die ich auch auf dem lilafarbenen Drachen schon gesehen hatte. An den Füßen trug sie nichts. Ihre Haut war goldbraun und unter ihrem rechten Auge befand sich ebenfalls ein Tattoo – oder doch nicht? Ich zuckte zusammen, als ich genauer hinschaute. Es war ein regenbogenfarbener Wasserfall, der in der Hälfte ihres Gesichts mit ihrer Hautfarbe verfloss. Und er bewegte sich! Es war, als ob unter ihrem rechten Auge ein echter Wasserfall fliesen würde!

„Ich glaube jetzt ist der Moment, wo ihr euch auch vorstellen müsstet", bemerkte sie.

Mexx und ich blickten immer noch verdutzt drein. Bis der Schock langsam von Mistrauen verscheucht wurde und meine Augenbrauen sich zusammenzogen.

„Was tust du hier?", fragte ich und zuckte bei meiner harten Stimme selbst zusammen.

Mexx schaute mich verwirrt an und auch das Mädchen schien überrascht, doch sie fasste sich schnell wieder. Ihr Lächeln verschwand.

„Shadow ist hinter euch her. Ihr seid hier nicht sicher."

„Und was sollten wir deiner Meinung nach tun?", wollte ich wissen.

„Auf mich hören wäre eine Option", entgegnete sie.

„Wieso? Du hast uns einmal gerettet, aber das heißt nicht, dass wir dir vertrauen können, oder? Es könnte ja auch dein Plan sein, uns in ein sicheres Gefühl zu wiegen, um uns dann zu hintergehen."

Cayenne seufzte. „Diese Möglichkeit existiert. Ich kann euch nur sagen, dass es nicht so ist, aber ich kann es euch nicht beweisen. Noch nicht zumindest. Im Moment habt ihr nur mein Wort."

„Was bist du?", fragte Mexx und klang dabei völlig aus der Fassung. „Was ist Shadow? Was wollt ihr? Und warum von uns?"

„Wenigstens einer, der hier die richtigen Fragen stellt", freute sich Cayenne und klatschte ihre Hände zusammen.

„Ich bin ein Anemanier von dem Planeten Dragonier. Shadow ..." Sie zögerte etwas, bevor sie weitersprach: „Er ist ein Mensch, entstanden aus Hass und Wut, als er auf unserem Planeten landete und in die falschen Hände geriet."

„Warte, warte, warte!", rief Mexx und hob stoppend die Hände in die Luft. „Du meinst das Ding da?! Dieses grässliche Ding da draußen, das uns angegriffen hat, ist ein Mensch?"

„Erstaunlich, was Hass aus einem Menschen machen kann, nicht wahr?", entgegnete sie.

Mexx und ich schauten uns an. „Wie kommt ein Mensch auf deinen Planeten?“, fragte ich nach. Das wurde immer lächerlicher!

„Und da beginnt alles!“, sagte sie mit fester Stimme und einem Lächeln auf den Lippen. „Soll ich es euch zeigen?“

Einen Moment lang sagte niemand was. Cayenne wartete gespannt auf unsere Antwort und wir warteten auf die Kameramänner, die jeden Moment aus dem Busch springen würden und rufen würden: „Herzlich Willkommen bei ‚Die Knüllerstreiche!‘“ oder so ein Mist. Doch es kamen keine Kameramänner und der Ernst der Situation wurde Mexx und mir immer bewusster.

„Wie?“, fragte ich dann endlich.

Sie lächelte breiter.

„Ich kann es euch zeigen, aber dafür müsst ihr mir vertrauen.“

Ich sah rüber zu Mexx und er erwiderte meinen Blick. Unsicher knabberte ich an meiner Unterlippe, doch dann lächelte Mexx mich an und unsere Hände berührten uns. Ich griff ihn fest und ließ nicht mehr los und dann schauten wir gemeinsam zu Cayenne und nickten.

„Gut“, sagte sie. „Das war die richtige Entscheidung.“

Richtige Entscheidung oder nicht: Es war die einzige Wahl, wenn wir Antworten wollten.

Sie stolzierte auf uns zu und ließ sich dann vor uns in einem Schneidersitz nieder, sodass wir zu dritt in einem kleinen Kreis saßen.

Cayenne streckte ihre Hände aus, unsicher griffen Mexx und ich danach. Der Gesang des Phönix wurde plötzlich lauter und ich hörte den Wind wie ein Echo durch die Bäume wehen und die Käfer über den Boden krabbeln. Nicht weit von uns marschierte eine Kolonie von Ameisen und über uns zog ein Schwarm von Vögeln hinweg. Ich hörte ihre Flügelschläge und ihre Herzen hämmern. Ich hörte das Meer rauschen und den Sand rieseln – und dann war die Erde weg und wir bewegten uns, höher und höher und höher. Alles drehte sich um uns herum, bis nichts mehr so war wie vorher und wir aus dem Universum herunter auf die Erde schauten, die in einer Konstellation mit zwei weiteren Planeten stand. Zu dritt kreisten sie um die Sonne, einer größer als der andere.

„Und so war es vor Milliarden von Jahren, bevor die Dunkelheit kam und alles zunichtemachte“, erzählte Cayenne. „Dies ist Dragonier.“ Sie deutete auf den größten der drei Planeten, der still stand und auf dessen Oberfläche ein Muster hell leuchtete. „Und das da, das ist Faraley.“ Damit meinte sie den dritten, mittelgroßen Planeten, der sich in der entgegengesetzten Richtung von der Erde um sich selbst drehte.

„Einst standen sie in dieser Konstellation und lebten in Frieden, doch dann kam die Nacht.“

Wir schauten zu, wie sich in der Mitte der drei Planeten ein schwarzes Loch bildete, welches größer und größer wurde und sich um die Planten wand wie eine Schlange um ihre Beute. Alles war dunkel, es war nichts mehr zu sehen von den drei Planeten und dann, ganz plötzlich, brachen sie auseinander und die Dunkelheit zerschellte in der Mitte zu Splittern.

Als sich alles wieder gelegt hatte, war dort nur noch die Erde.

„Um ihre Sicherheit zu wahren, musste die Konstellation aufgebrochen werden. Nur so konnten alle drei Planeten überleben. Doch Teile der Dunkelheit blieben.“

Die Sterne neben uns zogen sich plötzlich in die Länge und dann fielen wir – oder nein, wir wurden angesaugt von der Erde, die sich eine Million Mal schneller als vorher um die Sonne bewegte. Und als wir endlich auf ihr ankamen, durch die Wolken brachen und sich die Erde unter uns weitete, da war es 1941. Die Zeit des Zweiten Weltkrieges.

Wir landeten mitten in einem Haus, wo ein junger Mann mit schwarzen Haaren und schwarzen Augen in einem Laborkittel vor einem Computer saß. „ Sein Name ist Bruce Johnson und er entdeckte einen Zwillingsplaneten der Erde.“

Ich sah zu Cayenne. Sie lächelte mich an. „Dragonier.“

Wir schauten zu, wie der Mann vor Freude hochsprang, dann wechselte die Szene und eine Gruppe von Wissenschaftlern stand um den Computer herum und schaute sich das Phänomen an.

„Achtundzwanzig Jahre später waren dann alle Vorbereitungen getroffen und Bruce Johnson konnte mit seinem Team – Neil Armstrong, Edwin ‚Buzz‘ Aldrin und Michael Collins – in die Unendlichkeit der Sterne fliegen. Sie landeten am 26. Juni 1969. Aber nicht auf dem Mond, nein. Sie landeten am 26. Juni 1969 auf Dragonier, meinem Planeten.“

Ich sah einen wunderschönen Planeten. Er war bunt und strahlte in allen möglichen Farben. Er besaß Dinge, von denen wir auf der Erde nur träumten. Ein Planet voller Magie, umgeben von der Kraft der Fantasie, welche alle menschlichen Vorstellungen übertraf.

„Die Anemanier – das sind Wesen, die sich von ihrer menschlichen Form in ihre Seelentiere verwandeln können – meldeten die Entdeckung eines gelandeten Raumschiffs.“ Die Nachricht verbreitete sich anscheinend wie ein Lauffeuer. Vor meinen Augen wurde es kurz dunkel, dann sah ich mehrere Anemanier, die sich unterhielten und offensichtlich in heller Aufregung waren. Sie waren alle sehr jung, die jüngsten sahen aus wie zehn und die ältesten wie 16. Sie alle zierte jeweils ein Tattoo, das das Tier darstellte, in das sie sich verwandeln konnten. Außerdem hatten alle irgendetwas Besonderes an sich. Der eine war mit Federn geschmückt, die wirklich aus seinem Körper kamen, eine Frau trug Haarschmuck aus Muscheln und ein anderer sah einfach unbeschreiblich kalt aus.

„Nachdem sich die Anemanier beruhigt hatten, versuchten sie die Menschen zu meiden, doch eine Frau war zu neugierig, um sich von ihnen fernzuhalten. Sie verfolgte die Menschen und wollte unentdeckt bleiben. Doch als die drei Personen von einem Drachen angegriffen wurden, sprang sie dazwischen und rettete sie.

Und Bruce verliebte sich. Genauso wie die Frau sich in ihn verliebte.“

Die besagte Frau hatte lange, blonde, leicht gelockte Haare, die zu den Spitzen hin immer mehr Farbe bekamen, bis sie ganz unten in Regenbogenfarben glänzten, eine goldene Haut und eisblaue Augen. Einige Haarsträhnen waren mit kleinen pinkfarbenen Blümchen nach hinten gesteckt. Sie trug ein weißes Kleid, lief barfuß durch die Gegend und sah mit dem Pfeil und Bogen aus wie eine wunderschöne Amazone.

„Und so entstand ich“, setzte Cayenne fort. Ich erblickte ein kleines Baby, das von einer wunderschönen Frau in die Arme ihres Vaters gelegt wurde. In die Arme von Bruce.

„Doch Bruce’ Team sehnte sich nach seiner Heimat; sie wollten wieder zurückfliegen und dann auf der Erde bleiben. Aber Bruce hatte sich zu sehr verliebt, um mitzukommen, deshalb ließen sie ihn zurück. Auf der Erde erklärten sie der Menschheit, sie seien auf dem Mond gelandet und Bruce Johnson hatte es nie gegeben. Die Anemanierin wiederum hatte Angst, dass Bruce sie verlassen würde, wenn sie ihm ihr kleines Geheimnis verraten würde. Doch sie konnte ihn nicht mehr anlügen und beschloss, Bruce zu zeigen, wer sie wirklich war.“

Ich sah, wie die wunderschöne Frau, in die Bruce so unendlich verliebt war, in dem gleichen blendenden Licht verschwand wie Cayenne damals, als sie sich zurückverwandelt hatte. Sie trat als Drache hervor und sah fast so aus wie Cayenne.

„Bruce war ziemlich geschockt und traurig wegen dieser Situation, denn er gehörte nicht dorthin, wo er war, deshalb entschloss er sich dazu, alles dafür zu tun, um sich auch verwandeln zu können und, vor allen Dingen, um sich heimisch zu fühlen. Die Anemanier lebten meistens in Clans auf riesigen Baumhäusern, die sich manchmal wie Landschaften über den Wald erstreckten, denn den Anemaniern war es wichtig, ihre Umgebung spüren zu können. Einige lebten sogar als ihr Seelentier verwandelt unter ihren Artgenossen. Bruce suchte nach einer Lösung für das Problem mit der Verwandlung und bekam durch Zufall mit, dass es in der Schattenwelt womöglich eine gab. Diese Welt war eine abgestorbene Gegend, in der es nur so vor Gefahren wimmelte. Dieser Ort kannte nur zwei Farben: rot und schwarz. Dort vernebelten ihm die Schatten den Kopf. Sie flüsterten ihm zu, was er sich am meisten wünschte, er müsse nur seinen Schatten abgeben und würde dafür einen neuen bekommen. Einen besseren, mit dem er sich verwandeln könne. Also tat er das, was die Schatten ihm gesagt hatten. Bruce schaffte es ohne Probleme, seinen Schatten abzugeben. Doch die Schatten hatten nur auf den Moment gewartet und nutzten seine Verletzlichkeit. Sie schleppten Bruce fort in eine Schlucht, wo sie ihn festhielten. Bruce wusste, er würde ohne die Kreaturen nicht länger leben können. Seine Liebe war stark, seine Angst vor dem Tod größer, also gab er sich den Wesen hin."

Vor mir erschienen die Bilder von Bruce, wie er seinen Schatten abgab und darauf wartete, einen anderen zu bekommen. Er wartete und wurde immer schwächer und schwächer. Irgendwann sackte er zusammen und die Schatten schwebten um ihn herum. Erst versuchte er sie wegzuschlagen wie lästige Fliegen, aber bald konnte er sich nicht mehr wehren und die Schatten schleiften ihn weg in diese Schlucht. In der Kluft lag Bruce auf dem Boden, schwer atmend und blass wie ein Geist.

„Ich rieche deine Angst!", sagte eine Stimme aus den Schatten.

„Verschwinde! Lass mich in Ruhe! Ich habe dir nichts getan!", schrie Bruce ihn stockend und schwer an.

Die Stimme lachte: „Gut, du kannst hier bleiben und verrecken.

Oder du hilfst mir. Wir sind aufeinander angewiesen, Bruce. Wenn du mir hilfst, helfe ich dir."

Bruce lag auf dem Boden, zu schwach, um noch irgendetwas zu tun. Schweiß tropfte ihm wie Regen von der Stirn und seine schwarzen Augen waren vor Angst geweitet. Es war klar, dass er nur nickte, weil er entsetzliche Angst hatte. Die Stimme lachte und die Schatten strömten kreischend in seinen Körper. Bruce schrie vor Qualen auf, sein ganzer Körper verkrampfte und plötzlich war alles still. Die Schatten waren mit ihm verschmolzen. Sein Kopf sank auf den Boden, seine Augen schlossen sich. Eine gefühlte Ewigkeit litt er, zuckte – und plötzlich öffnete er die Augen und sie leuchteten blutrot in die Dunkelheit.

„Bruce kam nicht mehr zurück, aber seine Tochter wurde immer älter. Sie spielte fast jeden Tag mit ihrem Phönix, erkundete die Gegend und machte Spielkämpfe mit anderen Anemaniern. Ihr war nicht bewusst, dass sie einen Vater hatte, und so setzte sie ihren Alltag fort, ohne etwas zu vermissen. Meistens als Drache." Ich sah Cayenne als kleinen, putzigen Babydrachen. Sie hüpfte durch eine große Wiese und folgte ihrem Phönix, der über sie hinwegflog, dann setzte sie zum Sprung an und flog hinterher.

„Bruce, der immer mehr von den Schatten zerfressen wurde, benannte sich um in Shadow. Er baute sich eine Rüstung, damit er in die Sonne treten konnte, ohne zu zerfallen, und machte sich auf den Weg hinaus aus dem Schattenreich, um sich seine Opfer zu suchen, welche er zu seinen Untertanen machen würde." Shadow verließ die dunkle Gegend und suchte sich unschuldige Drachen, Anemanier oder auf dieser Welt lebende Tiere. Er, als Schatten, löste sich immer wieder auf und erschien dann wieder neu zusammengesetzt an einem anderen Ort. Er holte sich immer mehr von den Lebewesen auf Dragonier, durchbohrte sie mit einer Berührung, wodurch sie zusammenbrachen, sich auflösten und in der Schattenwelt wieder erschienen. Dort gab er ihnen Schatten zu fressen und brachte sie dazu, ihm zu gehorchen.

„Auf Dragonier, musst du wissen, gibt es vier Drachenkristalle. Sie sind alle an unterschiedlichen Orten versteckt und halten dort die Welt zusammen. Shadow will sie alle besitzen, um den Planeten endgültig im Griff zu haben. Er benötigt unseren Planeten, um die Dunkelheit wieder heraufzubeschwören. Daher ist er nun auch hier, um Dragonier wieder mit der Erde zu verbinden. Was Shadow jedoch nicht weiß, ist, dass er es falsch angeht, denn die Drachenkristalle sind nicht erschaffen worden, um das Band zwischen den Planeten zu halten, sondern um Dragonier selbst zu halten. Er wird uns alle zerstören, wenn wir nichts unternehmen.“ Ich sah vier wunderschöne Metalldrachen, die aussahen wie Gürtel und in deren Augen ein Kristall leuchtete, dessen Farbe der jeweiligen Gegend entsprach.

„Mittlerweile war seine Tochter eine junge Frau, die von den schrecklichen Taten ihres Vaters mitbekommen hatte. Sie hatte es erfahren, als Shadow ihre Mutter entführte und sie selbst nur knapp entkam. Shadow hatte auch ihre Mutter mit den Schatten verseucht, sie wurde zu einem hässlichen Schlangendrachen und Stand ihrem Mann zur Seite. Sie tat alles, was er befahl. Dem Mädchen gelang es, den vierten Drachenkristall unter vielen Mühen in ihren Besitz zu bringen. Doch es blieb ihr nicht viel Zeit, ihn zu verstecken oder sich selbst in Sicherheit zu bringen, denn ihr Vater war ihr dicht auf den Fersen. Es blieb ihr nichts anderes übrig, als den Kampf mit ihrem Vater herauszufordern. Der Patier Phantasy und der Feuerphönix Paradies kämpften an ihrer Seite. Ein Patier ist ein Schattenpferd, welches von den Schreien der Schattenkrieger nicht beeinflusst werden kann. Das Mädchen und der Feuerphönix jedoch schon, weshalb sie den Kampf gegen Shadow verloren. Nach dem Kampf gegen ihre Eltern kam ein Schattenkrieger mit den restlichen drei Kristallen. Durch ihr Zusammentreffen verursachten sie einen Strom, der mich zu eurem Planeten führte.“

Cayenne nahm ihre Finger von meiner Stirn und schaute Mexx und mich an.

„Nun wisst ihr, wer und was Shadow ist“, sagte sie.

4. Kapitel

Am Horizont ging langsam die Sonne auf.

Mexx und ich saßen immer noch am Pool und schauten zu, wie das gleißende Licht die Dunkelheit verjagte und die Sterne verblassten.

Cayenne war wieder verschwunden, doch als Mexx und ich in den Himmel blickten, sahen wir Paradies über uns segeln – und wenn wir genau hinhörten, dann konnte man das Galoppieren eines Pferdes hören sowie das Brüllen eines Drachen.

„Lass uns wieder reingehen“, schlug Mexx plötzlich neben mir vor.

Ich nickte stumm. Mexx war immer noch blass im Gesicht. Im Gegensatz zu mir hatte er die Neuigkeiten nicht so gut aufgenommen und erst mal in den nächsten Busch gekotzt.

Doch ich hatte das Gefühl, ich hatte das alles schon mal gehört. Aber wo war das noch?

Mich aufrappelnd, folgte ich Mexx zurück ins Haus und leise, damit wir Alice nicht weckten, legten wir uns in die Betten und schliefen noch lange in den Tag hinein.

Als wir aufwachten, machte Alice uns ein kleines Frühstück und wir aßen in Stille. Dann, ganz plötzlich, wurde mir schwarz vor Augen und ich konnte meinen Körper nicht mehr bewegen. Ich bekam mit, wie ich vom Stuhl fiel und wie Mexx und Alice nach mir riefen – doch das Einzige, das ich sah, waren die blutroten Augen von Shadow, die mich aus der Dunkelheit anschauten. Sein grausames Lachen echote durch meinen Kopf und seine scharfen, gelben Zähne zeigten sich mir.

Ich schreckte auf und, stieß beinahe mit dem Kopf gegen Mexx.

„Um Himmels Willen, Layla! Geht es dir gut?“, rief Alice aufgeregt.

Nein, ging es mir nicht.

Mein Atem ging schwer und mein Puls galoppierte wie ein wild gewordenes Pferd in meiner Brust.

Ich nickte.

Zwei Stunden später saßen wir beim Arzt, der behauptete, er könne nichts finden und dass es vielleicht am Schock von dem Geschehenen liegen könne. Ich hatte noch nie so einen dummen Arzt besucht.

Alice wütete und beschimpfte den Arzt, während Mexx neben mir saß und meine Hand hielt. Danach gingen wir ins Krankenhaus, doch auch dort fanden sie nichts. Und als wir endlich alle Ärzte von Miami aufgesucht hatten, gingen wir spät abends wieder nach Hause und fielen sofort ins Bett.

Am nächsten Tag wurden die Scheiben repariert und ich fiel ein weiteres Mal in Ohnmacht. Das Gesicht von Shadow jagte mich. Ich war wie die Maus, aufgehetzt von der Katze. Und jedes Mal wenn ich aus der Ohnmacht wieder aufwachte, dauerte es länger und länger, bis ich meinen Körper wieder kontrollieren konnte.

Mexx schaute mich besorgt an und Alice weinte.

Wir machten eine weitere Tour durch Miami. Besuchten Ärzte und Krankenhäuser, doch auch dieses Mal konnte keiner etwas feststellen.

Ich wusste, was es war. Und so wusste es auch Mexx.

Am nächsten Tag hatte ich das erste Mal keinen Ohnmachtsanfall – seit über einer Woche. Mexx und Alice lächelten wieder und als es anhielt, war auch die Sorge wie weggewischt.

Bald mussten Mexx und ich auch wieder zur Schule.

Wochenlang geschah nichts – und dann geschah alles auf einmal.

Es war ein schöner Morgen und die kühle Luft wehte vom Meer her auf uns zu, als wir ins Auto stiegen und zur Schule fuhren.

Am Himmel glitt Paradies durch die Wolken und verfolgte uns, während wir auf der grauen Straße Richtung Schule brausten.

In der Schule angekommen wurden wir überflutet mit den Fragen von Freunden.

„Was ist passiert?" – „Geht es euch gut?" – „Wer war das?"

Mexx und ich erzählten die Geschichte, – na ja, einen Teil der Geschichte, denn wir ließen Cayenne und Shadow raus – mindestens ein dutzend Mal, bevor wir endlich in Ruhe gelassen wurden.

Unser Alltag in der Schule verlief ganz normal und man hätte das Gefühl haben können, dass alles, was vor einigen Wochen passiert ist, nur ein Traum war – nur dass jedes Mal, wenn Mexx und ich aus dem Fenster schauten, Paradies dort saß und uns mit seinen goldenen Augen anblickte.

Wir saßen im Physikunterricht, als ich plötzlich diese Stimmen hörte. Panisch schaute ich nach draußen zu Paradies, der mich immer noch ruhig anschaute.

„Alles gut, Layla?", flüsterte Mexx.

Ich nickte, doch die Stimmen wurden immer lauter und lauter.

„Layla! Layla, hey!“ Ich spürte, wie Mexx an mir rüttelte.

Vor meinen Augen wurde es dunkler und dunkler. Mein Körper war wieder aus meiner Kontrolle gerissen worden.

Ich bekam noch mit, wie Mexx nach der Lehrerin rief, wie die Klasse in Aufruhr verfiel und wie einige zu schreien anfingen. Aber dann sah ich nur noch Shadows blutrote Augen und seine scharfen, gelben Zähne und hörte diese Stimme, die in meinem Kopf ächzte. „Ich werde kommen“, sagte sie. „Ich bin schon fast da.“

Schreiend wachte ich auf. Um mich herum war das reinste Chaos.

Der Himmel war schwarz wie die Nacht und ich hörte die schrecklichen Schreie der Schattenkreaturen. Paradies war verschwunden.

„Layla, steh auf!“, schrie Mexx mich an und zerrte an meinem Arm.

Der Klassenraum war leer. Die Fenster explodiert. Überall lagen Scherben und Tische und Stühle waren umgeworfen.

„Mach schon!“, rief Mexx panisch und erst dann schien ich wieder zu funktionieren.

Ich rappelte mich auf. Mexx hielt mich fest gepackt am Oberarm, während er durch die Tür rannte und ich hinterherstolperte. Wir blieben abrupt stehen.

Mexx schubste mich hinter ihn. Vor uns stand ein Schattenkrieger, schwarze Sabber triefte ihm aus dem Mund und seine Krallen kratzten über den Boden.

„Hier entlang!“, rief ich zu Mexx und rannte die andere Richtung des Korridors herunter. Mexx folgte mir, doch auch hier wurde uns der Weg von einem Schattenkrieger versperrt.

Erschrocken schrie ich auf und schlitterte zum Halt.

Sie kamen von beiden Seiten, Mexx und ich saßen in der Falle!

Wir pressten uns gegen die Wand. Die Klassenräume konnten nur von innen geöffnet werden, daher waren sie kein Fluchtweg. Von rechts und links kamen die Schattenkrieger immer näher und vor uns waren die zersplitterten Fenster. Ich hörte das Brüllen von Drachen dort draußen – und dann kam mir eine Idee.

Ich drehte mich zu Mexx um, packte ihn an den Schultern und schaute ihm in die Augen. „Vertraust du mir?“, fragte ich.

Ich konnte den Schattenkrieger schon fast spüren. Mexx nickte.

„Dann halt dich fest“, sagte ich, packte seine Hand und rannte los.

Die Schattenkrieger schrien wütend und ich merkte, wie sie Geschwindigkeit aufnahmen, doch das war mir alles egal. Ich sah nur das Fenster vor mir und hob ab.

Wir waren im dritten Stock, als wir sprangen. Der Wind sauste mir entgegen und einige Zeit spürte ich nichts unter mir, sah nichts außer den heranrasenden Boden und ich betete, nein, ich flehte, dass ich recht hatte und mein Plan in Erfüllung gehen würde, denn sonst konnte man Mexx und mich demnächst von der Erde abkratzen. Wir waren schon fast da. Mein Herz sank. Doch plötzlich ertönte ein lautes Brüllen und ich spürte, wie mächtige Pranken sich um uns wanden und unser Fall abrupt abgebrochen wurde.

Mexx und ich atmeten schwer. Cayenne hatte uns gefangen, mein Plan war doch noch aufgegangen! Und als wir dann schwer atmend in der Kralle saßen und Cayenne über uns brüllte, sagte Mexx nur: „Mach das nie wieder! Hast du gehört? Nie wieder!"

Ich lachte nur.

Dann ertönte ein zweites Brüllen am Himmel und mein Lachen verschwand.

Wir wurden in der Kralle herumgeschleudert, als von rechts etwas in Cayenne prallte und sie zur Seite stürzte. Mexx und ich hielten uns fest, während Cayenne auf den Boden krachte und alles durchgerüttelt wurde.

Die Kralle öffnete sich und Mexx und ich stolperten heraus – gerade rechtzeitig, bevor der schwarze Schlangendrache sich von der Seite in Cayennes Flanke verbiss. Cayenne hob ihre Krallen und zerkratzte dem anderen Drachen die Schnauze; beide brüllten und jauchzten im Kampf. Dann wälzte Cayenne sich herum und zerdrückte mit ihrem Gewicht den Kopf des Schlangendrachen, der daraufhin ihren Körper loslassen musste und zur Seite sprang.

Cayenne ruckelte sich wieder auf die Beine und dann standen sie voreinander, die beiden gigantischen Drachen. Wie auf ein Zeichen prallten sie erneut aufeinander.

Sie waren nur noch ein Gewirr aus Zähnen und Krallen, während der Sturm um uns herum wütete und Shadow plötzlich vor uns stand. Es war genau wie in meinen Ohnmachtszuständen. Er schaute mich mit seinen blutroten Augen an, riss sein grässliches Maul auf und lachte, während er uns seine gelben, scharfen Zähne zeigte.

Mexx und ich rannten.

„Wir müssen zum Auto!“, rief ich.

Wir stürmten über den Schulhof in Richtung des Parkplatzes, wo unser Auto stand, als ich von meinen Beinen geworfen wurde und diese eklige Schattenkreatur auf mir lag. Sie zog an meinen Haaren und schnappte nach meinem Gesicht. Ich dachte nur, dass war‘s jetzt, während ich versuchte, sie von mir abzuschütteln. Im nächsten Moment wich sie allerdings von mir – und Mexx stand über mir mit dem Deckel einer Mülltonne als Waffe. Die Kreatur schüttelte ihren Kopf und sprang kreischend auf Mexx zu, der sich den Deckel schützend vor den Körper hielt. Die Schattenkreatur kratzte und schrie und spuckte nach Mexx, doch dieser drückte den Deckel so gut er konnte von sich weg, während er immer weiter zurückgedrängt wurde.

Der Parkplatz war nicht mehr weit von uns. „Mexx!“, rief ich in der Hoffnung, er würde mitbekommen, was ich jetzt sagen würde. „Wenn ich hupe, dann springst du, so schnell es geht, nach hinten!“ Und mit diesen Worten rannte ich los. Mein einziges Ziel war der Parkplatz!

Ich duckte mich unter den Schattenkriegern hinweg, die über mich wegflogen und nach mir schnappten. Kurz vor meinem Auto rammte ich mit meiner vollen Kraft in einen weiteren, der versuchte mir den Weg zu versperren. Wir fielen gemeinsam auf den Boden und ich nutzte den Moment des Schocks, um mich schnell wieder aufzurappeln und ins Auto zu steigen.

Gerade als ich die Tür zugeknallt hatte, donnerte der Schattenkrieger gegen mich. Ich fummelte mit meinem Schlüssel herum, versuchte ihn in das Zündschloss zu stecken, als er mir glatt wieder runterfiel. Ich fluchte und duckte mich, um ihn im Fußbodenraum wieder aufzuheben. Als ich hochkam, schrie ich vor Schock auf. Da war nicht nur noch ein Schattenkrieger an meinem Auto, sondern fünf!

Ich machte einen weiteren Versuch, den Schlüssel ins Zündschloss zu stecken – und dieses Mal schaffte ich es auch. Das Auto erwachte zum Leben und der Motor brummte laut, als ich die Parkbremse löste, die Kupplung auf „Drive“ stellte und dann das Gaspedal durchtrat. Der Motor heulte auf und die Reifen drehten quetschend durch, während die Schattenkrieger an meine Autotür kratzten. Einer schlug mit seinem Arm durch die Scheibe und griff nach meinen Haaren. Ich schrie vor Schmerz auf, als die Reifen den Boden packten und das Auto mit Vollgas lospreschte.

Die Schattenkrieger an meiner Windschutzscheibe flogen zur Seite und gaben mir die Sicht auf Mexx frei, der immer noch mit dem einen Schattenkrieger kämpfte. Der andere Angreifer, der meine Haare gepackt hatte, wurde nach hinten geschleudert und flog dann mit einem Büschel meiner Haare davon. Ich spürte, wie das Blut meine Seite heruntertropfte. Dann hupte ich laut und gab Mexx sein Zeichen, das er zum Glück wahrnahm. Er sprang nach hinten und ich überrollte den Schattenkrieger mit Vollgas. Dann bremste ich und wartete, bis Mexx bei mir war und endlich ins Auto stieg.

„Du hast dir aber ganz schön Zeit gelassen!", warf er mir vor und schnallte sich an, während ich auf dem Schulhof drehte und auf die Straße einbog.

„Sie sind immer noch hinter uns", sagte Mexx. Als ich in den Rückspiegel schaute, sah ich einen ganzen Schwarm von Schattenkriegern.

Ich versuchte sie abzuhängen, indem ich alle möglichen Kurven fuhr, aber sie blieben dicht an unseren Fersen. Doch dann, mitten in dieser scheinbar ausweglosen Situation, sah ich Paradies und Phantasy, die plötzlich wütend die Gruppe von Schattenkriegern angriffen, sodass uns schließlich nur noch ein paar von ihnen verfolgen konnten.

Ich hatte echt die Hoffnung, wir würden es schaffen. Doch dann stand Shadow vor uns. Anstatt wie der Rest der Schattenkrieger wegzufliegen, blieb er einfach stehen wie eine Wand, als ich gegen ihn fuhr. Unser Auto knallte mit Vollgas gegen ihn und wir überschlugen uns über ihn hinweg. Für einen Augenblick sah ich nichts als Scheiben platzen und Metall auf die Straße krachen; ich hörte nur ein Rauschen und spürte das Pochen an meinem Kopf, wo der Schattenkrieger vorhin meine Haare ausgerissen hatte.

Als ich wieder richtig zu Bewusstsein kam, hangen Mexx und ich Kopfüber im Auto und Cayenne kämpfte dort draußen gegen den Schlangendrachen und Shadow zugleich.

Mexx stöhnte neben mir und ich fummelte am Gurt herum, bis ich ihn endlich losbekam und auf den Boden, nein, die Decke des Autos stürzte. Dann half ich Mexx aus dem Gurt und gemeinsam krabbelten wir aus dem Auto. Die Schattenkrieger waren wie weggeblasen und ich spürte, wie die Schwärze mich übermannte und die Kontrolle erneut meinen Körper verließ. Ich sah wieder die blutroten Augen und die scharfen, gelben Zähne – doch dieses Mal hielt Shadow außerdem jemanden in der Hand. Jemanden, der Mexx und mir sehr nahe stand! Ich schrie, so laut ich konnte, all meine Angst und mein Leid steckte ich in diesen einen Schrei, bis Shadows Kontrolle über mich gebrochen wurde und ich mich wieder auf der Straße neben dem zerstörten Auto befand. Mexx hielt mich im Arm und Cayenne stand mit Phantasy und Paradies in einem Kreis um uns herum.

Ich weinte.

„Alice!", weinte ich. „Er hat Alice!"

5. Kapitel

Mexx starrte mich mit großen runden Augen an und Cayenne schaute mit finsterem Blick auf die schwarzen Sturmwolken am Himmel.

„Wir können sie nicht retten", sagte Cayenne. „Wenn Shadow sie hat, dann ist sie verloren."

Mexx drehte sich so schnell um, dass ich Angst bekam, er würde sich das Genick brechen. „Wie kannst du das sagen!", schrie er wütend und Tränen kullerten ihm die Wange herunter. „Sie ist meine Mutter!"

„Ich weiß, dass es schwer ist, aber es ist eine Falle und ihr dürft auf keinen Fall in seine Griffe gelangen!", entgegnete sie.

„Du hast doch keine Ahnung!", brüllte Mexx zurück. „Sie ist alles, was ich habe." Seine Stimme bebte vor Trauer und Emotionen und er schaute seitlich zu Boden. Dann plötzlich, als hätte ihn der Teufel gepackt, ballte er seine Hände zu Fäusten und stapfte los. „Macht beide, was ihr denkt!", rief er über seine Schulter nach hinten. „Ich werde sie retten!"

Für einen kurzen Augenblick war ich sprachlos und schaute Mexx dabei zu, wie er über die Trümmer rannte in die Richtung seines Zuhauses, doch dann wurde ich wieder in die Realität gerissen und das Geschehene packte mich wie ein eisiger Sturm.

„Cayenne, bitte", flehte ich sie an und auch mir brannte es heiß in den Augen. „Wir können ihn nicht alleine da hingehen lassen! Außerdem ist Alice wie eine Mutter für mich!"

Cayenne schaute mich finster an. „Ihr habt beide keine Ahnung. Keine Ahnung, wie groß eure Bedeutung ist und was ihr gerade alles aufs Spiel setzt. Es geht nicht nur um euch! Es geht um die ganze Menschheit", sagte sie und knirschte mit den Zähnen. „Aber natürlich lass ich euch nicht alleine in die Falle rennen." Und damit verwandelte sie sich in den Drachen und brüllte laut.

Ihre Worte hallten in meinem Gedächtnis nach, doch konnte ich nicht das erleichterte Lächeln verbergen, das sich auf meinem Gesicht abzeichnete, nachdem sie sich verwandelt hatte. Ich stand von dem staubigen Boden auf und sprang auf ihren Rücken. Mit einem leichten Satz stieg sie empor in die Lüfte. Phantasy wieherte laut und Paradies erhob sich neben ihr. Wir flogen über Mexx hinweg und ich konnte zurückschauend sehen, wie er auf Phantasys Rücken sprang und uns hinterhergaloppierte.

Der Donner krachte laut über uns hinweg und die Erde bebte unter uns. Miami war in Dunkelheit getaucht, man sah kaum die eigene Hand vor sich. Nur die Blitze durchschnitten die Dunkelheit wie ein scharfes Messer. Der Wind fegte laut und auf den Straßen herrschte ein gewaltiger Tumult. Sirenen heulten im Hintergrund und Schreie von hilfsbedürftigen Menschen echoten hinter uns her. Und dann hörte man sie wieder: die Schatten. Wir waren fast bei uns zu Hause angekommen. Im Schein der Blitze sah man einen Tornado aus dunklen Schattengestalten um unser Haus rasen.

Ihre Schreie übertönten alles. Man hörte kein Donner, kein Wind, keinen Mucks. Nur die Schreie. Sie kratzten in den Ohren und brachten das Glas zum Zerbersten.

Cayenne brüllte zurück und aus ihrem Schlund spie das Feuer. Es schillerte in allen möglichen Farben und raste in den Himmel. Wie ein Feuerwerk explodierte es und lauter kleine Funken blieben in der Luft, die uns in der Dunkelheit Licht gaben. Aus dem Tornado sah man nur die roten Augen der Kreaturen herausglotzen.

Cayenne raste geradewegs auf die Schatten zu. Ich spürte den heftigen Wind, den sie verursachten. Er riss an mir und drohte mich von Cayenne zu werfen, doch ich konnte mich mit aller Mühe festhalten, als Cayenne ihren Oberkörper hochriss. Senkrecht zum Tornado jagten wir in die Luft, höher als die Funken von Cayenne, höher als das höchste Haus von Miami, bis ich das Gefühl hatte, nach den Sternen greifen zu können. Es wurde trotz Cayennes Wärme eisig kalt und dann machte sie ein Bogen und raste senkrecht geradewegs in den Tornado herein.

Ein weiteres Mal öffnete sie ihr Maul und zwischen ihren scharfen Zähnen lief die Glut heraus, kurz bevor ein weiterer Feuerstrahl folgte. Dieses Mal traf er die Kreaturen. Mit einem heftigen Schrei gingen sie alle in Flammen auf und der Tornado wurde zur Asche, die langsam auf den Boden schwebte.

Wir landeten mitten in unserem Vorhof. Und dann kam auch Mexx durch das Tor geritten.

Cayenne brüllte laut.

Die Antwort war das grässlichste Gelächter, das ich je gehört hatte.

Es hallte durch unser ganzes Haus, weiter in den Vorhof und raus auf die Straßen, bis es über dem Meer verklang.

„Ich hätte Besseres von dir erwartet, Cayenne", raunte er. Dann trat aus unserer Haustür ein gigantischer Mann.

Seine rot glühenden Augen funkelten vor Zorn, doch weiter war in seinem Gesicht nichts zu sehen. Sein restlicher Körper war von einer Rüstung geschützt, die ihn noch größer aussehen ließ, als er bereits war. Aus seinem Helm stießen zwei gewaltige Hörner hervor.

Er begann zu grinsen und dort, wo man vorher nur Schwarz gesehen hatte, öffnete sich sein Mund und scharfe, gelbe Zähne traten hervor, zwischen denen das Blut hervortriefte. Seine widerwärtig lange Echsenzunge schoss zwischen ihnen heraus und er leckte sich über das Gesicht.

„Hier ist sie", lachte er und wie aus dem Nichts zog er mit seinen gelben, langen Krallen Alice hinter sich hervor.

Sie stolperte und landete vor ihm auf dem Boden. Ihre Kleider waren zerrissen und Blut tropfte aus einer Wunde am Kopf ihre Wangen herunter, aber ansonsten schien sie unversehrt.

Langsam rappelte sie sich auf, als ihr Blick auf Mexx und mich fiel. „Oh Gott! Mexx, Layla! Es ist eine Falle! Flieht! Rennt, so weit ihr könnt! Bitte", weinte sie.

Shadow schnaubte wütend und kratzte ihr mit seinen Krallen über den Rücken. Alice schrie schmerzerfüllt auf.

„Mum!", rief Mexx und wollte zu ihr rennen, doch Cayenne versperrte ihm mit dem Körper den Weg.

„Ich gebe sie euch!", lachte Shadow böse auf. „Aber im Gegenzug will ich euch!"

Ein weiteres Mal leckte seine Zunge über sein Gesicht.

„Tot!", fügte er mit einer düsteren, rauen Stimme hinzu und lachte noch mal.

„Tut das nicht! Bitte!", bettelte Alice wiederholt, doch Mexx hatte sich seine Meinung schon gebildet.

„Meinetwegen, aber lass meine Mutter in Ruhe", rief er wütend und verzweifelt. Tränen liefen ihm die Wange herunter, als er von Phantasy abstieg und über Cayennes Schwanz kletterte. „Mexx!", rief ich entsetzt und sprang von Cayennes Rücken herab. „Das kannst du nicht machen!"

Auch mich schmerzte es sehr, Alice im Stich zu lassen – denn ich liebte sie wie meine eigene Mutter. Aber wenn es stimmte was Cayenne vorhin gesagt hatte, dann stand hier die ganze Menschheit auf dem Spiel.

Ich schlüpfte durch Cayennes Beine hindurch, woraufhin sie wütend aufbrüllte und sich zurückverwandelte.

„Ihr Narren!", lachte Shadow wieder. „Ihr Narren!"

Mexx rannte geradewegs auf Shadow zu und ich ihm hinterher.

Ich wusste nicht, was hinter mir abging. Ich hörte nur Cayenne brüllen, wir sollen zurückkommen, Phantasy wieherte laut und galoppierte los und Paradies stieß einen Schrei aus.

„Mexx!", schrie ich und bekam ihn gerade noch zu fassen, denn während Shadow vorne stand und laut lachte, hatte er sein Langschwert bereits aus der Scheide gezogen und machte sich bereit zum Angriff. Das Schwert war gezackt und rauchte lange schwarze Fäden aus dem schwarzen Metall. Shadow hob es an und ging auf Mexx zu, als ich griff und mit meinem ganzen Gewicht seitlich wegschubste. Shadows Klinge rammte in den Boden und ein breiter Riss entstand zwischen den Steinen.

Dann war Cayenne da und schoss Shadow mit einem Pfeil in die Rüstung, woraufhin dieser wütend auf Cayenne losging. Cayenne jedoch war eine brilliante Kämpferin und wich seinen Schlägen elegant aus oder hielt ihren Bogen dagegen. Hin und wieder schaffte sie es sogar, ihren Bogen Shadow über den Kopf zu rammen, der daraufhin nur noch wütender wurde. Und dann plötzlich, als Shadow wütend und laut brüllend sein Langschwert ein weiteres Mal hob und Cayenne sich zum Ausweichen bereit machte, rammte Phantasy ihn von der Seite, sodass er seitlich wegflog, direkt vor die Füße von Alice. Alice stand mit einem langen Fleischmesser bereit und donnerte es Shadow in sein Gesicht.

„Dafür, dass du meine Kinder ermorden wolltest, du Bestie!", schrie sie und haute es ihm immer und immer wieder in das schutzlose Gesicht.

Shadow schrie vor Schmerz, Rauch schoss aus seiner Rüstung hervor und seine Bewegungen schienen immer schwächer.

Verdutzt schaute Cayenne auf Alice und Mexx und ich wurden mit Stolz erfüllt, als „unsere" Mutter immer weiter und immer weiter auf

Shadow einstach, während dieser immer schwächer wurde. Sie würde es schaffen, sie würde ihn besiegen.

Doch unser Stolz verflog wie ein Blatt im Sturm, als Shadow sich plötzlich wieder aufraffte und Alice sein Langschwert in den Bauch rammte.

Mexx und ich schrien entsetzt auf. Wütend rannte Mexx los, ich hinterher, doch als wir bei Alice ankamen, war dort nur noch ihr Leichnam. Shadow war verschwunden und die Sonne brach wieder durch die Schattenwand, die sich am Himmelszelt ausgebreitet hatte.

Mexx hielt Alice in den Armen und schrie seine Trauer aus seinem Leib, während ich ihre Hand hielt.

Ihre sonst immer so fürsorglich glühenden, warmen Augen waren kalt und leer. Sie starrten ins Nichts. Dort, wo ihr Herz mit Leben pulsieren müsste, war Stille und das Blut floss unaufhörlich aus ihrem Bauch und bildete eine rote Pfütze, in der Mexx und ich saßen und weinten.

Ihre Stimme war uns für immer verloren. Ihre Wärme, ihre Sorge, ihre Umarmungen – für immer weg. Und in einem Moment der Melancholie musste ich an all die Male denken, wo ich weinend auf dem Boden lag und sie mir immer wieder aufgeholfen hatte. An die Momente gemeinsam beim Essen, an die Momente, wo sie uns ins Bett brachte oder von der Schule holte. An die simplen Momente mit ihr in unserem Leben, die plötzlich so bedeutungsvoll geworden waren, denn es waren unserer Erinnerungen an sie.

In mir zog sich alles zusammen und doch wusste ich, dass unser Abenteuer gerade erst begonnen hatte. Denn dort wartete etwas auf uns, dort draußen. Dieser Shadow, er lebte noch und er wollte uns vernichten. Und es war unsere Aufgabe ihn aufzuhalten.

Cayenne kam auf uns zu und sagte: „Lasst sie uns beerdigen. Wir werden ihr eine Kriegerbestattung geben, sodass sie für immer in unserer Erinnerung bleibe.“

Mexx antwortete nicht. Ich nickte stumm.

Cayenne nahm Alice' Leichnam hoch und trug ihn an den Strand. Phantasy, Paradies, Mexx und ich folgten ihr.

Am Strand waren wir allein, denn obwohl die Sonne wieder elendig heiß auf uns strahlte, hatten sich alle Menschen wegen des Sturms in ihren Häusern verschanzt.

Cayenne watete raus ins Meer, bis Alice unter ihrem Armen trieb. Dann hauchte Cayenne sie über den ganzen Körper an und ließ sie los, sodass Alice ohne Cayennes Hilfe weiter trieb.

Als Cayenne wieder am Strand ankam, fragte sie: „Möchtet ihr noch etwas zu ihr sagen, ein paar letzte Worte?"

Ich hatte so viel zu sagen, dachte ich nur, doch als ich den Mund öffnete, kam nichts hervor und meine Worte wurden von einem Schluchzen verschluckt. Mexx schüttelte den Kopf.

Cayenne nickte und rief über den Strand: „Alice hat tapfer gekämpft und keine Worte können ihren Tod rückgängig machen oder den Schmerz ihres Verlustes lindern. Doch sie ist gestorben, um ihre Kinder zu beschützen. Und darauf können wir stolz sein. Sie hat Shadow in die Knie gezwängt und das hat bis jetzt noch fast keiner geschafft. Sie starb unter seiner Klinge, sie lebt weiter in unseren Herzen und in unserer Erinnerung. Möge sie in Frieden ruhen und ihr Geist uns so beschützen, wie sie es in Lebzeiten getan hat!"

Phantasy stieg und wieherte, Paradies flog über das Meer und sang ein Abschiedslied, dass meine Tränen kamen wie ein Wasserfall. Mexx und ich nahmen uns an die Hände und schauten auf Alice' treibenden Leichnam, während Cayenne neben uns als Drache aufstieg, brüllte und ihr buntes Feuer auf Alice herabregnen ließ.

Das ganze Meer ging auf in schillernden Farben, währen Alice nun brennend in den Wellen trieb und die Sonne ihre letzten Strahlen auf sie schimmern ließ.

6. Kapitel

Als Alice' Flammen erloschen und nichts mehr von ihr übrig geblieben war, liefen Mexx und ich nach Hause.

Wir standen in der Eingangshalle und betrachteten die Verwüstung. Alles war umgeworfen, die Fenster zersplittert, Blut und tote Schattenkrieger lagen auf unserem Anwesen verteilt.

Cayenne wartete draußen auf uns, während wir die größten Rucksäcke schnappten, die wir finden konnten, und alles einsteckten, was wir für wichtig hielten. Geld, Essen und Getränke, ein paar Wechselklamotten, ein paar Küchenutensilien und Decken sowie einen Arzneikasten. Wir räumten sogar die Safes aus, die meine Eltern für den Notfall hinterlassen hatten. Mit diesem Geld hätten wir unser Leben lang auskommen können.

Als wir alles fertig gepackt hatten, gingen wir ohne zurückschauen aus dem Haus und stiegen auf Cayennes Rücken, die bereits als Drache verwandelt auf uns wartete. Einiges an Gepäck mussten auch Phantasy und Paradies schleppen, doch wir kamen dennoch schnell voran.

Mexx und ich wussten beide nicht, wo die Reise hingehen sollte. Als wir Cayenne danach fragten, schnaubte diese nur.

Auf ihrem Rücken war es angenehm warm, selbst in dieser Höhe. Wir flogen ungefähr fünf Stunden, bevor wir weit weg von zu Hause waren und auf dem Vorsprung eines Berges landeten.

Mexx und ich sammelten ein paar Äste und legten sie zu einem Haufen zusammen, Cayenne entzündete sie zu einem Feuer mit ihrem Drachenatem.

Wir ließen uns nieder und packten Brot und Wasser aus. Obwohl ich seit heute Morgen nichts mehr gegessen hatte, hatte ich immer noch keinen Hunger. Auch den anderen schien es nicht besser zu gehen, weshalb wir uns mit dem trockenen Brot und ein bisschen Wasser zufriedengaben, bevor wir uns vor dem Feuer zusammenrollten.

Cayenne stand am Rande des Vorsprungs und schaute über die Landschaft, als mir unter der Decke eingekuschelt die Augen zufielen.

Ich wusste nicht, wie lange ich geschlafen hatte, doch als ich wachgerüttelt wurde von Cayenne, wollten sich meine Augen kaum öffnen, so müde war ich. Die Aufregung von gestern lag mir noch schwer in den Muskeln und auch Mexx schien es alle Überwindung zu kosten, wach zu bleiben.

„Was ist los?“, murmelte er und blinzelte in der Morgensonne.

Es war trotz des gleißenden Sonnenlichts noch sehr frsich und auf meiner Haut bildete sich Gänsehaut.

„Werden wir angegriffen?“, fragte Mexx weiter.

„Wenn wir angegriffen würden, dann wäret ihr beide als erstes tot“, erwiderte Cayenne, die schon eifrig zugange war, unsere Sachen von gestern Nacht wegzupacken. Dann stand sie auf und stapfte zu uns rüber. Jeder von uns bekam ein Stück Brot und einen Apfel sowie etwas zu trinken in die Hand gedrückt.

„Wir werden jetzt trainieren“, erklärte Cayenne, während wir genüsslich unser Frühstück aßen.

Mexx sagte nichts mehr, sondern schaute nur an das ferne Himmelszelt, während ich Cayenne mit großen Augen anglotzte.

„Was glaubst du denn? Dass ihr einfach so in einen Kampf gegen Shadow ohne alle Vorbereitung reinschlendern könnt und ihn besiegt?“, fragte sie mich und grinste.

Ich zuckte mit den Achseln. Natürlich nicht, überlegte ich, aber dennoch hatte ich nicht an Training gedacht.

Und so kam es, dass wir den ganzen Tag auf dem Vorsprung standen und mit Stöcken gegeneinander antraten. Wir dehnten uns, meditierten und mussten dabei jeden einzelnen unserer Muskeln spüren.

„Wenn ihr euren Körper nicht am besten kennt, werdet ihr niemals die Schwachstellen anderer herausfinden“, behauptete Cayenne.

Wir mussten uns an den Rand des Vorsprungs stellen und den Wind spüren, wie er auf unserer Haut entlangstreifte. Wir mussten uns mit ihm bewegen, denn „die Natur muss im Einklang mit euch sein, nur dann könnt ihr sie gegen eure Gegner einsetzen“, wie Cayenne befand.

So verbrachten wir also unsere Tage hier und trainierten. Wir mussten den Berg hinab und wieder herauf klettern, im Wald unten mussten wir uns zwischen den Bäumen bewegen können und auf dem Boden, ohne dabei hinzuschauen.

Cayenne gab uns alle möglichen Tipps. Mit den Stöcken übten wir Schwertkampf und mit den geschnitzten Pfeilen und Bogen, die Cayenne uns bastelte, übten wir das Schießen.

„Den Fuß zurücknehmen, Mexx", befahl sie, als Mexx und ich uns ein weiteres Mal gegenüberstanden.

Meine Klamotten klebten mir am Körper vor Schweiß und meine Muskeln schmerzten, als Mexx wieder zum Schlag ausholte und ich meinen Stock gerade noch zur Abwehr hochhalten konnte.

„Gleichgewicht halten, Layla", kam es von Cayenne wieder.

Unsere Ausdauer verbesserte sich um das Zehnfache. Mexx und ich traten in Rennen gegeneinander im Wald an und somit stieg auch unsere Geschwindigkeit. Wir kämpften mit verbundenen Augen, mussten die Bewegung des Gegners über den Boden und dessen Windzug spüren, um uns verteidigen zu können. Wir kämpften mit zugestopften Ohren und mussten aus dem Augenwinkel die nächsten Bewegungen sehen können. Wir mussten uns in den Fluss stellen, dessen reisende Strömung uns wegschwemmen zu drohte und gegen ihn anschwimmen, wir mussten uns auf die glitschigen Felsen in ihm stellen und auf ihnen gegeneinander kämpfen für unsere Balance. Mexx' und mein Körper waren nach diesen etlichen Trainingstagen von Blutergüssen und blauen Flecken übersät.

Abends am Feuer erzählte uns Cayenne immer die Geschichten von Dragonier und Faraley und den drei Planeten, die vor langer, langer Zeit in einer Verbindung zueinander gestanden hatten. Sie erzählte uns von der Finsternis die drohte alles zu verschlingen, sie erzählte uns von den Kriegen auf Dragonier und unterrichtete uns über ihre Sprache. Sie erzählte von den Zeiten, wo Dragonier oder Faraley wieder in Verbindung mit der Erde gestanden hatten, so wie es jetzt wieder der Fall war, und wie die Sagen und Mythen der Erde über die Götter und die Drachen entstanden sind. Sie berichtete uns von den Drachenkristallen und von dem Herrscher Dragoniers und von Shadow, der ein Teil der Finsternis war.

„Diese unbeschreibliche Angst, wenn es dunkel ist ... Sie liegt in fast jedem von uns, doch woher kommt sie?", setzte Cayenne eines Abends an, als wir wieder um das Feuer saßen und einen heißen Tee tranken. Wir hatten Wasser in einem Topf über dem Feuer erhitzt und ein paar Kräuter hinzugefügt.

Mexx und ich zuckten mit den Schultern.

„Sie kommt von der Finsternis, denn sie lauert in der Dunkelheit. Dragonier und Faraley werden schon bald wieder mit der Erde in einer

Konstellation stehen. Sie wird wieder erwachen und ihren Plan von vor Milliarden Jahren weiterführen, nur dieses Mal können wir unsere Planeten nicht wieder trennen, dieses Mal müssen wir kämpfen."

Cayenne blickte hoch in den Himmel.

„Shadow, er ist ein Abklatsch von dem, was uns in ein paar Jahren erwarten wird, doch er ist jetzt an der Reihe. Die Prophezeiungen erfüllen sich, ich habe euch gefunden." Sie schaute uns mit ihren regenbogenfarbenen Augen an.

„Warum wir?", fragte ich.

„Weil ihr Halbanemanier seid."

Mexx schaute von dem Feuer hoch zu Cayenne.

„Die Mythen über die Götter. Es waren sowohl die Anemanier als auch die Tresalteses, die Einwohner von Dragonier und Faraley. Die Erde besaß diese Macht nicht, die wir besaßen, also beschlossen wir, einige zum Schutz auf ihr zurückzulassen. Über Generationen hinweg pflanzten sie sich fort und es entstanden Halbanemanier und Halbtresalteser, die eine Macht in sich besaßen, von der sie keine Vorstellung hatten. Einige Zeit wurde diese Macht ihnen beigebracht, doch in der Zeit des Mittelalters, wo Hexen verbrannt, Vampire und Werwölfe gejagt wurden, als es als Heldentat galt, einen Drachen zu ermorden oder das Horn eines Einhorns zu erlangen, da begannen sie sich zu verstecken. Schon bald wurde diese Macht vergessen. Ihr beide, ihr seid zwei der wenigen Halbanemanier der Erde. In euch schlummert eine Macht, die ihr nicht kennt, aber entdecken müsst, um Shadow zu besiegen. Daher ihr und niemand sonst." Mit diesen letzten Worten stand Cayenne auf und ging wieder an den Rand des Vorsprungs.

Die Sterne glühten in der Nacht und die Flammen des Feuers tanzten und knisterten, während Paradies durch die Lüfte schwang.

Ohne ein Wort stand Mexx auf und begann den Berg runterzuklettern.

„Mexx?", fragte ich, „was machst du?"

„Das Einzige, was ich will", sagte er, „ist, den Tod meiner Mutter zu rächen. Und das kann ich nicht, wenn ich hier sitze und dämlichen Geschichten zuhöre."

„Das kannst du nicht machen, warte doch mal", flehte ich und stand auch auf, doch Mexx war schon in der Dunkelheit verschwunden.

Hilfesuchend schaute ich zu Cayenne.

Langsam drehte sie sich zu mir um. Ihre Augen leuchteten in der Nacht.

„Er wird es noch lernen", sagte sie, sprang vom Vorsprung auf, verwandelte sich und flog davon.

„Was? Warte, wo fliegst du hin?", rief ich hinterher, aber sie war schon zu weit weg. Wütend stampfte ich mit meinen Füßen auf und verfluchte die ganze Situation, in der ich war, während Phantasy mich neugierig anstarrte.

„Guck nicht so blöd!", fauchte ich ihn an und begann gegen die kleinen Steine zu kicken, die überall auf dem Boden lagen.

Ich wusste nicht, wie lange ich da noch stand, wütend herumfluchte und Steine warf, jedoch war ich irgendwann so müde und ausgelaugt, dass ich mich mit einem miesen Blick vor das Feuer setzte und mich in die Decke einkuschelte. Phantasy hatte mir, seitdem ich ihn angefaucht hatte, beleidigt den Hintern zugewendet, weshalb ich mich jetzt zusätzlich auch noch schuldig fühlte. Doch es dauerte nicht lange, da war ich vor lauter Müdigkeit eingeschlafen.

Als ich das nächste Mal aufwachte, saß Cayenne neben mir und brat ein Kaninchen, das sie gefangen hatte. Ich raffte mich auf und starrte sie wütend an.

„Guten Morgen", sagte sie und nahm das Kaninchen vom Feuer runter, um es aufzuteilen.

„Hast du mir irgendetwas zu sagen?", fragte ich sie und hob erwartungsvoll die Augenbraue.

Aus dem Augenwinkel schaute sie mich an, sagte jedoch nichts und wendete sich wieder dem Kaninchen zu.

Ich schnaubte wütend und starrte trotzig auf das Feuer, das in der kühlen Morgensonne angenehme Wärme bot.

Bald setzte sich Cayenne wieder neben mich und drückte mir den Teller mit Essen in die Hand.

„Ich bin Mexx hinterhergeflogen, um sicherzugehen, dass er sich nicht in Gefahr bringt", erklärte sie dann irgendwann.

Ich antwortete nicht. Ich war müde und erschöpt trotz meines tiefen Schlafes und wollte nicht irgendwelche guten Erklärungen haben, sondern einfach nur wütend sein und jemandem die Schuld an allem geben. Aber natürlich war Cayenne nicht daran schuld. Ich seufzte.

„Ist er es denn?", fragte ich dann.

Sie nickte.

Wir aßen noch einige Zeit stillschweigend weiter und machten uns dann fertig zum Training.

Meine Muskeln schmerzten immer noch und meine Sorgen um Mexx hingen, trotz Cayennes Zuspruch, dass es ihm gut ginge, immer noch unangenehm im Hinterkopf.

Wir wollten gerade den mühseligen Abstieg des Berges antreten – denn obwohl Cayenne fliegen konnte, glaubte sie, es sei ein gutes Aufwärmen und Muskeltraining –, als eine Schlange unter dem Vorsprung hervorgeschlängelt kam und ich erschrocken aufschrie.

Mit schnellen Schritten lief ich, so gut es ging, hinter Cayenne, die aufmerksam auf die Schlange starrte. Als das Tier still blieb und auch Cayenne nichts weiter tat, wanderte mein Blick wieder auf die Schlange und erst dann bemerkte ich, dass sie nicht aussah wie eine normale Schlange. Um ihren Hals hatte sie eine Krause und ihre Schuppen standen schon fast wie Stacheln von ihrem Körper ab. Sie war orange-rot geschuppt und hatte vier neongrün leuchtende Augen. Von ihren Nüstern aus hing zudem ein dünner, schuppiger, kleiner Bart.

„Cayenne?“, fragte ich verunsichert. Die Schlange zischte, als wäre sie aufgebracht, und genauso plötzlich, wie sie gekommen war, war sie wieder verschwunden.

„Heute findet kein Training statt“, sagte Cayenne plötzlich mit finsterer Miene und warf ihre Pfeile und den Bogen sowie die Übungsschwerter ab und verwandelte sich auf dem Punkt. Phantasy stieg hoch und wieherte laut und ohne zu zögern sprang ich auf Cayennes Rücken.

Phantasy, auf seinem Schatten reitend, folgte uns, als Cayenne sich durch die Lüfte schwang. Bald schon kam auch Paradies, der aufgeregt ein wildes Lied sang und dann scharf rechts nach unten einbog, woraufhin Cayenne gleich ihren Kurs änderte und ihm folgte. Wir flogen dicht über die Baumkronen und folgten dem Fluss weiter stromabwärts, bis wir weiter vorne einen dunklen Fleck erkannten.

„Schattenkrieger!“, rief ich ängstlich, da fiel Cayenne bereits im Sturzflug mit offenem Maul auf die Schattenkrieger zu und spie ihr gewaltiges Feuer. Einige von den Schattenkriegern flüchteten in den Wald, doch die meisten wurden von dem Feuer verschlungen. Mein Blick fiel auf den Fluss.

„Mexx!“

Er stand auf einem glitschigen Felsen im Fluss und bekämpfte mit einem dicken Stock einen Schattenkrieger, der vergeblich versuchte, auch auf den Felsen zu gelangen. Hinter Mexx, ebenfalls im Wasser, klammerte sich ein vielleicht gerade mal zehnjähriger Junge verzweifelt an den Felsen, um nicht vom Strom mitgerissen zu werden.

Wir landeten am Rand und während Cayenne die restlichen Schattenkrieger bekämpfte, indem sie mit ihren Pranken auf sie einschlug und weiterhin Feuer spie, sprang ich in den Fluss. Mein einziger Gedanke dabei war, Mexx und dem kleinen Jungen zu helfen.

Das Training mit Cayenne hatte mir erheblich viel Kraft und Ausdauer gegeben, sodass ich mit wenig Anstrengung durch die Strömung kam, obwohl ich glaubte, dass es wahrscheinlich auch was mit meiner anemanischen Seite zu tun hatte, denn die Strömung war gewaltig.

Es dauerte nicht lange, da war ich an dem Felsen angekommen und konnte dem Schattenkrieger, der Mexx bekämpfte, die Beine wegziehen. Er schrie wütend und verzweifelt auf und verschwand dann im Strom des breiten Flusses. Ohne ihm weitere Beachtung zu schenken, kraxelte ich um den Felsen herum und packte den Jungen am Arm. Es war gerade noch rechtzeitig, denn im nächsten Moment fielen dessen Augen zu und er hing schlaff in meinen Armen. Erst dann bemerkte ich das Blut, das aus einer Wunde seines Körpers in den Fluss rann.

So gut es ging, packte ich den Jungen unter den Armen und drückte eine Hand auf seine Wunde, dann begann ich, wieder auf die andere Seite des Flusses zu schwimmen. Heftig atmend und immer wieder Wasser schluckend strampelte ich durch die Strömung. Der Rückweg war aufgrund des Jungen um einiges anstrengender, doch wir hatten fast den Rand erreicht. Plötzlich schrie Mexx hinter mir und Cayennes Kopf jagte herum. Ihre Augen weiteten sich erschrocken, als sie sah, wie ein weiterer Schattenkrieger auf den Jungen und mich einfiel.

Ich spürte seine Krallen, als sie sich in meine Seiten bohrten, ich spürte, wie ich den Halt verlor und mitsamt dem Jungen plötzlich weggerissen wurde, die Strömung abwärts. Mein Kopf tauchte immer wieder in das Wasser und die Krallen des Schattenkriegers bohrten sich immer tiefer in mich, während ich verzweifelt versuchte, den verletzten Jungen über Wasser zu halten.

Um uns herum lagen überall Felsen im Wasser und es war ein Wunder, dass der Junge und ich ungeschoren um diese herumgezerrt wurden, während der Schattenkrieger glücklicherweise von einem erfasst wurde. Dabei ließ er von mir ab, zog jedoch einen gewaltigen Kratzer in meine Seiten und ich musste schmerzerfüllt aufschreien.

Das Wasser war kalt und ich spürte, wie meine Kräfte immer weniger wurden, während ich immer noch versuchte, den Jungen nicht zu verlieren und an den Rand des Flusses zu gelangen.

Ich bemerkte nicht mal den Abgrund, der sich vor uns breit machte, denn mein Blick war immer noch auf das Land gerichtet. Dort sah ich Cayenne mit Mexx auf ihrem Rücken auf uns zufliegen. In dem Moment fiel mir ein Stein vom Herzen, wir waren gerettet, dachte ich.

Dann war der Abgrund plötzlich da und das Nächste, was ich bemerkte, war, dass wir einen Wasserfall herunterfielen und ich den Halt an dem Jungen verlor.

7. Kapitel

Ich spürte, wie Wassermassen auf mich eindrängten, sah den Jungen wegtreiben und seine neongrünen Augen, die plötzlich offen auf mich starrten. Verzweifelt wehrte ich mich gegen die Wassermassen und versuchte, mich zu ihm hinzukämpfen, doch irgendetwas hielt mich fest! Ich bekam keine Luft mehr!

Der Junge starrte mich immer noch an. Panik schob sich in meinen Körper und dann rief der Junge wütend: „Warum hast du mich nicht gerettet? Warum hast du mich sterben lassen?“ Ich versuchte ihm zu antworten, doch als ich den Mund öffnete, kam nur mehr Wasser herein und ich strampelte verzweifelt gegen die Arme, die mich unter Wasser hielten. Dann plötzlich veränderte der Junge seine Gesichtszüge – und Shadow war vor mir.

Ich versuchte zu schreien. Mein Herz klopfte laut und Shadow lachte. Er lachte und lachte und lachte – und dann wachte ich schreiend und völlig durchnässt auf dem Vorsprung des Berges auf, wo wir unser Lager aufgeschlagen hatten.

Die besorgten Gesichter von Cayenne und Mexx starrten mir entgegen.

Erst dann bemerkte ich, dass die Arme, die mich festgehalten hatten in meinem Albtraum, eine Decke waren, in die ich mich eingedreht hatte. Cayenne und Mexx halfen mir heraus und dann wickelte ich mir die Decke locker um meinen nassen, zitternden Körper, während Cayenne mir Tee gab und Mexx sich neben mich setzte.

Die heiße Tasse wärmte meine kalten Hände und das Feuer den Rest meines Körpers.

Einen Moment lang konnte ich nichts anderes tun als in die Flammen zu starren und dann erinnerte ich mich.

„Der Junge!“, rief ich aufgeregt und wollte schon aufspringen, als Mexx mir beruhigend die Hände auf die Schultern drückte, sodass ich sitzen blieb, während Cayenne wieder in mein Blickfeld lief. Hinter ihr trottete der zehnjährige Junge her und setzte sich mit ihr nahe an das Feuer.

„Ihm geht es gut“, lächelte sie. „Dank dir.“

„Danke“, murmelte der Junge. „Mein Name ist übrigens Phinjeas.“

Er gab mir die Hand und verdutzt, aber auch erleichtert reichte ich ihm meine.

„Kein Problem", erwiderte ich. „Mein Name ist Layla."

Er nickte nur und lächelte. Dann fiel mein Blick auf seinen Hals, wo die Schlange von heute Mittag ihren Platz eingenommen hatte und mich anzischte.

Ich erschrak und hätte beinahe meinen Tee verschüttet, als Phinjeas sagte: „Keine Sorge, Pirate hat sich auch noch mal bedankt."

Er lächelte.

„Bist du ...", setzte ich an.

„Ein Anemanier?" beendete er meine Frage und nickte dann antwortend. „Ja, das bin ich. Ich bin ein guter Freund von Cayenne. Wir haben gemeinsam auf Dragonier gegen Shadow gekämpft. Wir und noch ein paar andere."

Der Junge, Phinjeas, hatte dunkelrote Haare und gebräunte Haut. Seine Augen leuchteten neongrün. Er war komplett in Schwarz gekleidet und trug auf seinem Rücken an einen Gurt gebunden einen großen Hammer, der fast größer war als er selbst.

„Aber du bist erst zehn", platzte es entsetzt aus mir heraus.

„Wir sind Anemanier, Layla. Wir besitzen lange ein junges Aussehen. Phinjeas ist bereits dreißig Jahre alt und ein Erwachsener", erklärte Cayenne.

Um Phinjeas Arm war ein Verband gebunden, genauso wie um meine Seite, wo der Schattenkrieger sich reingekrallt hatte.

„Wir haben nun eine Aufgabe bekommen. Dank Phinjeas wissen wir, dass ich nicht die einzige Anemanierin bin, die auf der Erde gelandet ist, sondern dass es da noch mehrere gibt", erklärte Cayenne.

„Soweit wir wissen, sind die anderen unseres Teams auch hier auf der Erde, vielleicht sogar weitere. Unsere Aufgabe ist es, sie zu suchen, denn mit ihnen haben wir eine bessere Chance, gegen Shadow anzutreten", setzte Phinjeas fort. „Dafür werde ich euch jedoch erst einmal richtige Waffen besorgen. Ich habe von Cayenne gehört, dass ihr schon lange trainiert", sagte er.

Mexx nickte.

Ich zuckte mit den Schultern. „Ehrlich gesagt habe ich mein Zeitgefühl verloren. Weiß nicht, wie lange wir trainiert haben."

„Anscheinend lange genug, dass Cayenne euch bereit dafür hält, nun als Krieger zu gelten. Ihr werdet eure Waffen aussuchen und mir eure Wahl sagen. Heute Nacht werde ich sie für euch schmieden.“ Phinjeas schaute uns erwartungsvoll an.

Ich musste kurz nachdenken.

Cayenne hatte uns mit allen möglichen geschnitzten Waffen trainieren lassen und wir durften zwischendurch sogar einige von den ihren benutzen, zum Beispiel ihre Dolche oder ihren Bogen.

„Ich hätte gerne das Schwert“, entschied sich Mexx bereits neben mir.

Wenn ich zurückdachte an unser Training, schien es mir plausibel, denn Mexx war ein guter Schwertkämpfer. Es schien ihm in seinem Blut zu liegen und auch bei dem Kampf gegen die Schattenkrieger hatte er seine Gabe für den Schwertkampf bewiesen. Doch es war nicht wirklich meins gewesen. Die Waffe, die ich von Anfang an wie einen alten Freund begrüßt hatte, war der Bogen gewesen. Dieses Gefühl der Bekanntschaft hatte sich noch mal verfestigt, als ich Cayennes Bogen aus Drachenglas benutzen durfte. Es war ein wunderschönes Material und fast unzerstörbar, nur Drachenfeuer selbst könne es wieder vernichten, hatte Cayenne gesagt – und dann auch nur von dem Drachen, der sie erschaffen hatte. Cayennes Bogen trug zudem noch weitere schmückende Kristalle zur Verzierung und ihre Pfeile hatten drei Spitzen an ihren Enden.

„Ich hätte gerne Pfeile und Bogen“, antwortete ich also entschlossen und aus dem Augenwinkel sah ich, wie Cayenne zufrieden lächelte.

Phinjeas nickte. „Ich bin morgen früh wieder da, bis dahin müsst ihr alles gepackt haben und bereit sein.“

Damit stieg er den Berg hinab und war verschwunden.

„Es wird mein Feuer sein, welches eure Waffen zu Drachenglas werden lassen wird“, lächelte Cayenne. Damit legten wir uns schlafen.

Am nächsten Morgen wachten wir früh auf und packten alles zusammen, solange wir noch auf Phinjeas warteten. Die Sonne stand bereits weit oben am Himmel, als er den Berg hochgeflogen kam. Aus seinem Rücken stachen riesige, schwarze Flügel hervor, die an ihren Spitzen ein Muster wie Pfauenflügel besaßen. Er landete direkt vor uns und legte ein geschnitztes Langschwert mit vielen Zacken und Verzierungen sowie einen wunderschönen Bogen mit Pfeilen vor uns. Der Bogen war verziert mit zwei Spitzen, die nach vorne abstanden, sodass man ihn auch so benutzen konnte, und die Pfeile hatten drei nebeneinander liegende Spitzen an ihren Enden.

„Normalerweise bildet man diese Waffen aus dem Holz des Moratschibaumes, doch im Notfall macht Eiche auch ihren Job.“ Damit trat er zu uns und wir schauten zu, wie Cayenne sich verwandelte und ihren bunten Feuerstrahl auf die Holzwaffen spie.

Als sie fertig war und der Rauch verebbte, lagen dort ein Schwert sowie Pfeile und Bogen aus Drachenglas auf dem Boden.

Wir ließen sie noch ein wenig zum Abkühlen dort liegen, bevor wir sie einpackten und uns auf Cayennes Rücken schwangen.

Phinjeas verwandelte sich in einen riesigen, schwarzen Panther, aus dessen Rücken gigantische Flügel stachen und dessen Schwanz zweigeteilt war.

Wir hoben ab und flogen eine Weile, bis wir zur Mittagszeit außerhalb einer Stadt landeten und den Rest zu Fuß gingen. Wie sich bald herausstellte, waren wir vor von Florida bis nach Colorado zum Mount Bierstadt geflogen und hatten dort unser Lager aufgeschlagen. Wir landeten vor einem kleinen Dorf namens Evergreen und suchten dort ein Internetcafé, um die Nachrichten nach Neuigkeiten zu durchsuchen, die Aufschluss über mögliche Aufenthaltsorte anderer Anemanier geben könnten.

Als wir zu viert gemeinsam mit Phantasy und Paradies durch das kleine Dorf wanderten, schaute uns so manche komisch an, doch die meisten Leute gingen uns einfach aus dem Weg. Es dauerte nicht lange, da saßen wir in einem Internetcafé mit vollem Magen und suchten nach Informationen.

„Also, ach du meine Güte!“, rief ich aus und bekam dabei einige schräge Blicke zugeworfen. „Wir waren drei Monate auf diesem Berg?“ Ungläubig schaute ich Cayenne an.

Sie winkte ab. „Ihr brauchtet Zeit zum Lernen. Nun schau bitte nach Informationen.“

Ich schnaubte bloß und drehte mich wieder zu dem Laptop, den die Besitzerin des Ladens uns freundlicherweise zur Verfügung gestellt hatte.

„Okay, es gibt hier Berichte über das, was vor einigen Monaten in Miami passiert ist. Zudem sind weitere dieser Berichte hier vorhanden. Einige Vorfälle fanden wohl auch in Mexiko und New York statt ... Hier wird auch von Vorfällen in Italien und England berichtet.“

„Shadow ist überall“, murrte Phinjeas hinter mir.

„Hier steht noch was ... Meteoriteneinschläge an verschiedenen Orten auf dieser Welt. Offenbar ist nicht viel Schaden dabei entsanden, aber hier ...“ Ich klickte auf einen weiteren Link. „Ein Meteoriteneinschlag in der Nähe des Mount Bierstadt, noch bevor Shadow bei uns angegriffen hat.“ Ich schaute zu Phinjeas.

„Könnte das ungefähr mit deinem Aufenthalt dort passen?“, fragte Cayenne nach.

Phinjeas zuckte mit den Schultern. „Ich habe sehr lange dort gelegen und war auch verletzt. Habe oft das Bewusstsein verloren und war mehrere Tage nicht ansprechbar, aber kann gut sein.“

„Okay“, begann Mexx, „sagen wir, das stimmt mit den Meteoriteneinschlägen und jeder dieser Meteoren war ein Anemanier, dann sind zwölf von euren Freunden, abgesehen von Phinjeas, noch da draußen. Aber es könnten auch Freunde von Shadow sein?“

Cayenne und Phinjeas nickten.

„Wir haben aber keine andere Möglichkeit als nachzusehen, um es herauszufinden“, sagte ich.

„Das stimmt“, bestätigte Cayenne.

Mexx seufzte und lehnte sich zurück. „Dann lass sie uns aufschreiben.“

Wir notierten also auf einer Liste die Orte, wo die Meteoriteneinschläge aufgezeichnet wurden, und machten dann einen Plan, nach welcher Reihenfolge wir sie abfliegen würden – in der Hoffnung, es seien Freunde, die auf uns dort warteten, und keine Feinde.

Es war spät in der Nacht, als wir wieder weit genug außerhalb des Dorfes waren und Cayenne sich verwandeln konnte. Unser erstes Ziel waren die Kodiak-Inseln in Alaska. Wir brachen also auf mit dem Wunsch, das Richtige zu tun.

8. Kapitel

Wir schossen durch die Luft.

Die Sterne funkelten bereits wie Kristalle am Himmel. Der Wind wehte durch mein Haar.

Ich kuschelte mich an Mexx und beobachtete Phinjeas, der immer mal wieder von Cayenne absprang und Sturzflüge übte.

Ich überlegte, ein bisschen meine Augen zu schließen, doch letzten Endes hielten mich die Gedanken wach, vor allen Dingen der Gedanke an Alice. Ich verlor mich in der Unendlichkeit der Sterne am Himmel, während ich mich fragte, ob Alice nun von dort oben auf uns hinabschauen würde, um über uns zu wachen. Jetzt, in der Stille, schoss sie mir immer wieder durch den Kopf.

Ich hatte mich immer gefragt, wie Menschen es schafften, weiterzumachen, wenn sie jemanden verloren hatten, den sie liebten. Jeder hatte seine eigene Art, Schreckliches zu verarbeiten, und einige schafften es gar nicht, über den Verlust hinwegzukommen. Doch ich glaube, die meisten Menschen schoben den Gedanken wohl einfach beiseite, vergruben ihn und schlossen ihn ein, aus Angst, sie könnten darin versinken und nie wieder herauskommen.

Doch durch alles, was in letzter Zeit passiert war, war der Gedanke an sie nur noch ein dumpfer Schlag tief in mir drin. Ich war nicht mehr traurig, doch wenn ich versuchte, mich an Alice zu erinnern, spürte ich dennoch die Leere, die sie hinterlassen hatte. Ich hoffte nur, sie war mit dem Wissen gestorben, geliebt worden zu sein.

Ich spürte Mexx' regelmäßiges Atmen, das warm gegen meinen Nacken stieß, und ich bewunderte ihn für seine Stärke. Er war immer näher am Wasser gebaut gewesen und hatte schon bei den kleinsten Schrammen zu weinen angefangen. Und nun war er so stark – was mich einerseits stolz machte, doch andererseits auch trauriger als je zuvor.

Nach einiger Zeit hatte Phinjeas sich hingelegt und ich spürte, wie die Umgebung kühler wurde. Wir hatten, bevor wir losgeflogen waren, eine Weltkarte gekauft und einen Kompass, damit wir den Weg richtig einhielten. Ich hatte sowas noch nie gemacht, doch Phinjeas half zwischendurch dabei und somit blieben wir konstant auf dem Weg. Cayenne flog nicht so hoch, war aber dennoch ziemlich schnell unterwegs, weshalb wir nicht lange brauchten, bis wir Colorado hinter uns gelassen hatten und über Utah hinwegzogen. Ich wusste zwar nicht, wie genau Cayenne das machte, aber ich war mir ziemlich sicher, dass sie durch ihre Kräfte den Windzug auf ihrem Rücken abhielt. Auch strahlte sie eine Wärme aus, dass uns hier oben schon fast zu heiß unter den Decken wurde.

„Das liegt daran, dass Cayenne im Inneren brodelt wie ein Vulkan. Drachen haben sozusagen eine zweite Lunge, in der sie die heiße Luft lagern, und in ihrem Rachen hat sie kleine Plättchen, die man Flameos nennt. Flameos sprühen Funken, die die heiße Luft zum Brennen bringen, wodurch Drachen die Gabe haben, Feuer zu speien. Deshalb muss Cayenne immer eine ziemlich hohe Körpertemperatur haben, sonst wäre was nicht in Ordnung“, hatte Phinjeas erklärt, als ich nachfragte, was es damit auf sich hat.

Bald passierten wir auch Utah komplett und waren einige Zeit über Idaho geflogen, bis wir in Oregon ankamen. Dann dauerte es nicht lange und wir flogen über den nördlichen Ozean. Der Wind blies eisig in mein Gesicht und ich war froh über die Wärme, die Cayenne uns gab. Unter uns breitete sich das Meer aus und kleine Wellen schwappten auf dem dunklen, gefährlichen Nass, das nur vom Mondlicht leicht angestrahlt wurde.

Viele Stunden lang überquerten wir das Meer, das sich wie ein dunkles Loch unter uns erstreckte und in dem sich die Gestirne widerspiegelten, bis wir bei den Kodiak-Inseln ankamen und Schnee den Boden bedeckte.

Kodiak, die Hauptstadt der Kodiak-Inseln, liegt an der Ostküste, während sich im Südwesten das Kodiak National Wildlife Refuge befindet, welches rund zwei Drittel der Inselfläche einnimmt. Außerdem ist sie die zweitgrößte Insel der USA, zumindest stand es so in Wikipedia und nun auf dem Notizzettel, den ich mir zu dem Ort angefertigt hatte.

Es war immer noch dunkel, als Cayenne auf einer Lichtung in einem großen Wald landete, der sich mit der Zeit unter uns ausgedehnt hatte. Sie brachte den Schnee am Boden zum Schmelzen mit einem dünnen Feuerstrahl, um nicht die Bäume wegzubrennen, und legte sich, immer noch als Drache, auf die heiße Glut, um sich auszuruhen.

Phinjeas kuschelte sich – zum Schlafen ebenfalls in seiner Panther-Drachengestalt – an sie und Mexx und ich legten uns in ihre Armbeuge zwischen die beiden. Paradies, der gemeinsam mit Phantasy später eintraf, hatte sich in einen Baum gesetzt, während das Pferd sich etwas abseits von uns hingestellt hatte und den Kopf hängen ließ.

Mir wurde plötzlich mollig warm und ich spürte die Müdigkeit, die meinen Körper einnahm, dann döste ich langsam weg.

Als ich am nächsten Morgen aufwachte, schien die Sonne hell, aber ein kalter Wind traf mein Gesicht und kleine Schneeflocken rieselten vom Himmel.

Ich stand auf und spürte einige Knochen knacken. Gähnend streckte ich mich und verschränkte meine Arme kurz hinter dem Kopf, bis mich die eisige Kälte traf und ich es mir doch anders überlegte. Von meinen Bewegungen erwachte Mexx gähnend und ich sah, dass auch Cayenne wach war. Sie stupste Phinjeas an, der als einziger noch schlief.

Als alle erwacht waren, machten wir uns ein leckeres Frühstück. Wobei „lecker" wegen der Umstände eher weniger zutraf. Aus einem der Rucksäcke holten wir uns einen Topf und während ich versuchte, die Packung Haferflocken aufzubekommen, holten Phinjeas und Mexx etwas Holz, das sie zusammenlegten. Cayenne zündete den Holzhaufen an und ich, fröhlich, dass ich es geschafft hatte, den Beutel zu öffnen, gab Cayenne den Topf mit den Haferflocken darin. Sie umschlang ihn mit ihrer Schwanzspitze und hielt ihn über das Feuer.

Dummerweise hatten wir etwas vergessen.

„Wir haben kein Wasser reingemacht", fiel mir kurz darauf auf.

„Egal", sagte Mexx, der morgens vor dem Frühstück nicht gerne anzusprechen war. „Wir nehmen einfach Schnee und schmelzen ihn."

Mit diesen Worten ging er an den Rand der Lichtung, schaufelte sich die Hand voll Schnee und legte diesen in den Topf. Das machte er so lange, bis der Topf mit dem schnell schmelzenden Schnee überquoll und die Haferflocken in dem Wasser ertränkt wurden.

„Ich glaube, das reicht jetzt", bemerkte ich nach einiger Zeit und Cayenne nahm den Topf aus dem Feuer und stellte ihn ab.

Wir holten uns Löffel aus dem Rucksack und setzten uns um unser misslungenes Frühstück, bei dessen Anblick mir schon ganz schlecht wurde.

„Ich hab nicht mal mehr an Honig gedacht", murmelte ich enttäuscht und würgte mir einen weiteren Löffel runter.

Mexx stöhnte. „Davon bin ich die nächsten drei Tage noch satt."

Phinjeas und Cayenne jedoch behaupteten, sie hätten schon Schlimmeres gegessen, also beließen wir es dabei, spülten den Topf mit Schnee aus, machten noch mal Schnee in den Topf und schmolzen ihn, während Cayenne losging und ein paar Kräuter für einen Tee sammelte.

Der wortwörtlich zehnmal bessere Tee, den wir danach bekamen, hellte unsere Stimmung wieder auf und wir waren bereit, loszuziehen.

Nachdem wir alles wieder weggeräumt hatten, entschieden wir uns dafür, dass Phinjeas mit Mexx zusammen Richtung Norden fliegen sollte, um dort alles abzusuchen. Wir schickten Paradies nach Süden, Cayenne suchte die Gegend Richtung Westen ab und ich ritt auf Phantasys Rücken gen Osten.

Falls wir nichts finden würden, träfen wir uns am späten Nachmittag wieder dort, wo wir mit unserer Suche gestartet hatten.

Ich vergrub meine Finger in Phantasys Mähne, während er durch die Lüfte galoppierte und ich meinen Blick mit voller Konzentration auf die Landschaft unter mir richtete. Phantasy flog extra noch langsamer, nachdem ich es ihm befohlen hatte, damit ich alles gründlich absuchen konnte.

Irgendwann im Laufe des Tages – ich wusste nicht, wie spät es war, aber meine Finger waren so gut wie abgefroren und mein Gesicht rot und kalt von dem eisigen Wind, der mir ständig in die Augen klatschte – sah ich in der Ferne die Hauptstadt Kodiak und das Meer dahinter. Ich befahl Phantasy, etwas höher zu fliegen, und suchte vorsichtshalber auch die Stadt ab und die Küste, doch nirgends hatte ich Glück. Als ich schließlich kurz versucht war, zu landen und das nächste Café zu suchen, um etwas Heißes zu trinken und mich aufzuwärmen, gab ich Phantasy das Zeichen, zurück zur Lichtung zu fliegen.

Ich war die Erste und wartete zitternd, bis die anderen wieder zurückkehrten. Zuerst kam Cayenne, die mich mit ihrem heißen Atem wärmte und mir den Rucksack mit Essen und Trinken gab. Ich biss ein Stück von dem Brot ab und kaute lange darauf herum, um meinen Hunger zu stillen und nicht zu viel zu essen. Dann nahm ich einen großen Schluck Wasser. Ich hatte zwar immer noch Hunger, aber meine Angst davor, irgendwann gar nichts mehr zu haben, hielt mich davon ab, noch mehr zu essen.

Paradies kam als Nächstes, doch auch er schien nichts Interessantes gefunden zu haben. Als dann die Sonne langsam wieder unterging und Nebel aufkam, während Wind und Schnee immer heftiger wurden, bekam ich Angst.

„Cayenne? Phinjeas und Mexx sind noch da draußen und es wird dunkel und stürmischer.“ Die Sorge stieg in mir hoch und ich versuchte, den Gedanken, dass Mexx und Phinjeas irgendwo verletzt oder sogar tot liegen könnten, so gut wie möglich beiseite zu schieben.

„Ich weiß“, sagte Cayenne und auch in ihrer Stimme hörte ich die Besorgnis heraus. Sie hob ihren Kopf und schaute in den Himmel, als ob sie darauf hoffte, dass die beiden jeden Moment zu sehen waren. „Es bringt alles nichts“, murmelte sie plötzlich energisch und lief auf und ab.

„Was meinst du, Cayenne? Was sollen wir tun?“, wollte ich wissen und spürte, wie die Angst immer größer wurde.

Bitte lass sie leben, nimm mir nicht noch jemanden! Bitte, lieber Gott, bitte, bitte, hilf mir! In meinen Gedanken schickte ich die flehenden Stoßgebete zum Himmel, doch das machte die Tatsache nicht besser, dass Phinjeas und Mexx noch nicht zurückgekehrt waren.

„Wir müssen noch mal los, sie suchen“, ertönte Cayennes Stimme plötzlich fest.

„Wie sollen wir sie sehen? Verdammt, es ist viel zu dunkel und neblig“, ich begann zu zittern bei dem Gedanken. „Was ist, wenn sie zurückkommen und wir sind nicht da?“, fragte ich ängstlich.

„Paradies und Phantasy bleiben hier“, sagte sie bestimmt und schaute mich dann an.

Ihr Gesicht wurde weicher und sie brachte ein kleines Lächeln zustande.

„Mach dir nicht zu viele Sorgen, Layla. Phinjeas und Mexx sind beide nicht dumm. Sie haben bestimmt die Zeit vergessen und als sie gemerkt haben, dass es zu ungemütlich wird, haben sie sich einen Unterschlupf gesucht.“

Ich hatte das Gefühl, sie erzählte das nicht nur, um mich zu beruhigen, sondern auch sich selbst, aber ich nickte ihr trotzdem dankbar zu.

„Wir werden sie finden und wenn nicht, kommen sie bestimmt zurück. Bei ihnen ist alles okay“, murmelte sie.

„Okay, dann verwa-“, begann ich, als lautes Wolfsgeheul aus der Ferne ertönte. Panisch schaute ich Cayenne in die Augen, doch die schien für einen kurzen Augenblick abwesend gewesen zu sein.

Sie blinzelte und schaute mich an.

„Ich kenne dieses Geräusch“, sagte sie.

„Ja, ich auch. Das sind Wölfe“, erwiderte ich. „Oh Gott, was ist, wenn Phinjeas und Mexx bei ihnen sind?“

Wieder umklammerte mich Angst.

„Wir müssen schnell ...“

„Dann ist das gut“, unterbrach Cayenne mich plötzlich.

„Wa-“

„Es ist gut, wenn sie bei dem Wolf sind.“

„Meinst du das ernst? Echt jetzt?“ Ich wurde lauter und wütend.

Woher will sie wissen, dass es nur ein Wolf ist und warum ist das gut?

„Ich kenne dieses Geräusch. Ich kenne genau dieses Wolfsgeheul.“

Sie sprach, als ob ich nie irgendetwas gesagt hätte.

„Phantasy, Paradies, los. Layla, setz dich auf meinen Rücken“, befahl sie und verwandelte sich.

Ich war wütend auf sie, dass sie mich einfach ignorierte, doch ich wollte auch los, um endlich Mexx und Phinjeas zu suchen, also schluckte ich meine Wut runter und folgte ihrem Befehl.

Mit einem heftigen Ruck hob sie ab und folgte dem Wolfsgeheul in der Ferne. Ich musste mich festhalten, um nicht von ihrem Rücken herunterzufallen. Der Sturm wurde heftiger und der Wind peitschte mir ins Gesicht. Ich spürte noch weniger von meinen Gliedmaßen als heute Mittag und hoffte, nicht zu erfrieren, obwohl Cayennes Körper warm war.

Zwischendurch brüllte sie durch den Himmel und das schwache Heulen eines Wolfes kam zur Antwort.

Die großen Schneeflocken klatschten mir auf den Körper und durchnässten mich und der Wind war so stark, dass ich den Wolf kaum noch hörte. Meine Finger waren weiß, so heftig krallte ich mich in Cayennes Stacheln und betete, dass ich nicht runterfallen würde. Phantasy und Paradies konnte ich zwischen den ganzen Flocken kaum noch ausmachen und mein Gehirn versuchte immer noch zu verarbeiten, dass Cayenne den Wolf kannte. Noch dazu die ständige Sorge um Mexx und Phinjeas, die mich wach und aufmerksam hielt.

Cayenne brüllte wieder und unter uns ertönte plötzlich das laute Geheul des Wolfes. Ich rutschte mit den Händen von dem Gurt und kratzte darüber, als Cayenne plötzlich im Sturzflug nach unten ging. Mein ganzer Körper wurde nach vorne geschleudert, doch ich konnte mich gerade noch an einem ihrer Hörner festhalten, bevor ich endgültig in die Tiefe gestürzt wäre. Einmal noch plumpste ich heftig auf Cayenne, als sie landete – und wenn das nicht so eine ernste Situation gewesen wäre und es nicht so unglaublich wehgetan hätte, dass mir die Tränen in die Augen schossen, hätte ich wahrscheinlich darüber gelacht, wie beknackt das wohl ausgesehen haben musste.

Ich zwang meine kalten Finger, sich von dem Horn zu lösen, und sprang von Cayennes Rücken ab, damit diese sich zurückverwandeln konnte.

Ich hielt meine kalten, schmerzenden Hände, als ich plötzlich die Silhouette eines Wolfes ausmachte, der auf uns zukam. Erschrocken schrie ich auf und rannte zu Cayenne, die wiederum schnell auf das Tier zuging.

„James!“, rief sie.

„James?“, fragte ich.

Der Umriss des Wolfes erhob sich plötzlich und ein Junge, etwas größer als Cayenne, stand dort an seiner Stelle. Ich hatte das Gefühl, ich würde gleich das Bewusstsein verlieren wegen des ganzen Wirrwarrs, das um mich herum stattfand.

„Cayenne, schnell. Der Junge ist verletzt. Wir müssen Phinjeas und ihn schnell von hier wegbringen.“

Seine tiefe Stimme grollte durch den Sturm und ich musste mich zusammenreißen, um auf das zu reagieren, was Cayenne nun zu mir sagte.

„Layla, was ist der nächste Ort, zu dem wir hin müssen?“, wollte sie wissen.

Ich fummelte wie in Trance mein Notizheft heraus, um nachzuschauen, was Cayenne von mir verlangte. Ich wusste nicht, was das bringen sollte, aber ich war froh, dass sich mein Gehirn ausgestellt hatte und einfach nur tat, was mir gesagt wurde. Meine Finger schmerzten und es schien fast unmöglich, das Heft zu öffnen oder generell irgendetwas zu sehen, wegen des ganzen Schnees, doch letzten Endes schaffte ich es.

„Es liegt auf Hawaii, in Maui“, antwortete ich laut über den Wind hinweg.

„Alles klar. Hilf James, Phinjeas und Mexx auf meinen Rücken zu bekommen. Und dann fliegen wir sofort da hin", befahl sie weiter.

Ich steckte mein Heft zurück in die Hosentasche, während Cayenne sich verwandelte und ich James folgte.

Wir gingen nur ein paar Schritte weiter, als ich eine Gestalt am Boden liegen sah und mit Entsetzen feststellte, dass es Mexx war. Phinjeas lag verwandelt bei ihm und gab ihm Wärme.

„Oh Gott, was ist passiert?", schrie ich und warf mich neben Mexx.

„Wir haben dafür jetzt keine Zeit", sagte James ruhig und legte mir besänftigend von hinten die Hand auf die Schulter. „Du musst dich zusammenreißen. Wir müssen ihn jetzt gemeinsam auf Cayennes Rücken tragen, damit wir seine Wunde behandeln können."

Seine tiefe Stimme ließ mich runterkommen und ich stand so schnell wie möglich auf und half ihm, Mexx auf Cayennes Rücken zu tragen.

Alle Müdigkeit war vergessen, als ich ihm die Decke umlegte, James seine Wunde am Kopf behandelte und Phinjeas aufstieg, damit wir losfliegen konnten.

Phantasy und Paradies folgten uns, als ich Cayenne sagte, dass wir Richtung Süden fliegen mussten.

Sie drehte einmal und dann waren wir auf dem richtigen Kurs zum nächsten Einschlagsort.

9. Kapitel

Ich hatte mich neben Mexx' Kopf gesetzt und streichelte verträumt seine Haare.

Es stellte sich heraus, dass Mexx gestolpert war und mit seinem Kopf einen kleinen, unter dem Schnee verdeckten Felsen erwischt hatte. Nicht hart genug, um eine ernste Wunde zu verursachen, aber schon ausreichend, um ihn von den Socken zu hauen. Ich musste grinsen, als ich das hörte. Das war mal wieder so typisch Mexx.

James hatte sein Tuch, das er um seinen Hals trug, mit Schnee gefüllt und auf den verletzten Kopf gelegt. Die Blutung war nicht schlimm gewesen und ich merkte, wie Mexx sich unter mir ein bisschen bewegte.

Durch Cayennes Geschwindigkeit waren wir schnell aus dem Sturm raus, doch da er so heftig gewesen war, hatte es doch länger als üblich gedauert. Wir mussten nun schräg über den Nordpazifik, um nach Maui zu gelangen.

Ich hatte Angst gehabt, Angst um Mexx, Angst um uns alle. Doch nun, nachdem es vorbei war und Erleichterung ihren Platz einnahm, fühlte ich mich stark und stolz. Seitdem Mexx und ich Cayenne kannten, wurden wir von Tag zu Tag stärker und ich musste sagen, obwohl all dies gefährlich war, machte es mir irgendwie auch Spaß.

Ein Lächeln huschte über meine Lippen, als die Sonne hinter den Wolken herauskam und wir tief über den dunklen Ozean flogen. Als ob wir in einem Bilderbuch gefangen wären, sahen wir plötzlich die Rückenflossen mehrerer Delfine aus dem Wasser ragen. Eine ganze Herde schnatterte und spritzte unter uns herum, während die Tiere über die leichten Wellen sprangen. Wir ließen sie schnell zurück und nur noch das weite Blau lag in der Sonne glitzernd vor uns.

Alles schien wieder gut, als Mexx plötzlich unter meiner Hand krampfte und ein stechender Schmerz in meinem Bein pochte. Erschrocken schrie ich auf und krallte meine Hände um mein Bein, als ob das etwas bringen würde. Mein ganzer Körper zog sich zusammen und ich nahm nichts mehr wahr außer diesen schrecklichen Schmerz. Nicht mal mehr Phinjeas' und James' besorgte Rufe hörte ich noch, bevor alles schwarz wurde vor meinen Augen und ich mich in einem dunklen Raum befand.

„Hallo?“, rief ich, obwohl ich irgendwie wusste, dass das alles nur in meinem Kopf stattfand.

Es gab keine Antwort, nur mein Echo hallte noch lange nach. Ich wartete – und nichts geschah. Nur dieses endlose Echo.

Erst als es plötzlich endete, zuckte ich zusammen und schaute mich ängstlich um. Ein hohles Knurren ertönte aus dem Nichts, doch anstatt komplett von meiner Angst gepackt zu werden, merkte ich, wie ich ruhiger wurde.

Das Knurren ertönte wieder und ich hörte das leichte Tapsen von großen, aber sanften Pfoten. Das ruhige Atmen eines mächtigen Tieres erfüllte meine Ohren, sein Herzschlag ging im Einklang mit meinem. Mein Blick huschte in die Richtung, aus der das Tier kam, als es mit großen eleganten Schritten aus dem Schatten kam und vor mich trat.

Mein Herz flatterte, als ich ihm tief in die Augen schaute. Der warme Atem eines gigantischen Schneeleoparden stieß in mein Gesicht, während die Muskeln unter dem dicken, weißen Fell rollten, dessen Spitzen mit Frostkristallen bedeckt waren. Die schwarzen Flecken waren unter den intensiven Augen als Muster verdreht und geschlängelt. Hinter den Ohren auf beiden Seiten, den Nacken runter bis zu den Schultern, befanden sich mit Fell bedeckte kleine Stiele, die herauswuchsen und hell leuchtende Kugeln auf ihren Spitzen trugen. Sie sahen aus wie kleine Lampen. Der lange, buschige Schwanz schleifte über den Boden, während ich meine Handfläche hob und sie dem Tier auf die Stirn legte.

Das weiche Fell saugte meine Hand ein, während der Leopard anfing zu knurren. Die mächtigen Schultern spannten sich an und ich konnte nur erschrocken die Luft einsaugen, bevor ich von dem Wesen angesprungen wurde. Es drückte mich nach unten und wir fielen plötzlich durch die schwarze Leere, auf der ich vorher noch gestanden hatte.

Erinnerungen strömten in meine Gedanken wie Bilder, während die Kreatur sich um mich krallte und mich immer weiter aufsaugte.

Weiter und weiter.

Und ich ließ es zu.

„Layla!“, hörte ich jemanden rufen.

„Layla!“

Ich blinzelte.

Helles Licht strahlte in meine Augen und ich brauchte einige Zeit, um mich daran zu gewöhnen.

„Sie kommt wieder zu sich“, hörte ich eine gedämpfte Stimme.

„Layla, Layla. Kannst du mich hören?“

„Ja“, murmelte ich benommen, während die Umgebung um mich herum klarer wurde.

Die Sonne schien durch einige Baumkronen und ich bemerkte, dass ich auf einem Waldboden lag.

„Was ist passiert?“, rief ich aufgeregt und schoss mit meinem Oberkörper hoch, doch sofort packte mich der Schwindel und ein stechender Schmerz schoss in mein Bein. Ich stützte mich auf meiner Hand ab, bis sich die kreisende Umgebung wieder gefestigt hatte, und beugte mich dann nach vorne, um auf mein schmerzendes Bein zu schauen. Ich krempelte vorsichtig meine Hose hoch und erschrak.

„Hier, trink etwas“, hörte ich Cayenne sagen, doch ich ignorierte sie und starrte einfach weiter auf meine Wade, wo plötzlich ein Brandzeichen war, das die Form der Kreatur aus meinem Traum hatte.

Ich atmete heftig und schaute kurz zu Cayenne hoch, die mich mit verständnisvollen Augen anschaute, bevor mein Blick wieder auf das Brandmal fiel.

Vorsichtig hob ich meine Hand und strich sanft mit dem Finger darüber, um mich zu vergewissern, dass es auch wirklich da war. Doch als mein Finger es geradeso berührte, stieß plötzlich ein Gefühl in meinen Körper, als ob heiße Lava durch meine Adern schoss.

Kurz setzte ich wieder aus und fand mich erneut in dem Traum, wo ich in die Endlosigkeit fiel und der letzte Teil der Kreatur in meinen Körper stieß – bevor ich wieder zurückkehrte und das Brandzeichen sich auf einmal schwarz färbte, bis es aussah wie ein Tattoo.

„Was ist passiert?“, fragte ich noch mal. „Cayenne. Was zum Teufel ist da gerade mit meinem Bein passiert?“

„Layla, du …“, begann sie, doch ich unterbrach sie, als mein Blick auf eine Person fiel, die etwas weiter weg von mir noch bewusstlos auf dem Boden lag und die ich in der Aufregung total vergessen hatte.

„Mexx!“, rief ich und sprang auf.

Der Nachklang des Schmerzes im Bein ließ langsam nach, als ich zu dem Körper etwas weiter von mir hopste. Ich plumpste neben ihn und rüttelte ihn. Angst schlich sich in meinen Körper, als er sich nicht bewegte.

Ich rüttelte fester.

„Mexx! Mexx! Bitte sei nicht tot, bitte!“, flehte ich, als ich plötzlich ein böses Grummeln unter mir hörte.

„Mexx?“, fragte ich hoffnungsvoll.

„Lass mich schlafen, Layla“, murmelte er genervt und drehte sich weg.

„Awww, Mexx du Trottel!“, rief ich und umarmte ihn fest, während ich vor Erleichterung lachen musste.

„Okay, okay. Ist ja gut. Ich bin ja schon wach“, sagte er daraufhin und setzte sich auf.

„Wie geht‘s dir?“, fragte ich ihn.

„Gut. Nur ein bisschen Kopfschmerzen und irgendwie ...“

Er schrie plötzlich auf, drückte seine Hand auf den Nacken und schloss seine Augen.

„Was ist los?“, fragte ich panisch, während er plötzlich mit weit aufgerissenen Augen ins Nichts starrte. Ich erschrak, als sie sich rauchig schwarz färbten und sein Körper unheimlich still wurde.

Sofort wollte ich ihn packen und rütteln, doch stattdessen wurde ich von Cayenne gehalten, die mich von ihm fortriss. Tränen schossen in meine Augen und ich wehrte mich mit aller Kraft, doch natürlich hatte ich keine Chance gegen sie.

„Lass mich los! Ich muss zu ihm! Was hat er denn?“, schrie ich aufgebracht.

„Er hat das Gleiche wie du gerade eben, aber du darfst ihn dabei nicht berühren“, erwiderte Cayenne ruhig und sofort wurde ich still in ihren Armen.

„Wie meinst du das?“, fragte ich plötzlich schlapp.

„Layla“, begann sie,“ das ist Teil einer Verwandlung, was ihr beide gerade durchmacht.“

„Was?“

„Ihr beide ... ihr entwickelt euch.“

„Zu was?“

„Zu Anemaniern“, hörte ich plötzlich die Stimme von James. Ich befreite mich aus Cayennes Umarmung und drehte mich rum, wo er und Phinjeas standen und die Szene, die sich gerade abspielte, beobachteten.

Einen Moment war ich verdutzt und wusste nicht, was ich sagen sollte, als ich James von oben bis unten betrachtete und ihn das erste

Mal richtig wahrnahm. Seine blonden, verwuschelten Haare glänzten im Sonnenschein und seine hellorangenen Wolfsaugen durchdrangen mich mit einer Ruhe und Weisheit, die ich mir nie hätte vorstellen können bei einem Jungen zu sehen, der aussieht wie 16. Doch ich erkannte auch Schmerz in ihnen und wusste: Diese Augen haben Dinge gesehen, die man sich nicht vorstellen möchte. Er war mächtig gebaut, mit einem weiten Oberkörper, unter seinem schwarzen, engen Oberteil sah man seine Muskeln. Der lange, ölig grüne Mantel mit dem hohen Kragen wehte hinter ihm, wenn er lief, und mit der dunklen, zerrissenen Jeans, dem schwarzen Gürtel, der unter dem Oberteil rausschaute, und den schwarzen Stiefeln machte er insgesamt einen geheimnisvollen Eindruck. Durch das rote Tuch um seinen Hals strahlte er allerdings auch etwas Weiches, Warmes aus. Ich musste zugeben, dass er ziemlich gut aussah, doch durch meine Angst um Mexx und das, was mit ihm und mir passierte, fand dieser Gedanke überhaupt keinen Platz mehr in meinem Kopf.

„Wie meinst du das? Was passiert mit uns?"

„Layla?"

Ich drehte mich zu Cayenne.

„Vergiss nicht, was ich dir bereits erzählt habe. Ihr seid Halbanemanier."

„Bist du dir sicher, dass du keinen Unsinn redest?"

„So unsinnig ist das nicht. Ihr seid beide schnelle Lerner. Ihr habt Dinge in den drei Monaten gelernt, für die brauchen andere Jahre", erklärte sie weiter.

„Ihr habt euch bereit erklärt, uns zu helfen. Der Nervenkitzel zieht euch da an, wo andere wegrennen würden", fügte Phinjeas plötzlich hinzu.

Na ja, so bereit erklärt hatten wir uns ja nicht. Wir waren eher in etwas reingezogen worden, von dessen Ausmaß wir keine Ahnung hatten.

„Heißt das, wir werden uns auch verwandeln können?"

Cayenne nickte.

„Ihr brauchtet nur einen Auslöser, damit ihr eure Kraft freisetzen könnt. Und diesen Auslöser habt ihr in der Gefahr gefunden", ertönte James' dunkle Stimme hinter mir.

„Es brauchte nur Zeit, bis ihr das merkt", sagte Phinjeas.

„Und wahrscheinlich konntet ihr es schon lange vorher“, endete Cayenne die Erklärung.

Ich schaute sie alle nacheinander an. Ich wusste nicht, was ich davon halten sollte.

„Macht ihr euch über uns lustig?“, wollte ich deshalb wissen.

Wenn Cayenne davon in ihren Geschichten erzählte, klang das alles ganz anders. Doch jetzt war es plötzlich real und das jagte mir Angst ein.

„Nein. Diese Situation ist viel zu ernst, um jetzt Scherze zu machen.“ Cayenne schaute uns an.

„Ihr habt die Wahl“, sagte James, „entweder ihr glaubt uns, trainiert eure Kräfte weiter und kämpft an unserer Seite gegen Shadow oder ihr lasst es. Aber Cayenne hat mir erzählt, was passiert ist. Er wird euch nicht in Ruhe lassen. Solange die Möglichkeit besteht, dass ihr die Drachenkristalle besitzt, wird er euch verfolgen. Euch und viele andere Halbanemanier dieser Erde, die über nichts Bescheid wissen. Es sei denn, wir halten ihn auf.“

Ich schaute James an. Seine Worte hallten in meinem Kopf. Wir hatten also die Wahl: Wir bleiben hier und kämpfen oder wir gehen und werden womöglich von Shadow getötet, der uns trotzdem verfolgt. Nein, so richtig nach freier Entscheidung sah das alles nicht für mich aus.

Ich hörte Mexx hinter mir plötzlich nach Luft schnappen, kurz bevor er mit seinem Oberkörper hochschoss wie eine Kanone. Er schaute uns mit großen Augen an und ich rannte zu ihm und umarmte ihn fest. Meine Verwirrung wurde durch Erleichterung ersetzt und ich vergrub meinen Kopf an seiner Schulter auf der Suche nach seiner Nähe und seinem warmen Duft.

„Layla, bitte hilf Mexx, auf die Beine zu kommen, und erklär ihm alles. Wir müssen in die Stadt“, befahl James und ich warf ihm einen wütenden Blick zu.

„Wie wäre es, wenn wir erst mal eine Pause machen?“, giftete ich ihn an.

Für einen Moment schien er perplex, dass ich ihm widersprochen hatte, doch er fasste sich schnell wieder und bedachte mich mit seinem ruhigen Blick. „Ihr wart zwei Tage ohnmächtig“, klärte er mich knapp auf.

Ich hatte Mexx beinahe wieder fallen lassen, der sich gerade an mir hochdrückte, als ich das hörte. „Zwei Tage?", fragte ich ungläubig.

Cayenne nickte.

„Wir haben uns um euch gekümmert und Phinjeas und James sind losgezogen, um den Einschlagsort zu suchen, während ich auf euch aufgepasst habe. Er liegt mitten im Dorf, hat ein ganzes Hotel zerstört und die Polizei hat alles abgesperrt, weshalb wir dort nicht rankommen", erklärte sie.

„Paradies sucht nach einem Zeichen der Anemanier, doch bis jetzt wissen wir nichts", sagte Phinjeas enttäuscht.

„Phantasy ist auch unterwegs und sucht", fügte Cayenne hinzu.

„Aber wir glauben, wir könnten wenigstens Spuren am Einschlagsort finden, wenn wir ein bisschen näher rankämen, doch wir wollten auf euch warten", beendete James.

Wir liefen durch den Wald.

Die Sonne strahlte warm auf unsere Körper, weshalb Mexx und ich unsere dicken Klamotten ausgezogen hatten und in die Rucksäcke stopften, die wir tragen durften. Auch hatte ich ihm erklärt, was James, Phinjeas und Cayenne mir gesagt hatten. Ich glaubte meinen eigenen Worten nicht, aber Mexx schien das ziemlich cool aufzufassen. Seitdem wir Phinjeas gefunden hatten, schien Mexx nicht mehr so verbittert über den Tod von Alice. Natürlich gab es Momente, da konnte man ihn nicht ansprechen, Momente, in denen er völlig aus seinem Charakter handelte, einfach weil der Schmerz noch so frisch war. Doch es hatte sich gebessert. Allein die Kruste auf seiner Stirn, erinnerte noch daran, dass er – so trottelig, wie er war – gestolpert war und sich verletzt hatte.

Unser Trinken war fast aufgebraucht und, nachdem Mexx und ich unsere Mägen gefüllt hatten, auch unser Essen, doch irgendwie machte ich mir weniger Sorgen darum, sondern mehr darüber, was mir mitgeteilt worden war.

Halbanemanier!

Es war nicht so, dass ich mich jetzt sonderlich anders fühlte, auch der Schmerz hatte nachgelassen. Mexx schien es auch wieder gut zu gehen, also lenkte ich meine Gedanken auf das, was direkt vor uns lag, die Aufgabe, die anderen Anemanier zu finden.

Dunkelgrüne Pflanzen und Bäume, bunte Blumen und nervige Insekten ließen wir zurück, als wir aus dem Wald auf den Strand traten, auf dem in beide Richtungen Menschen im Wasser planschten oder sich sonnten.

Wir folgten Phinjeas und James, die den Weg nun fast auswendig kannten, und ich fragte mich, warum sie die Spuren nicht schon eher verfolgt hatten, bis wir dort ankamen und sich die Frage von selbst beantwortete. Der Einschlagsort lag mitten im Geschehen. Nur noch ein paar Brocken am Rand verrieten, dass dort früher mal ein Hotel gestanden hatte. Gelbes Polizeiband war darum gewickelt und ein weißes Zelt aufgebaut worden, aus dem Polizisten und Leute in weißen Ganzkörperanzügen rausliefen. Polizeiwägen standen überall und drum herum eine ganze Gruppe von Menschen, sowohl Einwohner als auch Touristen. Sie machten Fotos und redeten aufgeregt durcheinander.

„Es ist schon einige Zeit her, dass der Meteorit beziehungsweise der Anemanier hier eingeschlagen ist, und die Menschen sind immer noch so aufgewühlt deswegen", flüsterte ich verwundert.

„Ja", hörte ich James sagen, „leider."

Seine dunkle Stimme ließ mich schwer schlucken und sie war plötzlich so sanft, dass ich mich dabei erwischte, alles zu glauben, was er sagte. Ich nahm Mexx' Hand in meine und drückte sie ein bisschen – einfach um sicherzugehen, dass er noch da war – und er lächelte mich an.

„Was sollen wir tun?", fragte ich.

„Wir wissen es nicht. Wir dachten, vielleicht wisst ihr was?", erklärte Phinjeas.

Ich schüttelte den Kopf.

Plötzlich kam alles in mir wieder hoch. Alice' Tod, die ganze Angst um Mexx, diese Sache mit den Halbanemaniern, die mich total verwirrte. Dieses ganze Hin- und Herschwanken zwischen Erleichterung zu Schmerz und zu Angst – ich wusste nicht mehr, ob ich das alles so gut fand. Ich vergrub meinen Kopf in Mexx' Brust und fragte mich, wie er das alles durchhielt, als ich auch schon einen nassen Tropfen auf dem Kopf spürte und ich Mexx' angespannten Körper wahrnahm. So einfach, wie es immer klang, war das alles nämlich gar nicht. Mexx drückte sich fest an mich und ich mich an Mexx und für einen Moment spürte ich nichts anderes außer ihn.

Nur er und ich.

„Es wird dunkel", hörte ich Phinjeas plötzlich sagen und der Moment war vorbei. Ich wollte unbedingt wieder dieses Gefühl haben, allein von Mexx' Wärme und seiner Nähe und ignorierte ihn erst, doch ich hatte auch nicht diesen verwirrten Unterton überhört.

Langsam hob ich meinen Kopf von Mexx' Brust, der sich auch vorsichtig von mir löste, bevor wir gemeinsam hochschauten.

Es wurde wirklich dunkler und ein heftiger Wind zog auf. Die Menschen um uns herum begannen verwirrt zu murmeln und man hörte sie verwundert sprechen, obwohl wir sie nicht verstanden wegen ihrer Sprache.

Ich hörte James knurren und drehte mich zu ihm hin. Grimmig schaute er hoch und sagte dann: „Das ist definitiv kein Sturm, der da aufkommt."

„Das sind Schatten", stellte Cayenne fest.

Und es stimmte, beim genaueren Hinsehen sah ich bereits einzelne Umrisse in den Wolken.

„Aber sie sind nicht so wie damals in Miami, wo das mit ...", begann Mexx.

„Ich weiß." Cayennes Blick trübte sich. „Das sind auch nur die Ausläufer."

„Was meinst du damit?", wollte ich wissen.

Sie schaute mich mit einem Blick an, der mir eine dunkle Vorahnung gab.

„Shadow macht sich bereit. Uns bleibt kaum noch Zeit." James drehte um und marschierte davon.

„Was machst du?", rief Mexx ihm hinterher.

„Wir brauchen Informationen, ob das auch in anderen Orten passiert. Wisst ihr, wo man so etwas herbekommt?", fragte Cayenne.

„Im Internet steht bestimmt etwas", antwortete Mexx.

„Also ein weiteres Internetcafé aufsuchen?", bemerkte ich fragend.

Mexx nickte und drehte seinen Kopf zu mir und erst jetzt bemerkte ich, wie nah wir aneinander standen. Unsere Blicke trafen sich und ich dachte nur, ein kleines Stück noch, ein kleines Stück nach vorne und wir würden uns küssen. Doch dann war der Moment vorbei und wir traten peinlich berührt einen Schritt voneinander weg. Eine unangenehme Stille legte sich über uns, die nicht lange andauerte, da Cayenne neben uns stand und diese Situation komplett ignorierte.

„Okay. Ihr sorgt dafür, dass ihr diese Informationen irgendwo herbekommt. Phinjeas, du holst Paradies und Phantasy und ich werde mit James gemeinsam suchen", teilte sie uns unsere Aufgaben zu und lief dann mit schnellen Schritten gefolgt von James davon. Phinjeas nickte und eilte auch los, um unbemerkt seine Flügel ausbreiten zu können und Paradies und Phantasy zu holen. Ich drehte mich derweil zu Mexx und räusperte mich. Mexx traute sich nicht, mich anzugucken.

„Also, Internetcafé?", fragte er nur.

Ich zuckte mit den Achseln. „Lass uns eins suchen."

„Okay", sagte er kurz und mit schnellen Schritten liefen wir die Straße entlang und ließen die Menschenmasse hinter uns. Doch nicht ohne uns vorher zu wundern, wie komisch sie sich alle plötzlich verhielten. Sie schienen wie in einer Art Trance zu sein, schauten zum Himmel und blickten sich dann panisch um, nur um wieder zum Himmel zu schauen.

„Also, was auch immer das am Himmel ist, Schatten oder Ausläufer. Ich glaube, es macht den Leuten Angst", stellte ich fest.

Mexx kniff seine Augen zusammen und überlegte. „Vielleicht ist ja doch etwas dran an dieser Geschichte mit den Halbanemaniern", sagte er dann plötzlich

Fragend blickte ich in sein Gesicht.

„Wie willst du dir sonst erklären, dass wir davon nicht betroffen sind? Nach allem, was passiert ist." Er zuckte mit den Achseln.

Den Rest des Weges liefen wir mit schnellen Schritten, schweigend und in Gedanken versunken nebeneinander. Kalte Windböen trafen uns immer wieder und es schien nicht so, als würde die Dunkelheit vom Himmel wieder verschwinden. Ich schüttelte den Kopf, um meine Gedanken wieder in die richtige Reihenfolge zu bringen. Cayennes Erzählungen hin oder her, die Realität war anders als das Gesprochene. Vielleicht waren wir Halbanemanier, vielleicht auch nicht. Selbst Shadow hatte gesagt, dass wir anemanisches Blut hatten.

Doch egal, was es auch sein mochte, wir waren nun in das Abenteuer mit eingebunden. Wir würden Alice' Tod nicht umsonst geschehen lassen haben und wir würden kämpfen, um die Erde zu retten. Ob wir Anemanier waren oder nicht, unser Heimatplanet war in Gefahr und das betraf jeden Menschen dieser Welt.

10. Kapitel

Wir fanden in einer der Straßen schnell ein weiteres Internetcafé, welches sogar Computer in einer Ecke bereitgestellt hatte, und stürmten hinein. Beide waren wir der Meinung, dass wir jetzt schon genug Zeit vergeudet hatten, also suchten Mexx und ich uns schnell einen Computer und fuhren ihn hoch. Sofort ging ich ins Internet und suchte nach den neuesten Nachrichtenmeldungen.

Es dauerte nicht lange, da hatten wir eine passende Seite gefunden, doch als Mexx und ich lasen, wurden unsere Augen groß und ein ungutes Gefühl legte sich in meine Magengrube. Mir wurde plötzlich extrem heiß und schlecht.

Nicht nur stand dort, dass auf der ganzen Welt zum gleichen Zeitpunkt schwarze Wolken aufgetaucht waren, sondern dass nicht vorhergesehene Naturkatastrophen stattgefunden hatten, die eigentlich unmöglich waren. In Wüsten begann es zu schneien und Erdbeben, Stürme und Überflutungen fanden plötzlich an Orten statt, an denen so etwas sonst nicht passieren würde. Es kamen immer wieder neue Meldungen von Menschen, die wie erstarrt in den Himmel guckten, und von neuen Katastrophen, die irgendwo stattfanden.

Nur über Miami war es hell, als hätte sich eine große Blase um die Stadt gelegt, um diese zu beschützen.

Mexx und ich tauschten ängstliche Blicke, doch erst als wir weiter nach unten scrollten, wurde mir richtig schlecht.

Ein Bericht von vor zwei Monaten lautete: „Drei vermisste Personen nach Hausbrand.“

„Mexx“, sagte ich vorsichtig.

„Ich glaube, deine Eltern sind bei uns zu Hause. Oder dort, wo mal unser Haus war“, stammelte er erschrocken.

Ein Video wurde angezeigt mit einem Foto von meinen Eltern darin, die gerade interviewt wurden. Ich erkannte die Angst und Sorge in ihren Gesichtern. Meine Mutter hatte rotunterlaufene Augen und man sah ihr an, dass sie geweint hatte. Außerdem sagten mir ihre Augenringe, dass sie lange nicht geschlafen hatten.

„Sie haben vermutlich davon gehört und sind sofort nach Hause“, wisperte ich „Mexx, sie haben ‚drei vermisste Personen‘ gesagt. Cayenne hat Alice' Körper verbrannt, sie können also ihre ...", ich schluckte schwer, „ ... Leiche nicht finden."

Mexx antwortete nicht, stattdessen biss er sich auf die Unterlippe, schaute weg und versuchte mit aller Mühe, seine Tränen zu verbergen.

„Was willst du jetzt machen?", fragte er mit einem erstickten Ton, der zeigte, wie schwer es für ihn war, nicht hier und jetzt zusammenzubrechen.

Ich schaute wieder zum Bildschirm.

„Natürlich weiter mit euch reisen", sagte ich fest und wurde plötzlich ganz sauer. „Sie waren nie für mich da."

Gemeinsam gingen Mexx und ich aus der Tür.

Als wir aus dem Café traten, schlich sich wieder dieses seltsame Angstgefühl in mich und dieses Mal wusste ich, dass es etwas mit den Schatten oder Ausläufern dort oben zu tun hatte.

Gemeinsam rannten Mexx und ich den Weg zurück. Wir passierten die immer noch in den Himmel starrende Menschenmenge und machten unseren Weg zurück zum Strand. Doch als wir nicht weit von dort ankamen und wieder über ihn hinweg in den Wald laufen wollten, bemerkten wir, dass das nicht mehr ging. Entsetzt sahen wir dabei zu, wie gigantische Wellen über den Strand und Wald rollten und alles mit sich nahmen, was sie zu packen bekamen.

Ich erinnerte mich an die Bilder, die wir im Internet gesehen hatten – und mir wurde ganz schwindelig bei dem Gedanken, dass an diesem Strand vorhin auch noch Leute gelegen hatten. Familien mit ihren Kindern, junge Liebespärchen ... Oh Gott! Vielleicht waren unten am Strand noch Menschen! Wir mussten ihnen helfen! Wir mussten ihnen das Leben retten, etwas tun!

„Gott! Es ist doch gar nicht so windig!", rief ich.

„Das sind die Schatten!"

Mexx packte mich am Arm und zerrte mich weg.

„Wir müssen helfen, was ist, wenn da noch Menschen sind", sagte ich zu ihm und sah immer noch diese Bilder von den Nachrichten vor mir, wie die Menschen in das Wasser gesogen worden waren.

„Wir können froh sein, dass wir weit genug weg waren, sodass diese Wellen uns nicht mitgerissen haben! Wir können ihnen nicht helfen, so sehr ich auch wollte! Wie soll das denn gehen?", schrie Mexx völlig außer sich auf mich ein.

Ich schniefte und versuchte, mich nicht noch mal umzudrehen, damit ich mir das schreckliche Schauspiel nicht ansehen musste. Mit Scham und Selbsthass musste ich zugeben, dass ich mich genau jetzt wie jeder andere Mensch verhielt. Ich drehte mich einfach um und ging weg, während ich die Notbedürftigen hinter mir ließ und versuchte, mir nicht einzubilden, ihre Schreie zu hören.

Oder waren es echte?

Tränen schossen in meine Augen und wäre Mexx nicht gewesen, wäre ich dort wohl wie versteinert stehen geblieben.

Wir waren halt keine Helden!

„Layla!", hörte ich jemanden von oben rufen, „Mexx!"

Wir schauten beide nach oben und erleichtert sahen wir die Gestalt eines lilafarbenen Drachen auf uns zukommen.

Cayenne landete etwas weiter vor uns, sodass wir James und Phinjeas auf ihrem Rücken sehen konnten; Paradies und Phantasy folgten kurz darauf.

„Schnell, steigt auf!", rief Phinjeas. Mexx und ich vergeudeten keine Zeit, als wir auf sie zurannten und so schnell wie möglich aufsprangen.

„Cayenne, am Strand sind vielleicht noch Menschen. Wir müssen ihnen helfen!", rief ich ihr zu.

Sie zögerte kurz, breitete dann jedoch ihre Flügel aus und flog in die entgegengesetzte Richtung.

„Cayenne!", schrie ich, „Wir können sie doch nicht dort zurücklassen!"

Entsetzt schaute ich alle um mich herum an, doch keiner schien irgendetwas sagen zu wollen.

„Was? Ihr wollt das einfach ignorieren?!" Wut stieg in mir auf und am liebsten hätte ich ihnen ins Gesicht geschlagen.

„Layla, wir können ihnen nicht helfen. Nicht diesen Menschen da unten am Strand. Wir müssen uns auf das Ganze konzentrieren. Wir versuchen alle zu retten, aber dafür müssen Opfer gebracht werden." James schaute mich an, seine warmen, traurigen Wolfsaugen auf mich gerichtet, die regelrecht darum bettelten, dass ich verstand. „Wir müssen Shadow besiegen und ihn aufhalten. Wir können nicht ändern, was im Moment überall passiert, aber wir können es beenden", sagte er weiter.

Einen Augenblick schaute ich ihn an. Seine Worte hallten wieder in meinen Ohren und ich wusste, er hatte recht. Doch dieser Gedanke, dass dort unten womöglich noch Menschen waren, die verzweifelt nach Hilfe riefen, darauf hofften, dass sie jemand retten würde, aber keiner kam und wir was hätten tun können, doch nichts getan hatten, blieb in meinem Kopf hängen.

Dennoch hatte James recht. Wir wussten ja nicht mal, ob überhaupt noch jemand dort unten war.

„Sie werden alle sterben", flüsterte ich dennoch und begann zu weinen. Mexx nahm mich in den Arm und ich hasste mich für meine Schwäche. Er hatte es auch gesehen, er hatte seine Mutter verloren. Doch ich war diejenige, die getröstet werden musste. Das war unfair gegenüber Mexx, aber ich konnte nicht anders und schlang einfach meine Arme um ihn, um meinen Kopf in seine Brust zu pressen und alles um mich herum auszublenden.

„Es ist überall", sagte ich nach einer langen Zeit, in der Mexx und ich uns umarmt und die anderen schweigend in die Ferne gestarrt hatten. Mexx hatte auch geweint und ich fühlte mich nicht ganz so schlecht, da ich nun das Gefühl hatte, ihm durch die Umarmung auch etwas Trost gespendet zu haben.

James richtete neugierig den Kopf zu mir und Phinjeas schaute mich erwartungsvoll an, während ich Cayennes Ohren aus dem Augenwinkel zucken sah.

„Diese Dunkelheit am Himmel und diese Stürme – sie sind überall, außer in Miami", erzählte ich, fand es aber besser, das mit meinen Eltern für mich zu behalten.

James' Augen wurden groß, als er das hörte, und Phinjeas tauschte entsetzte Blicke mit ihm.

„Außer in Miami?", wiederholte Phinjeas, um sicherzugehen, dass er es auch richtig verstanden hatte. Ich nickte.

„James, das heißt ...", begann er.

James nickte. „Shadow ist in Miami."

„Was hat Miami bloß an sich, dass alle von euch dahin wollen?", grunzte Mexx.

„Wir müssen sofort da hin", sagte Cayenne.

„Was ist mit den anderen?", wollte ich wissen.

„Da sind noch ungefähr neun bis zehn Einschlagsorte, bei denen wir noch nicht waren", stimmte Mexx zu.

„Wir haben keine Zeit mehr", erwiderte James.

„Was passiert dann mit ihnen?“, wollte ich wissen, „Wir können nicht zu fünft gegen diese ganzen Schatten kämpfen!“

James knurrte wütend über diese Situation.

„Wir könnten ihnen ein Signal senden“, schlug Phinjeas vor.

„Ein ... was? Wie das denn?“, fragte Mexx.

„Ein Signal. Wir Anemanier können mit unseren Kräften ein telepathisches Feld öffnen und über die Sterne Signale schicken. Aber wie wollen die anderen das sehen, wenn der ganze Himmel voller Ausläufer ist?“, überlegte er laut.

Einen kurzen Moment war Stille.

„Mit genügend Kraft könnten wir diese Schattenwand für einige Sekunden brechen. Dann könnten sie das vielleicht sehen“, schlug Cayenne plötzlich vor, die die ganze Zeit gar nichts gesagt hatte.

„Und wie wollen sie euch dann antworten?“, fragte ich.

„Diese Signale sind dafür gedacht, alle Anemanier zu benachrichtigen. Wir bauen damit also ein telepathisches Feld auf, das so lange besteht, bis die Uhrheber es wieder brechen. Das heißt also, wir können untereinander kommunizieren und uns per Gedanken Nachrichten schicken, nur müssen wir dafür einmal alle dieses Signal sehen, damit sie sich verbinden können“, erklärte James.

„Eine Frage noch“, mischte Mexx sich ein.

Wir schauten ihn alle erwartungsvoll an.

„Wieso zum Teufel seid ihr da nicht früher drauf gekommen?“, brüllte er plötzlich wütend. „Wir hätten uns diese ganze, verdammte Reise sparen können!“

Ich schaute fragend zu Cayenne, Phinjeas und James.

„Nun ja, man braucht mindestens drei Anemanier, um dieses Feld aufzubauen“, erklärte Phinjeas etwas zurückhaltend, aus Angst, er könnte Mexx mit seiner Antwort noch wütender machen. Dieser schnaubte jedoch nur und drehte seinen Kopf weg.

„Es gibt aber trotzdem ein Problem“, sagte Cayenne.

„Das wäre?“, wollte Phinjeas wissen.

„Wir wissen nicht, welche Anemanier auf die Erde gekommen sind. Bis jetzt hatten wir Glück, wir kannten euch. Aber was ist, wenn auch Anemanier hier sind, die Shadow unterstützen? Wir würden auch sie anpeilen. Außerdem können wir nicht sichergehen, dass alle es sehen“, erwiderte Cayenne.

„Wir müssen davon ausgehen, dass alle es sehen", sagte James fest, „und wenn welche dabei sind, die Shadow unterstützen, dann wissen sie eben, dass wir da sind. Ich hoffe, es jagt ihnen eine Heidenangst ein."

Ich musste bei diesen Worten grinsen. „Na, wenn das jetzt geklärt ist."

„Wir folgen unserer Spur zurück in die Stadt und hoffen, dass es bis dahin nicht zu spät ist. Vielleicht finden wir vorher auch schon einen geeigneten Platz, um das Signal zu senden", erklärte Cayenne ihren Plan.

Wir flogen länger als sonst. Einerseits lag es am Sturm, andererseits auch an der Angst und Vorsicht, die wir walten ließen, um nicht auf unnötige Gefahren zu stoßen. Durch unseren Misserfolg in Maui waren wir uns unsicherer denn je, aber wir hatten keine andere Möglichkeit.

Wir waren zwar immer noch schneller als alles, was ein Mensch je als Transportmittel erfunden hatte – außer Raketen, denn die waren definitiv schneller –, aber es fühlte sich trotzdem an, als wären wir eine halbe Ewigkeit geflogen, bevor wir endlich wieder auf Land trafen. Hohe Wellen donnerten unter uns her und Gewitter grollten am Himmel. Einige Male hatte es sogar heftig geregnet und ich fühlte mich einfach nur kalt und nass. Meine Finger taten weh – nicht nur von der Kälte, sondern auch, weil ich mich so fest an den Stacheln von Cayenne gekrallte hatte aus Angst, ich könnte runterfallen.

Die gigantischen Wellen erlaubten uns nicht, direkt am Strand zu landen, als sie unter uns über den ganzen Strand rollten und alles, was sie zu fassen bekamen, wieder mit ins Wasser zerrten.

„Oh Gott!", sagte ich entsetzt, als ich das sah und wieder schossen mir die Bilder dieser Menschen in den Kopf. Ich hatte das Gefühl, dass ich gleich kotzen müsste vor Entsetzen, doch als ich mich wegdrehte und die anderen anschaute, um meine Gedanken frei zu bekommen, beruhigte ich mich wieder.

Wir mussten etwas weiter außerhalb des Strandes landen, doch dort schien erst mal keine Zivilisation zu sein, sondern nur Sand und einige Sträucher. Im Gegensatz zu dem Sturm und dem kalten Wind, der überall blies, war es hier dennoch warm, was nur bewies, wie mächtig Shadow eigentlich war.

Wir stiegen von Cayennes Rücken, bevor sie sich zurückverwandelte und uns Befehle erteilte. „Wir brauchen so viele Sträucher und

Büsche wie nur möglich. Legt sie schnell zu einem großen Haufen hier zusammen und geht sicher, dass drum herum nichts ist, das Feuer fangen könnte, damit wir nicht einen Brand auslösen. Es stürmt zwar, aber es regnet nicht und ist ziemlich trocken.“ Ihre letzten Worte wendete sie mehr an Mexx und mich als an die anderen, bevor wir noch weiter Fragen stellen konnten.

Unter anderen Umständen wäre ich jetzt beleidigt gewesen, doch mich interessierte das in diesem Moment gar nicht, also nickten wir nur und machten uns schnell an die Arbeit.

Unsere Klamotten waren nass und klebten an unseren Körpern, der Wind wehte den Sand auf, der es dann trotz der Nässe schaffte, sich unter unsere Kleidung zu schleichen, und ich spürte wie sich meine Haut aufschürfte. Uns wurde trotz des eisigen Windes, der bei den eigentlich hier herrschenden, hohen Temperatur wehte, trotzdem heiß und bald schon mischte sich auch noch Schweiß zu der Sand-Regen-Mischung in meinen Klamotten. Ich fühlte mich elend, aber ich ignorierte es und konzentrierte mich darauf, diese Aufgabe zu erledigen. Bald schon hatten wir um uns herum alle trockenen Sträucher und Büsche rausgerissen und einen Haufen in der Mitte unseres nun entstandenen Kreises gebildet. Die kleinen, rauen Äste zerkratzten meine Arme, während ich sie aus dem Sand zerrte. Das eigentliche Rausziehen war nicht so schwer, da die Pflanzen alle klein und vertrocknet waren. Viel schwerer war es, sie bei diesem Wind zu einem Haufen zu stapeln, der auch liegen blieb, aber wir schafften es.

Ich wischte mir den Schweiß von der Stirn, als Mexx und ich zurücktraten und uns zu Phantasy stellten, der Paradies auf seinem Rücken hocken hatte. Cayenne und Phinjeas hielten kleine Flammen in der Handfläche, die sie wegen ihrer Kraft entstehen lassen konnten, und zündeten den Haufen an, der in Sekundenschnelle lichterloh brannte.

Mexx und ich schauten neugierig zu, als sie sich zu dritt um das Feuer stellten und ihre Arme ausbreiteten. Sie schlossen ihre Augen und konzentrierten sich. Ich wusste nicht genau, was sie machten, aber ich glaube, sie bündelten ihre Kräfte, denn kurz darauf öffneten sie ihre Augen, die nun leuchteten.

Phinjeas’ Augen strahlten in einem helleren Giftgrün als vorher, genauso wie Cayennes bunte und James’ orangene. Ihre Körper glühten regelrecht, als sie alle gleichzeitig ihre Arme auf das Feuer richteten, das dann in Richtung Himmel sauste wie eine gigantische Säule.

„Wow“, staunte ich.

Dutzende Farben wirbelten durch den Feuerstrahl in Richtung des Himmels und drei Gestalten tanzten um sie herum. Ein Drache, ein Panther und ein Wolf jagten um diese Feuersäule mit den Farben in Richtung Schattendecke. Erst geschah nichts weiter, doch dann hörte man einen dumpfen, aber dennoch lauten Schlag und das Feuer verteilte sich am Himmel, als würde es die Schatten wegbrennen. Heftiger Wind kam auf, als ich mit Mexx gemeinsam hochschaute, um dieses wunderschöne Schauspiel zu betrachten. Der Himmel darunter war dunkel und die Sterne leuchteten in allen Farben, bevor alles wieder zurückgeschleudert wurde und die Schatten den Feuerstrahl zurückschossen.

Mexx und ich duckten uns, weil wir dachten, dass das Feuer nun über uns herjagen würde, doch als es unten war, formten sich wieder die drei Gestalten von vorhin und drangen in ihre rechtmäßigen Besitzer ein.

11. Kapitel

Cayenne, James und Phinjeas fielen allesamt erschöpft zu Boden, als sich das Feuer wieder gelegt hatte und das mächtige Glühen verschwand.

Mexx und ich rannten zu ihnen hin, als wir das sahen, besorgt, dass sie vielleicht doch etwas abbekommen hatten.

„Alles okay?!“, rief ich, als ich mich neben Cayenne fallen ließ und sie anschaute. Sie nickte erschöpft.

„Das war anstrengender, als ich dachte“, ertönte James’ Stimme hinter mir.

Ich drehte mich zu ihm um. „Bei dir auch alles okay?“, wollte ich wissen.

Er nickte knapp und erhob sich dann mühselig auf die Beine.

„Bei Phinjeas auch!“, rief Mexx, der sich neben den kleinen Rotschopf gesetzt hatte, um zu schauen, ob auch wirklich alles gut war. Alle drei atmeten sie schwer, aber es schien ihnen wirklich nichts zu fehlen.

„Ich hoffe, es hat geklappt.“, sagte Cayenne. „Habt ihr irgendetwas gespürt?“

Mexx und ich schüttelten den Kopf.

„Vielleicht können sich Halbanemanier nicht telepathisch verbinden?“, vermutete James.

„Vielleicht. Es wäre trotzdem schöner gewesen, wenn wir einen Beweis dafür hätten, dass es geklappt hat.“ Cayenne schaute zu Boden.

James blickte sie mitfühlend an, doch drehte sich dann wieder weg, als hätte er Angst, zu viele Gefühle zu zeigen.

„Wir sollten uns vielleicht erst mal ausruhen, bevor wir weitergehen. Nur ein paar Stunden, damit wir wieder ein bisschen Kräfte sammeln, bevor wir gegen Shadow antreten“, schlug er vor.

Wir nickten zustimmend.

Die Dunkelheit hatte wieder ihren Platz am Himmel eingenommen und der eisige Wind hauchte durch diese einsame Gegend. Aber der Sand war warm, also legten wir uns möglichst nah an die noch warme Glut des Häufchens, das übrig geblieben war, und schlossen unsere Augen.

Ich konnte mir vor lauter Angst um unsere ganze Existenz zwar nicht vorstellen einzuschlafen, doch als ich mich dann hinlegte und die Wärme des Sandes in meine Haut sickerte, vergaß ich das Kratzen meiner Kleider und die Angst. Stattdessen spürte ich nur noch den schweren Schlaf auf mir liegen, der mich in einen dunklen Albtraum führte.

Ich wachte auf, als ich einen schrillen Schrei hörte.

Erschrocken öffnete ich meine Augen und schaute mich um.

Abgesehen von dem ungewöhnlichen Wetter und den Schattenwolken am Himmel schien alles normal zu sein, doch als ich in die Gesichter der anderen schaute, erkannte ich, dass sie den Schrei auch gehört hatten.

„Was war das?", fragte Mexx.

Ich stand auf. Mein Blick huschte über die Gegend, aber es schien weit und breit keiner da zu sein.

„Ihr habt es also auch gehört?", wollte Cayenne wissen und raffte sich auf die Beine. James und Phinjeas tauschten Blicke.

„Der Schrei war nicht zu überhören, Cayenne", erwiderte ich und schaute ihr fest in die Augen.

„Das war ein telepathischer Schrei, Layla. Den hören normale Menschen nicht", sagte James und hievte sich hoch. Phinjeas tat das Gleiche.

„Was bedeutet das?", wollte Mexx wissen.

„Das bedeutet, dass eure anemanischen Kräfte langsam stärker werden." James bedachte mich mit seinen orangenen Wolfsaugen und ich musste wegschauen, um nicht zu erschaudern.

„Warum passiert das jetzt?", fragte ich leise und schaute ihn dann wieder an. In James' Augen konnte man so viele Gefühle sehen. Er schien so stark und gefährlich, doch wenn man ihn genau betrachtete, dann erkannte man so viel Schmerz und Trauer, dass man es kaum ertragen konnte.

„Ich weiß es nicht", gab James zu, „aber es wird euch helfen. Wenn ihr wirklich mit uns kämpfen wollt."

Ich nickte.

Stille.

Ein weiterer Schrei jagte durch unsere Köpfe und sofort waren wir wieder wach.

„Was machen wir jetzt?", wollte ich wissen.

„Wir verfolgen unseren Plan und fliegen nach Miami. Shadow könnte jeden Augenblick angreifen“, sagte James.

Ich schluckte schwer. Schon wieder lassen wir jemanden im Stich.

Cayenne verwandelte sich und wir sprangen auf.

„Wir können doch nicht alle zurücklassen“, sagte ich, „wir müssen etwas tun.“

„Wir tun etwas, Layla. Wir tun etwas gegen Shadow, damit ihr Menschen in Sicherheit seid und euer Planet nicht von Dunkelheit eingehüllt wird, so wie es mit unserem passiert ist“, erklärte James.

Stille legte sich über uns.

James hatte wieder recht. Es war das Schlauste, den Brandherd zu bekämpfen, statt die Flammen drum herum zu löschen. Trotzdem fühlte ich mich schuldig und als ich in die Gesichter der anderen schaute, konnte ich sehen, dass auch sie am liebsten umdrehen würden, um dem Schrei zu folgen.

Es dauerte nicht lange, da hatten wir die Wüste überquert und einige Städte, als wir schon über eine weitere Wüste flogen. Weißer Sand lag unter uns und hin und wieder vereinzelte Büsche und Sträucher.

Wieder ertönte der Schrei.

Er schlug ein wie ein Blitz. Schnell und unglaublich laut jagte er durch unsere Köpfe. Ich hielt mir die Ohren zu und für einige Zeit bekam ich überhaupt nichts mehr mit, als ich plötzlich heftig durchgerüttelt wurde von einem Stoß. Sofort ergriff ich mit aller Kraft wieder Cayennes Stacheln, als Sand und Staub aufgewirbelt wurde und über uns krachte. Ich zitterte, als plötzlich alles still und ruhig wurde.

„Layla? Alles gut?“, hörte ich James neben mir sagen.

Ich öffnete die Augen und schaute ihn an.

Er half mir meine verkrampften Finger von den Stacheln zu lösen und sofort plumpste ich in seine Arme.

„Was ist passiert?“, fragte ich, als ich mich wieder gefangen hatte und auf wackeligen Beinen stand.

„Der Schrei hat uns vom Himmel geholt. Ich muss mich um Cayenne kümmern.“ Er ließ mich los und rannte nach vorne.

„Mexx?“, rief ich.

„Alles okay, ich bin hier. Was ist mit dir?“, hörte ich ihn von der anderen Seite rufen.

„Alles gut. Phinjeas?“, wollte ich wissen.

„Auch alles gut. Phantasy und Paradies sind nur fast auf mir gelandet bei dem Absturz“, sagte er.

Ich wandte mich nach vorne und folgte James zu Cayenne. Sie hatte sich zurückverwandelt und lag Staub spuckend auf dem Boden.

„Cayenne? Alles okay?“, fragte ich und ließ mich neben sie fallen.

Sie nickte benommen. „Es ging mir schon mal besser“, sagte sie.

Blut lief an ihrem Mund runter und sie hatte sich die Beine und Arme aufgeschürft, doch sonst schien es ihr gut zu gehen.

„Warte, ich helfe dir“, bot James an und griff ihr unter die Arme.

Sie stöhnte auf und verzog das Gesicht, aber sie schaffte es mit James' Hilfe aufzustehen.

„Wir müssen hier weg.“ James schaute mich verzweifelt an – und Angst spiegelte sich in seinen Augen.

Ich nickte nur.

„Phinjeas! Mexx! Wir müssen schnell weiter“, rief ich zurück.

Ich hörte sie murmeln und kurz darauf hatten sie uns eingeholt.

Paradies flog über uns und Phantasy gesellte sich zu James. Dieser half Cayenne dabei, auf den Rücken des Pferdes zu steigen.

„Was ist los?“, flüsterte Mexx mir zu.

Ich zuckte mit den Schultern. Der Blick von James hing immer noch klar in meinem Kopf. So eine Angst hätte ich bei ihm nicht erwartet, deshalb drehte ich mich zu Mexx und sagte: „Ich glaube, James weiß etwas.“

Perplex schaute Mexx mich an. „Wie meinst du das?“, fragte er nach.

„Er hat Angst. Wenn James Angst hat, bedeutet das nichts Gutes“, mischte sich Phinjeas ein, der die Konversation mitgehört hatte.

Schweigen legte sich über uns.

„Wie sollen wir jetzt noch rechtzeitig nach Miami kommen?“, fragte ich laut.

„Gar nicht“, hörte ich jemanden hinter mir sagen.

Erschrocken wirbelte ich herum.

„Parca!“, rief James und schien dabei kaum erschrocken.

„Oh mein Gott, Lucy!“, hörte ich Cayenne aufschreien.

„Und Lexane auch noch“, zischte ein weiterer Anemanier, der neben diesem Parca stand.

„Dich will aber keiner hier haben“, fauchte Phinjeas das Mädchen an, das neben Parca stand und auch keinen angenehmeren Eindruck machte als er.

Ich musste einen Schritt zurücktreten, als ich ihn sah, und umklammerte Mexx' Hand. Angst stieg wieder in mir hoch bei seinem Anblick. Blutrote Augen bohrten sich in mich, die nur Hass und Terror ausstrahlten. Er hatte braune Haare, die an seinem Kopf klebten und aus denen Blut tropfte, das auf dem Boden zischte. Kleine, spitze Eckzähne stachen aus seinem gelben Gebiss hervor. Zerrissene Klamotten und ein langer, roter zerfetzter Mantel machten seinen Anblick nicht besser. Am schlimmsten fand ich, abgesehen von den Haaren und den Augen, jedoch die vier Ketten, die aus seinem Rücken hingen. Zwei von ihnen schleiften auf dem Boden und die anderen beiden hatten sich um das junge Mädchen gewickelt, das wohl Lucy sein musste.

In ihren goldenen Augen lag Angst und an den Wunden in ihrem Gesicht und dem restlichen Körper sah man, dass sie in letzter Zeit viel durchgemacht haben musste.

Lexane leckte mit ihrer Schlangenzunge über ihre Lippen. Ihre grünen Echsenaugen leuchteten gefährlich auf nach dieser Bemerkung und plötzlich stand sie vor Phinjeas. Sie umklammerte mit ihren Krallenfingern sein Kinn und zwang ihn, ihr in die Augen zu schauen.

Wütend funkelte er sie an.

„Lass ihn gehen, Lexane!", knurrte James. Sie schnellte mit ihrem Kopf herum und schubste Phinjeas weg.

Während sie auf James zulief, wand sie ihren Körper wie eine Schlange und leckte sich noch einmal über die Lippen.

„Wie ich sehe, habt ihr euch Menschenfreunde gesucht", kicherte sie und bedachte Mexx und mich aus den Augenwinkeln mit einem herablassenden Blick. Ich spürte, wie Mexx neben mir seinen Körper anspannte, und drückte seine Hand, um ihn zu beruhigen.

„Das ist ja niedlich", sagte Parca und grinste hässlich. „Wir haben uns auch eine neue Freundin gesucht. Nicht wahr, Lucy?"

Lucy schrie auf, als die Kette sich enger um sie legte und ihren Körper noch mehr zusammendrückte.

„Was willst du, Parca?", wollte Cayenne wissen.

Sie schaute von Phantasys Rücken auf Parca herunter, was dem wohl nicht so zu gefallen schien. Verächtlich schnaubte er und wandte sich an James. Er grinste wieder, als er James' wütenden Gesichtsausdruck sah.

„Was ich will?"

Er schaute sich um, als müsste er sich erst suchen, was er wollte.
„Ich will James“, sagte er letzten Endes unheilvoll.
„Vergiss es!“, rief Phinjeas.
„Halt die Klappe, du kleiner Zwerg“, giftete Lexane ihn an.
Phinjeas schrie wütend auf.
Ich beobachtete, wie seine Haut langsam schwarz wurde und das Fell sich darauf verteilte. Seine Eckzähne wurden größer und sein Knurren kehliger, als plötzlich James' Hand um seinem Arm lag und er sich wieder beruhigte. Er warf Phinjeas einen warnenden Blick zu und drehte sich wieder zu Parca.
„Warum mich?“, fragte James ruhig.
Parca biss wütend seine Zähne zusammen.
„Weil du mein Bruder bist!“, brüllte er und sprang in die Luft.
Es waren nur ein paar Sekunden, da stand ein gigantischer, rotsilberner Skorpion vor uns, dessen Körper von Ketten umschlungen wurde und dessen vier Stachel und Scheren mit säbelähnlichen Messern bestückt waren. So schnell konnten wir gar nicht gucken, da hatte sich ein Stachel in James' Schulter gebohrt und er wurde schreiend durch die Luft gewirbelt.
„Verdammt!“, rief Mexx erschrocken.
Ich schrie auf. Wir wichen zurück.
In Phinjeas und Cayennes Blick stand pures Entsetzten und Phantasy riss vor Schock die Beine in die Luft.
„Zeit zum Spielen!“, grinste Lexane und tauchte in weißem Licht unter, aus dem kurz darauf ein gigantischer Schlangenkopf hervorschoss.
„Mexx!“, schrie ich, als er mich zurückzog. Cayenne und Phinjeas verwandelten sich auch und stürzten sich auf Lexane.
Sand wurde aufgewirbelt und Mexx und ich mussten aufpassen, dass wir nicht von den Anemaniern zerquetscht wurden, während diese aufeinander losgingen. Ich nahm den Bogen von meinen Schultern und spannte einen Pfeil darauf, der sich kurz darauf in Lexanes Hals bohrte. Die Schlange fauchte laut und schoss auf mich zu, doch Phinjeas kam von der Seite und biss ihr in den Hals, während er sich mit seinem ganzen Gewicht auf sie stürzte. Gemeinsam krachten sie auf den Boden. Cayenne flog über sie hinweg und ließ sich auf Parca fallen, der sich auf James gestürzt hatte. Verzweifelt versuchte James Parcas Sta-

cheln auszuweichen, doch erst als Cayenne Parca packte und von ihm runterwarf, schaffte James es, sich aufzurappeln und zu verwandeln. Ein blausilberner Wolf stand plötzlich an seiner Stelle. Seine orangenen Augen funkelten wütend, als er sich mit seinen riesigen Pranken wieder auf Parca stürzte.

„Komm, Layla!", rief Mexx, der sein Schwert gezogen hatte und um Phinjeas und Lexane rumgerannt war.

Ich stolperte, als ich ihm nachrannte, doch gewann ich mein Gleichgewicht schnell wieder zurück und spannte noch einen Pfeil. Wieder landete er an Lexanes Hals, die fauchend den Kopf in den Nacken schmiss, sodass Phinjeas es schaffte, seinen Kiefer in ihren Hals zu rammen. Ich rannte um sie herum und folgte Mexx, der sich auf das Mädchen konzentrierte, das keuchend am Boden lag.

Lexane schlängelte ihren Schwanz um Phinjeas' Bauch und riss ihn herum, sodass er nun unter ihr lag. Ich ließ einen weiteren Pfeil auf sie los, der sie an ihrer Schwanzspitze traf. Dann wandte ich mich wieder zu Mexx, der sich neben Lucy gekniet hatte und versuchte, die Ketten von ihr zu ziehen. Sie zogen sich immer weiter fest, da sie aus Parcas Körper wuchsen und dieser beim Kampf immer weiter daran zog. Mexx holte mit dem Schwert aus und ließ es auf die Ketten sausen.

„Das bringt doch nichts", sagte ich verzweifelt, „das ist Metall und kein Seil!"

„Ja", entgegnete Mexx entschlossen und funkelte mich angriffslustig an, „und das ist Drachenglas!"

Er holte wieder aus.

Das Schwert krachte auf die Ketten, die in tausend Teile zersprangen. Ich hörte Parca schmerzvoll aufschreien und gleichzeitig Lucy tief einatmen, als die Luft wieder ihre Lungen füllte.

„Schnell, komm hoch!", rief Mexx und zerrte sie auf die Beine.

Ich stützte Lucy auf der rechten Seite und Mexx sie auf der anderen, während wir versuchten, sie von dem Kampf wegzuschleppen.

Ein schmerzvolles Jaulen ertönte hinter mir und ich schoss mit meinem Kopf rum, gerade als James durch die Luft geschleudert wurde und mit einem dumpfen Schlag auf den Boden knallte. Ich ließ Lucy los und hoffte, das Mexx es alleine schaffte, sich um sie zu kümmern, während ich auf James zu rannte.

Parca hatte sich zurückverwandelt und war unter Cayenne durchgeschlüpft. Die vier Ketten ragten aus seinem Rücken wie weitere Arme hervor. Sie schnellten auf James zu, der sich bei dem Aufprall auch zurückverwandelt hatte und sich mühselig wieder aufstellte.

„James, pass auf!", schrie ich und spannte meinen Pfeil.

Ich rannte, so schnell ich konnte. Mein Herz pochte mir in den Ohren.

Die Ketten jagten auf James zu, der sich immer noch auf dem Boden wand.

Cayenne sprang ab und flog auf Parca zu.

Ich ließ den Pfeil los und er knallte in eine von Parcas Ketten, die daraufhin zu ihm zurückschoss.

Ich spannte einen weiteren Pfeil.

Cayenne stürzte sich von oben auf Parca, der das mitbekam. Er verwandelte sich in sein Seelentier und bohrte sich unter den Sand, sodass Cayenne auf nichts stürzte.

Sie schaute sich um und dann traf mich ihr Blick.

Ich war stehen geblieben.

„Layla!", schrie Mexx plötzlich hinter mir.

Ich schoss herum, als ich Lexane auf mich zurasen sah.

Phinjeas war ihr dicht auf den Fersen, doch anscheinend nicht schnell genug. Lexanes angriffslustige Augen bohrten sich in mich und für einen Moment dachte ich, dass ich nun sterben würde.

Das ist mein Ende!

Doch dann ertönte ein tiefes Brüllen hinter mir und Lexane wurde zurückgestoßen. Cayenne bohrte sich mit ihren Krallen in Lexanes Hals und riss sie um. Diese fauchte wütend und verwandelte sich zurück, sodass sie zu klein für Cayennes große Pranken war und durch sie hindurchschlüpfte. Dann verwandelte sie sich wieder und ich dachte schon, sie würde mich nochmals angreifen, als sie sich an mir vorbei schlängelte und sich hinten bei James wieder zurückverwandelte.

James stand keuchend wieder auf den Beinen. Blut tropfte aus einer Wunde am Kopf und Dreck befleckte seinen Körper. Er schaute benommen in unsere Richtung und schien gar nicht zu bemerken, dass Lexane neben ihm stand.

Sie drehte sich zu uns um und lächelte hässlich.

„Danke für diese tolle Unterhaltung. Ihr müsst wissen, dass telepathische Verbindungen von allen Anemaniern gehört werden können", sie lachte böse.

James sah uns an und machte einen benommenen Schritt auf uns zu, als in dem Moment der Sand unter ihm aufbrach und der Skorpion aus der Erde schoss. Seine Ketten schlangen sich um James, der mit entsetzten Augen von ihm unter die Erde gerissen wurde.

12. Kapitel

„Nein!“, schrie Cayenne und rannte los. „Nein, nein, nein!“

Sie stürmte auf die Stelle zu, an der James gemeinsam mit Lexane und Parca verschwunden war.

„Oh Gott!“, schluchzte ich, während mir heiße Tränen die Wangen runterliefen. Ich rannte ihr hinterher.

Über mir flog Phinjeas hinweg, direkt auf Cayenne zu, die bereits an der Stelle war. Als ich dort ankam, war nur noch eine kleine Kuhle zu sehen, wo James von Parca heruntergezogen worden war. Cayenne weinte.

Ich hatte sie noch nie weinen sehen und es brach mir das Herz.

„Es tut mir leid“, schniefte ich.

Sie hockte vor der Kuhle, während ihre Tränen den Boden unter ihr benetzten. Phinjeas schaute sie an. In seinen Augen lag pures Entsetzen und Trauer.

„Warum?“, fragte er und schaute mich dann an. Seine Lippen bebten und seine glasigen Augen schienen einfach nicht begreifen zu wollen.

Ich schüttelte den Kopf.

„Ich weiß es nicht“, flüsterte ich.

„Layla, Cayenne, Phinjeas! Alles okay?“, rief Mexx und kam ebenfalls angerannt. „Was ist mit James? Wo ist er hin?“

Ich drehte mich zu ihm um und fiel ihm in die Arme.

„Sie haben ihn mitgenommen“, heulte ich in seine Brust.

„Was? Wieso?“, wollte er wissen.

Lucy kam hinter ihm angehumpelt und schaute in die Runde.

Phantasy wieherte laut im Hintergrund.

„Weil Parca James’ Bruder ist“, sagte sie fest.

„Was hat das damit zu tun?“, wollte ich wissen.

Doch an den Gesichtern von Phinjeas und Cayenne erkannte ich, dass es sehr viel damit zu tun hatte.

Lucy blickte zu mir hoch. In ihren Augen lag Mitgefühl.

„Parca hat James das Leben gerettet, als sie noch klein waren. Dadurch ist er so böse geworden. Die Schatten haben ihm den Verstand geraubt, doch Parca und James sind Brüder und zwischen ihnen besteht immer noch eine Verbindung. All die Jahre, in denen Parca immer mehr in die Dunkelheit gezogen wurde, galten seine Gedanken immer nur James. Er hatte ihm versprochen, immer bei ihm zu bleiben, ihn immer zu beschützen. Während der Schatten seinen Verstand geraubt hat, hat sich dieser Gedanke so tief in ihm festgesetzt, dass er nun immer noch daran glaubt. Er denkt, er müsse James beschützen. Und er denkt, er tut das Richtige. Das ist der Grund, warum er so versessen auf James ist. Schatten wollen alles in ihre Macht bringen – und das Gleiche tut Parca auch mit James. Ich will nicht wissen, was Parca nun mit ihm anstellt", erklärte sie.

Entsetzt tauschte ich Blicke mit Mexx.

Cayenne und Phinjeas standen die Münder offen und einige Zeit sagte niemand was.

„Woher weißt du das?", fragte Cayenne und biss sich auf die Unterlippe.

„Ich kann James' Gedanken lesen", erwiderte Lucy.

Cayenne atmete tief durch und schloss die Augen. Als sie sie wieder öffnete, lag nicht mehr Trauer in ihnen, sondern Wut. Ich schreckte zurück.

„Warum hast du mir das nie gesagt?", schrie sie Lucy wütend an.

„Weil James es dir selbst hätte sagen müssen. Es liegt bei ihm, wem er was erzählt. Und könnte ich nicht Gedanken lesen, dann würde ich es auch nicht wissen", entgegnete sie ruhig.

Fassungslos schrie Cayenne auf. „Gut", schnaubte sie, „jetzt ist James weg. Er ist einer unserer stärksten Krieger. So, wie wir jetzt sind, können wir nicht gegen Shadow antreten. Wenn Shadow nun angreift, werden wir alle sterben und die Erde ins Verderben gebracht. Wir müssen erst die anderen suchen. Und wir müssen James zurückholen."

„Cayenne, wir haben ein Signal losgesendet. Die anderen werden das sehen und sie werden ko-", versuchte Phinjeas ihr klar zu machen, doch Cayenne wollte das gar nicht hören.

„Lexane hat aber recht", unterbrach sie ihn, plötzlich wieder erstaunlich gefasst für diese Umstände. „Die Signale kann jeder Anemanier lesen. Wenn die anderen darauf reagieren, dann können Lexane und Parca das auch hören und dann können sie eher dort sein, genau wie sie es hier waren."

Sie holte tief Luft und schaute Phinjeas fest in die Augen. „Phinjeas, wir schaffen das zu fünft nicht."

„Mit James waren wir auch zu fünft", warf ich ein.

„Ja“, entgegnete sie, „aber mit James dachten wir auch, dass die anderen nach Miami kommen würden, dann hätten wir dort alle versammelt. Jedoch hat bis jetzt keiner reagiert, außer Lexane und Parca. Wenn wir davon ausgehen, dass die anderen das Signal bekommen haben, aber nicht reagieren, sind sie entweder verletzt und zu schwach oder irgendetwas anderes hält sie ab. Das telepathische Feld besteht noch, sie können also immer noch reagieren. Aber wenn sie uns ihren Standort sagen, dann hören das auch Lexane und Parca. Wir müssen schneller sein als sie.“

„Und was schlägst du vor, was wir jetzt tun sollten?“, wollte Phinjeas vorwurfsvoll wissen. „Hier rumsitzen und warten, bis vielleicht jemand antwortet, während James irgendwo gefoltert wird und Shadow vielleicht Miami angreift? Da mach ich nicht mit!“

„Nein, ich auch nicht“, erwiderte sie.

„Cayenne, du verwirrst mich total“, warf ich erneut ein.

„Mich auch“, ergänzte Mexx.

Cayenne antwortete nicht, stattdessen schaute sie Lucy an.

„Ich weiß nicht, ob ich das schaffe, Cayenne“, sagte diese nur, als ob Cayenne ihr gerade mit dem Blick eine Frage gestellt hätte. Dann fiel mir wieder ein, dass sie ja Gedanken lesen konnte und dass Cayenne vielleicht genau das getan hatte: eine Frage gestellt.

„Was?“, wollte Phinjeas wissen.

„Cayenne will, dass ich mich über die Gedanken mit ihnen verbinde. Aber ich weiß nicht, ob ich das schaffe. Ich habe doch keine Ahnung, wo sie überhaupt sind“, erklärte Lucy.

„Das wollen wir ja rausfinden“, sagte Cayenne.

„Wie?“, wollte Mexx wissen.

„Lucy, weißt du noch, wie James gesagt hat, dass man mit viel Übung seine Kraft erweitern kann?“, wandte sich Cayenne wieder an sie.

„Ja, mit viel Übung“, entgegnete Lucy.

„Du musst jetzt leider so damit klarkommen.“

„Was willst du machen?“, fragte Phinjeas.

„Lucy, wenn du dich mit unseren Gedanken verknüpfst, dann kannst du diese Verknüpfung weiterleiten über den ganzen Planeten. Du kannst dich mit allen Bewohnern der Erde verbinden und dann könnten wir vielleicht den Aufenthaltsort der anderen Anemanier und sogar den von James finden“, erklärte Cayenne endlich.

„Das ... Cayenne, aber ... Ich kann zwar Gedanken um mich herum hören, aber von der ganzen Welt? Ich weiß nicht, ob ich genug Übung habe", zweifelte Lucy.

„Lucy, wir brauchen dich jetzt. Du musst es zumindest versuchen, mit James hast du ja auch bereits geübt", entgegnete Cayenne.

Lucy wich verdutzt zurück. „Woher?", fragte sie leise.

„Du hast deine Methoden, ich hab' meine. Fakt ist, dass du es schaffen kannst, also hör auf zu zweifeln und tu, was du tun musst. Alle Lebewesen, die sich zurzeit auf diesem Planeten befinden, schweben in Lebensgefahr. Und sie hängen jetzt von dir und deiner Kraft ab", erwiderte Cayenne fest.

Lucy schluckte schwer, nickte jedoch zustimmend. „Okay", sagte sie, „aber ich garantiere für nichts."

„Solltest du aber, der Planet hängt von dir ab", zwinkerte ihr Phinjeas aufmunternd zu.

Sie rollte mit den Augen und schloss diese dann.

„Gut, ich werde mich zuerst mit euren Gedanken verbinden und dann mit dem, der am nächsten von euch ist, und so weiter. Ich brauche absolute Ruhe und ich weiß nicht, wie lange das dauern wird", warnte sie dann, bevor sie tief Luft holte und mit ihrem Bewusstsein in unseren Gedanken verschwand. Spüren konnte ich nichts, doch irgendwie wusste ich, dass sie bereits in meinem Kopf war.

Es verging eine verdammt lange Zeit, in der keiner einen Mucks von sich gab. Lucy verzog hin und wieder das Gesicht, als wäre es schmerzhaft, sich so lange zu konzentrieren, doch sie blieb mit uns verbunden. Das konnte ich daran erkennen, dass sich ihre Augen unter den geschlossenen Lidern schnell hin und her bewegten. Es sah so aus, als würde sie sich Millionen von Akten gleichzeitig anschauen, was sie vermutlich gerade auch tat.

Es musste bestimmt aufregend sein, sich mit so vielen Gedanken zu verbinden. Irgendwie fand ich die Vorstellung cool, dass wir gerade alle durch Lucy in Gedanken verbunden waren und keiner etwas mitbekam. Ich fragte mich, wie sich das wohl anfühlen musste. Leider war meine Aufgabe und auch die der anderen, still zu stehen und leise zu sein.

Der starke Wind pfiff in meinen Ohren und die dunklen Sturmwolken am Himmel, die ja eigentlich Schatten waren, waren nun in der

Stille umso beängstigender. Vorsichtig nahm ich Mexx' Hand in meine und fühlte mich gleich viel sicherer als vorher.

Es dauerte noch ein paar Minuten, da sog Lucy plötzlich so heftig die Luft ein, als hätte sie die ganze Zeit über nicht geatmet. Ihre Augen schossen auf, sie fiel zurück und plumpste auf den Sand. Schnell waren wir alle bei ihr und schauten sie erwartungsvoll an.

„Vier sind auf den Galapagosinseln, eine konnte ich in Marokko aufspüren, zwei weitere sind in Madagaskar und noch einen habe ich in Sibirien aufgefunden. Parca, Lexane und James konnte ich nicht finden. Sie waren wie vom Radar verschwunden. Einfach weg", sagte sie und schaute vor allen Dingen Cayenne bei dem letzten Satz an.

„Ist schon gut", erwiderte diese, „er ist stark. Er wird schon auftauchen."

„Was ich aber tun konnte, ist, ihnen zu sagen, dass sie nicht auf das Signal reagieren und bleiben sollen, wo sie sind. Ich weiß nicht, ob sie das tun, aber ich konnte den Weg von hier bis zu ihren Standorten sehen und ihn sozusagen als Bild speichern. Wir könnten uns aufteilen und sie gleichzeitig suchen", schlug Lucy vor.

„Nein, das ist zu gefährlich. Wir bleiben zusammen. Wie gesagt, wenn Shadow jetzt angreift, muss er auf uns noch ein bisschen warten", erwiderte Cayenne. „Lucy, ich möchte, dass du mir die Wegbeschreibungen in meinen Kopf setzt, damit ich uns dort hinfliegen kann. Wir müssen jetzt zusammen bleiben. Wer weiß, was sonst noch da draußen lauert?"

Lucy nickte und schloss ihre Augen. Als sie sie wieder öffnete, verwandelte Cayenne sich ohne zu zögern und ließ uns aufsteigen.

Phantasy und Paradies folgten uns, als sie abhob und zielstrebig zu den nächsten Anemaniern flog.

Ich hatte komplett die Orientierung verloren. Ich hatte weder mein Handy, noch eine Karte, noch irgendeinen Anhaltspunkt, wo wir sein könnten, doch Cayenne schien dank Lucys telepathischer Gabe zu wissen, wo sie entlangfliegen musste.

Heftiger Wind heulte um uns herum und hohe, bedrohliche Wellen rangen im Meer unter uns. Der Himmel war schwarz wie die Nacht durch die Schatten, die ihn bedeckten, und Cayenne hatte schwer damit zu kämpfen, voranzukommen. Ihre heftigen Flügelschläge und die Anspannung in ihrem Körper zeigte jedoch, wie verbissen sie nun ihr Ziel verfolgte.

Nach einiger Zeit hörte man ein gefährliches Grollen am Himmel und Blitze funkten kurz darauf. Angst und Adrenalin flitzten durch mein Blut und ich klammerte mich an den Gurt, so fest ich nur konnte. Keiner von uns redete. Wir waren alle zu sehr damit beschäftigt, uns zu konzentrieren, damit wir den Halt nicht verloren.

Der Flug fühlte sich ewig an. Die bedrückende Stimmung und die Anspannung in all unseren Muskeln machte uns müde, doch als die Insel dann endlich in Sicht kam, bekam ich meine Augen vor Entsetzten nicht mehr zu.

Die Wellen schlugen hier kreuz und quer, rollten über den Strand hinweg auf den Wald dahinter zu und rissen Bäume und alles, was sonst noch da war, mit sich. Zerstörte Häuser, die sich etwas weiter hinten am Wald befanden, lagen nur noch in Bruchstücken da und ich wollte mir gar nicht vorstellen, wer dort alles umgekommen sein mochte, bevor die Menschen sich retten konnten.

„Die Verbindung zu ihnen war hier!“, schrie Lucy über das Getöse hinweg, „sie müssen dort unten irgendwo sein!“

„Bist du sicher, dass sie sich nicht in Sicherheit gebracht haben?“, wollte Cayenne wissen.

„Nein, ich kann sie immer noch spüren! Sie sind dort unten, ich weiß das!“, erwiderte sie.

Cayenne brüllte laut und flog wie ein Pfeil auf den Wald zu. Meine Hände verkrampften, als sie versuchten, nicht von den glitschigen Stacheln abzurutschen, während der Wind wie eine Wand gegen mein Gesicht drückte und der wellenumsäumte Boden immer näher auf mich zukam. Kurz bevor wir aufkamen, brüllte Cayenne noch mal laut und breitete ihre Flügel aus, sodass wir nicht unter die nächste Welle kamen, die sich hinter uns aufgebäumt hatte. Mit schnellen Flügelschlägen brachte sie uns wieder nach oben.

„Wie wollen wir jetzt an eure Freunde ran kommen?“, wollte ich wissen, „und wie können sie nach diesen ganzen Wassermassen, die auf sie gefallen sind, jetzt noch leben? Sie müssten doch schon längst erschlagen worden sein oder aufs Meer rausgezogen oder was auch immer, aber nicht da unten!“

„Die vier Anemanier, die ich hier gespürt habe und auch immer noch spüre, heißen Alex, Thylo, Wilko und Chris. Chris hat die Fähigkeit, sich bei Gefahr in eine Schutzblase einzuhüllen. Diese beschützt die vier vor den Wellen, doch solange sie da ist, kann Cayenne sie auch nicht packen", erklärte Lucy.

„Was machen wir dann?", wollte Mexx wissen, bevor ich fragen konnte.

„Lucy?", mischte Phinjeas sich ein, ohne auf ihre Antwort zu warten. Sie schaute ihn fragend an. „Kannst du sie orten? Also den genauen Standpunkt sagen, wo sie da unten sind?"

Sie nickte.

„Kannst du ihnen nicht einfach über Gedankensprache sagen, dass Chris den Schutzschild runterfahren soll, damit wir sie holen können?", schlug ich vor.

„Nein, der Schutzschild hält alle anemanischen Kräfte ab", erklärte sie, bevor sie die Augen schloss und sich zu konzentrieren versuchte.

Einige Sekunden kreisten wir weiter dort oben, während das heftige Rauschen der Wellen unter uns erklang und das Heulen des Windes durch unsere Ohren zog. Dann öffnete Lucy wieder die Augen.

„Phinjeas, wegen dem Schutzschild habe ich nur ein sehr schwaches Signal, aber von dem, was ich gespürt habe, sind sie so gut wie fast unter uns", sagte sie schließlich.

„Ich werde runterfliegen und ihnen sagen, dass sie den Schutzschild auflösen müssen, aber ihr müsst schnell sein. So wie ich das sehe, haben wir nach jeder Welle nur so um die 30 Sekunden, bis die nächste kommt", erklärte er und stellte sich an den Rand von Cayennes Rücken.

„Das ist nicht dein Ernst?", stieß ich entsetzt hervor.

„Es ist die einzige Möglichkeit!", sagte Phinjeas entschlossen und wartete, bis die Welle unter uns über die Bäume gerollt war. Dann sprang er ab und raste im Sturzflug auf den Wald zu, über dem wir kreisten.

„Oh mein Gott!", rutschte es mir aus dem Mund, als ich ihn fallen sah. Ich schaute nach draußen auf das Meer, wo sich die nächste Welle schon wieder aufbäumte.

„Folg ihm, Cayenne!", schrie Lucy.

Sofort legte das Drachenweibchen die Flügel an und ließ sich hinter Phinjeas her wie ein Pfeil auf den Boden fallen. Ich klammerte mich entsetzt an den glitschigen Stacheln fest und betete, dass wir es schafften, während ich die Welle hinter uns praktisch spürte, wie sie immer größer wurde, voller Vorfreude, endlich über die Insel hinwegzurollen und alles mit sich zu reißen. Ich konnte weder schreien, noch irgendeinen klaren Gedanken fassen, während die grünen Baumkronen größer und größer wurden, genau wie die Welle hinter uns. So schnell konnte ich gar nicht reagieren, da waren wir schon zwischen die übrig gebliebenen Bäume gerast und rissen einige mit uns, während Cayenne versuchte, so nahe wie möglich auf den Waldboden zu gelangen. Der Fall endete schließlich und wir waren unten angelangt. Die Welle hinter uns hatte sich schon zur vollen Größe aufgebäumt und war nun schon fast über die Hälfte des Strandes gerollt.

„Wo sind sie?“, hörte ich Mexx schreien.

„Scheiße!“, fluchte ich, als ich niemanden erblicken konnte.

Die Welle erreichte den Waldrand und bäumte sich weiter über den Wald auf, in dem wir standen, als wir entsetzt feststellten, dass keiner da war. Phinjeas schaute sich ängstlich um und brüllte dann laut, während grünes Feuer aus seinen Händen schoss, die er gen Himmel hielt.

„Chris!“, schrie er.

Doch es war zu spät. Die Welle stand nun schon so nah hinter uns uns, dass sie ihren Schatten auf uns warf. Ich schloss die Augen, darauf gefasst, die kalten Wassermassen zu spüren, die uns hinaus aufs Meer ziehen und unser Tod sein würden.

Ich konnte nicht mal mehr zu Mexx schauen, als die Welle über uns zusammenstürzte.

Die Luft wurde aus meinen Lungen gepresst, Kälte umschlang mich und Dunkelheit hüllte mich ein, während ich spürte, wie ich den Griff um Cayennes Stacheln verlor. Ich wollte einatmen, doch Panik schoss in mich, als sich Wasser in meinen Körper schob und mir jegliche übriggebliebene Luft raubte. Ich bekam nichts mehr mit, erwartete zu ersticken oder durch den Sog gegen einen Baum geschleudert zu werden, der mir das Leben aus dem Körper jagen würde. Doch nichts dergleichen geschah, als plötzlich alles aufhörte.

Ich schnappte nach Luft, spuckte und hustete Wasser und traute mich nicht, meine Augen zu öffnen aus Angst, ich sei nun tot und das wäre alles nur Einbildung.

„Layla!“, hörte ich Mexx’ Stimme.

Ich wagte nicht, mich zu bewegen. Das konnte nicht einfach so aufgehört haben. Ich musste tot sein und Mexx auch. Wie hätten wir das denn sonst überleben können? Doch dann spürte ich eine nasse, kalte Hand an meinem Oberarm und Mexx' sorgenvolle Stimme ertönte wieder: „Layla! Bitte steh auf!"

Langsam öffnete ich meine Augen und schaute in die ängstlichen, wunderschönen, braunen Pupillen von Mexx.

Ich hustete weiter und versuchte aufzustehen.

„Was ist passiert?", fragte ich mit einer heiseren Stimme.

Mexx räusperte sich und hustete auch, um die letzten Tropfen Wasser aus seiner Lunge zu bekommen, während er mir aufhalf.

„Wir sind passiert", hörte ich eine rasselnde Stimme und schaute mich um.

Ich war von Cayennes Rücken runtergerissen worden und ungefähr zwei Meter weiter gelandet, bevor alles aufgehört hatte. Cayenne hatte weit aufgerissene Augen und war immer noch als Drache verwandelt, während sie mit ihren Krallen in die Erde bohrte. Phinjeas war etwas weiter von mir geschleudert worden und stand auf wackeligen Beinen, während auch er sich das Wasser aus den Lungen hustete. Genau wie Lucy, die mit dem einen Arm noch um Cayennes Stachel hing. Um uns rollte der letzte Teil der Welle wieder ins Meer und zog alles, was sie zu packen bekommen hatte, mit sich.

Wir standen wie in einer Art Blase, die sich schützend um uns gezogen hatte – und jetzt wusste ich, was passiert war.

Ich drehte mich zu der Stelle, wo ich die Stimme gehört hatte, und sah vier Jungs dort stehen, die vom Alter her etwa zwischen dem von Phinjeas und Lucy sein mussten. Mit hochgezogener Augenbraue machte ich nichts weiter, als sie anzustarren.

„Ich bin Chris", stellte sich der Junge mit der rasselnden Stimme vor, der auch für die Schutzblase verantwortlich war. Er hatte braune hochstehende Haare, auf deren einer Seite cremefarbene Federn herausstanden. Seine Pupillen waren weiß, dennoch lächelte er breit und schien sich zu freuen.

„Das dahinter", ergänzte Phinjeas, der sich soweit wieder gesammelt hatte und neben Mexx und mir stand, „sind Alex, Thylo und Wilko" Er deutete mit dem Finger auf die anderen drei.

Mexx nahm mich in den Arm, als wir beide anfingen, vor Kälte zu zittern, um mir ein bisschen Wärme zu geben, während ich die Jungs betrachtete.

„Ich denke, wir müssen uns bei euch bedanken", sagte ich schließlich.

Alex, der die gleiche dunkle Haut- und Haarfarbe wie Cayenne hatte, bedachte mich mit seinen gelben Augen. Er hatte eine schlanke Figur und breite Schultern, war größer und schien auch stärker als die anderen.

Thylo, der neben ihm stand und Mexx und mich genauso anstarrte, huschte mit seinen dunklen lilafarbenen Augen zwischen uns her, nicht sicher, ob er uns trauen konnte. Er war dünn und hatte blonde Haare, während auf seiner Haut vereinzelt von lila Schuppen bedeckte Stellen waren, die ich wiederrum neugierig beglotzte.

Wilko blitzte mit seinen Augen erst zu Mexx, dann zu mir und schaute dann Cayenne fragend an, die sich bereits wieder zurückverwandelt hatte und Lucy mit ihrem verdrehten Arm half. Das Erste, was mir bei ihm auffiel, war, dass das eine Auge sandfarben mit einem Grünstich war und das andere grauschwarz, während seine Arme von zwei breiten Lederbändern verhüllt wurden, aus denen ein silbern glänzender Säbel rausschaute, welcher aussah wie die Rückenflosse eines Hais.

Chris war der Einzige, der uns nett anschaute.

„Ich bin Layla und das ist Mexx", stellte ich uns vor.

„Keine Sorge, sie sind auf unserer Seite", fügte Cayenne hinzu.

Ich zuckte zusammen, als um uns herum alles wieder dunkel wurde und eine weitere Welle uns umspülte. Es war beängstigend und erstaunlich zugleich, für einen Augenblick mitten im Wasser zu stehen, ohne es zu spüren.

„Wir sollten hier weggehen", bemerkte Lucy erschöpft, die von Cayenne gestützt wurde.

Chris nickte zustimmend. „Es wird immer anstrengender, den Schutz zu halten", fügte er hinzu.

„Wir suchen die anderen Anemanier zusammen und werden dann gegen Shadow antreten", erklärte Phinjeas. „Seid ihr dabei?"

„Natürlich", grinste Alex und wurde unterstützt von dem heftigen Nicken der anderen.

Cayenne verwandelte sich wieder in ihre Drachenform zurück. Phinjeas half ihr, das Geschirr wieder so gut wie möglich zu befestigen, und dann setzten wir uns einer nach dem anderen wieder darauf.

Ich spürte leichte Tropfen auf meiner Haut, als die nächste Welle über uns einbrach, und sah entsetzt kleine Risse in der Blase, die uns einhüllte. Dann schaute ich zu Chris, der sich auf Cayennes Rücken gesetzt hatte und angestrengt versuchte, den Schutz weiter aufrecht zu erhalten.

Als die Welle vorbei war, brach die Blase zusammen. Cayenne reagierte schnell und sprang ab, während sie die Flügel ausbreitete und mit heftigen Schlägen versuchte, so schnell wie möglich hoch genug zu kommen, als der Horizont sich bereits durch die nächste Welle verdunkelte.

„Cayenne, du musst schneller machen!“, rief ich ihr zu, als die Welle näherkam. Mit entsetzten Augen schaute ich sie an, während sie immer höher stieß. Cayenne schien nicht schnell genug zu sein, als uns ein weiteres Mal eine Welle zu überrollen drohte.

„Da ist eine gigantische Welle hinter uns!“, schrie ich panisch.

Die Angst, ein weiteres Mal unter den Wassermassen zu liegen, umschlang mich wie eine Kralle, als Cayenne drehte und geradewegs auf die Welle vor uns zuflog. Diese bäumte sich nun immer weiter auf.

„Was hast du vor?“, schrie Mexx hinter mir. Panik schoss durch mich hindurch, als die hohe Wand immer näherkam. Ich spürte die Tropfen auf meinem Gesicht, als sich die obere Hälfte über uns beugte. Das blaue Nass vor uns war nur noch einen Zentimeter entfernt, als ich im letzten Moment noch mitbekam, wie Lucy nach Chris schrie. Wir brachen durch die Wasserwand und ein weiteres Mal umhüllte uns die Dunkelheit, die die Welle mit sich brachte.

Für einige Sekunden fühlte ich mich wie benommen, sodass ich gar nicht bemerkte, wie die Schutzblase von Chris uns wieder eingehüllt hatte. Es ging alles so schnell.

Dann wurde es vor mir wieder heller und ich atmete tief ein. Ich schaute zurück und sah die Welle hinter uns auf das Land stürzen.

Wir waren hindurchgeflogen!

Ich atmete heftig und konnte es kaum fassen. Wir waren tatsächlich durch eine Welle durchgeflogen!

13. Kapitel

Der nächste Flug schien für Cayenne noch anstrengender als der zuvor. Ihre Augen fielen immer wieder zu und erst als wir beinahe ins Meer gestürzt wären, konnten wir Cayenne dazu überreden, eine Pause zu machen.

Wir waren irgendwo weit aufs Land geflogen, sodass wir vor den Wellen geschützt waren. Phinjeas machte ein Feuer, um das wir uns alle herumlegten und sofort einschliefen.

Dieses Mal träumte ich wieder von dem Schneeleopard. Ich stand in der endlosen Dunkelheit, ohne das Gefühl, wirklich Halt auf dem Boden zu haben. Der Schneeleopard stand vor mir, weiße Wölkchen strömten bei jedem Atemzug aus seinen Nasenlöchern und seine leuchtenden lilafarbenen Augen durchdrangen mich mit einer Ruhe, die ich selten spürte. Ich wagte es dennoch nicht, mich zu bewegen, wollte diesen Anblick von Freiheit und Ruhe, den der Schneeleopard ausstrahlte, weiter genießen. Und so standen wir uns gegenüber – es fühlte sich an wie Stunden –, als plötzlich eine dunkle, tiefe Stimme aus dem Nichts hallte.

„Licht und Schatten müssen vereint werden!"

Ich warf meinen Blick nach rechts und links auf der Suche nach dem Ursprung dieser Stimme, doch da waren nur ich und der Schneeleopard. Die Stimme echote weiter, bis sie am Ende ganz verstummte. Ich atmete wieder tief durch, als sie ein weiteres Mal ertönte.

„Konzentriere dich!", sagte sie, „lege deine Hand auf seine Stirn!"

„Wer ist da?", wollte ich wissen.

„Du wirst mich kennenlernen, wenn der Kampf größer ist als zuvor. Vorerst musst du dich mit meiner Stimme zufriedengeben und mich dir helfen lassen", flüsterte die Stimme plötzlich ganz nah an meinem Ohr und ich schreckte auf. Doch als ich meinen Blick auf sie richten wollte, war dort nichts.

„Konzentriere dich! Lege deine Hand auf seine Stirn! Werde eins mit deinem Schatten!", hallte die sanfte, tiefe Stimme durch die endlose Dunkelheit.

„Warum ist er mein Schatten?", wollte ich wissen und ein Blitz von Furcht durchfuhr mich, als ich den Schneeleoparden wieder betrachtete, der mir vorher wie das Licht in diesem Albtraum erschienen war. Er sollte ein Schatten sein?

„Schatten sind nicht immer etwas Schlechtes. Sie sind deine ständigen Begleiter, überall, wo du hingehst. Sie sind wie ein zweites Du, nur nicht unbedingt immer wahrzunehmen", hauchten die Worte durch die Leere.

Die Stimme schien von allen Seiten zu kommen und ich fragte mich, ob ich nun in eine Falle tappte oder es gut war, ihr zu vertrauen, als ich dem Befehl folgte und meine Hand auf die Stirn des Schneeleoparden legte.

Sofort schien sie wieder hindurchzugleiten und ich bekam Panik bei der Vorstellung, ein weiteres Mal zu fallen. Dann aber ertönte wieder diese wundervolle, ruhige Stimme, die sanft in mein Ohr wisperte: „Konzentriere dich. Der Schneeleopard ist echt, keine Vorstellung."

Ich kniff meine Augen zusammen und versuchte mich zu konzentrieren, während meine Hand immer tiefer in ihn hineinsank, ohne dass sie jemals wieder seinen Körper verlassen würde.

Plötzlich spürte ich etwas.

Weiches Fell schmiegte sich an meine Handfläche und erstaunt öffnete ich die Augen.

Der mächtige Schneeleopard schaute mich an und ich konnte meinen Blick nicht von ihm lösen, als ich mich selbst so klar und deutlich in ihm spiegelte.

Ich hauchte die gleiche Nebelwolke aus wie das Tier vor mir, eine warme Präsenz war plötzlich in meinem Kopf und ich musste lächeln.

Meine Hand glitt über das weiche Fell.

„Dies hier ist dein Traum. Gestalte ihn, mache eine Landschaft daraus und versuche, dich mit deinem Seelentier zu vereinen." Die Worte wehten durch die Luft in meine Ohren, als ich mir vorstellte, in einer wunderschönen Waldlandschaft zu stehen.

Die Dunkelheit um mich herum verschwand, aus der Leere wuchsen Bäume mit weißer Rinde und silbernen Blättern. Am Himmel tauchten Sterne auf und Silhouetten von Planeten erleuchteten die Nacht. Kleine Schneeflocken fielen aus dem wolkenlosen Sternenzelt und bedeckten den Boden, der von weichem blauen Farn bedeckt wurde. Transparente Blumen, die wie Lilien geformt waren, leuchteten im Inneren lila und erhellten den Weg vor mir. Der Schneeleopard brüllte laut, Schnee wirbelte auf und er rannte los. Ich spürte seine mächtigen Pfoten auf dem Boden trommeln und sah die geschmeidigen Muskeln unter seinem Fell arbeiten.

Ich musste lachen und ohne zu zögern jagte ich ihm hinterher.

„Du hast eine wunderschöne Gabe, Layla. Gleichzeitig ist sie aber auch so mächtig, dass du Vorsicht walten lassen musst", flüsterte die Stimme durch den Schnee. Es gab keinen Widerstand, als ich rannte, und meine Beine flogen fast über den Boden, während das Gefühl von Freiheit und Unerschöpflichkeit meine Magengrube zum Kitzeln brachte.

„Lausche auf die Sinne, höre, was dein Seelentier hört, rieche, was es riecht und spüre, was es spürt. Werde eins mit ihm."

Der Schneeleopard war ungefähr zwei Meter vor mir, als ich ihm hinterherjagte und die Stimme wieder ertönte. Ich spannte meine Muskeln an, beschleunigte mein Tempo und holte dann zum Sprung aus. Das Gefühl von Schwerelosigkeit erfüllte meinen Körper, als ich mich über ihn erstreckte und auf seinen Rücken fallen ließ. Meine Hände krallten sich in sein Fell, mein Körper bedeckte seinen, als er mit einem lauten Brüllen den Kopf gen Himmel reckte und ich in ihn einsank.

Kurze Zeit war dort nichts außer wieder die endlose Dunkelheit, bis sich mein Wald wieder vor mir erstreckte. Ich schaute mich um und sah die dunkle Landschaft in der Nacht so klar wie am Tag. Ich zog tief die Luft ein und der Duft von Holz und feuchtem Gras stieg in meine Nase, heftiger als je zuvor. Ich spürte jede einzelne Schneeflocke auf meinem Körper und die Kälte der Nacht in meinen Gedanken. Ich hörte das Rascheln der Blätter und die Äste knarzen, hörte, wie mein Herz leise pochte und mein Atem durch meine Nase entwich. Ich hörte die Schneeflocken fallen und das Gras sich unter mir bewegen.

Neugierig schaute ich mich um, suchte nach dem Schneeleoparden, als ich auf den Boden schaute und weiße, mächtige Pfoten erblickte.

Dann wurde mir klar, was passiert war.

Ich war mein Seelentier geworden.

Ich spürte plötzlich jeden einzelnen Muskel unter meinem Pelz und meinen langen, buschigen Schwanz, ich spürte meine Ohren zucken und meine Schnurrhaare, wie sie leichte Flocken ertasteten, die sich auf sie gesetzt hatten.

Ein Strom von Freude jagte durch meinen Körper, als ich losrannte und schnell wie der Wind durch meine imaginäre Waldlandschaft rauschte.

Ich brüllte und merkte, wie meine Stimmbänder dabei vibrierten – und rannte einfach weiter. Ich rannte und rannte und rannte, so weit mich meine Pfoten trugen, bis es heller wurde und ich langsam meine Augen öffnete.

Einige Augenblicke war ich wie benommen, schaute in den Himmel aus Schatten und wusste, ich war aufgewacht. Die warme Glut des Feuers wärmte mich von der einen und Mexx' Körper von der anderen Seite, als ich mich langsam aufsetzte und bemerkte, dass ich mich fühlte, als wäre ich wirklich die ganze Zeit gerannt. Der Wind blies heulend um uns und es schien, als hätte mein ganzer Traum nie stattgefunden.

Ich gähnte und streckte mich, als Mexx neben mir seinen Körper anspannte und auch langsam wach wurde. Ich hätte nie gedacht, dass ich jemals ohne alles draußen im Freien schlafen könnte, schon gar nicht bei diesem Sturm, doch Cayenne und ihre Freunde hatten Mexx und mich verändert. Ich hoffte nur, zum Positiven.

„Morgen", murmelte Mexx verschlafen und gähnte noch einmal ausgiebig.

Mit der Zeit wachten alle auf. Mein Magen knurrte vor Hunger, doch die Rucksäcke, die wir am Anfang der Reise gepackt hatten, waren durchnässt und zerrissen und Nahrung hätten wir sowieso keine mehr gehabt, da Mexx das letzte Brot auf der Reise zu Wilko, Thylo, Chris und Alex gegessen hatte.

Wir waren mitten in einem tropischen Gebiet gelandet, bemerkte ich jetzt, wo die Müdigkeit nicht mehr so in meinen Augen lag und ich mich das erste Mal wirklich umschaute. Deshalb realisierte ich auch erst jetzt, wie klein das Feuer gewesen war, das Phinjeas gemacht hatte, und dass diese Gegend hier generell sehr warm war. Durch die Schatten am Himmel erschien alles so kühl und dunkel, doch ich konnte mir vorstellen, dass wir in sonst einer wunderbaren Gegend gelandet waren.

„Morgen", begrüßte ich Mexx, der neben mir blinzelte, um sich den letzten Schlaf aus den Augen zu holen. Nachhelfend rieb er sich noch mal über die Augen, bevor er aufstand und sich einmal streckte.

Ich schaute zu Chris und Thylo, die bereits aufgestanden waren und Phinjeas halfen, das Feuer zu vergrößern und mehr Holz zu sammeln.

Wilko rekelte sich und setzte sich auf, um Chris, Thylo und Phinjeas zu helfen. Cayenne schlief noch tief und fest und Alex und Lucy waren weit und breit nicht zu sehen.

„Wo sind Alex und Lucy?", fragte ich Phinjeas, als ich zu ihnen gegangen war.

„Etwas zu essen holen", antwortete stattdessen Thylo.

„Okay, gut. Ich hab' nämlich richtig Hunger", grinste ich.

„Ich glaube, den hat jeder", lächelte Wilko mich an.

Ich wollte gerade gehen, als ich mich noch mal umdrehte und fragte: „Braucht ihr Hilfe?"

Chris schüttelte den Kopf. Ich nickte und lief dann wieder zu Mexx, der mich fragend anschaute.

„Alles okay?", wollte er wissen.

„Ja, Phinjeas und die anderen haben schon genügend Feuerholz gesammelt ...", begann ich, wurde aber dann von Mexx unterbrochen.

„Nein, bei dir", sagte er und schaute mich sorgenvoll an.

Ich schluckte schwer, als seine braunen Pupillen mich anschauten, als würde er versuchen, irgendeine Verletzung bei mir zu sehen.

Ich schaute weg.

„Ja. Was sollte denn nicht okay sein?", wollte ich wissen.

Er zuckte mit den Schultern. Unangenehme Stille legte sich über uns, als wir beide nicht wussten, was wir sagen sollten.

„Wenn der Wind nicht wäre und die dunklen Wolken am Himmel, dann hätte man glatt denken können, dass alles okay ist, oder?", unterbrach ich die Stille dann endlich.

Mexx nickte und wollte gerade etwas sagen, als plötzlich etwas durch die Bäume brach und vor uns landete.

Ich schrie erschrocken auf.

Ein gigantischer Gepard und ein Luchs standen plötzlich vor uns.

Das Fell des Geparden sah aus wie statisch aufgeladen und ich hatte das Gefühl, manchmal kleine Funken in ihm zu sehen. Die Ohren waren lang und spitz und der Schwanz zweigeteilt. Er hatte vier Vorderpfoten und deshalb einen breiten Brustkorb – und die gleichen gelben Augen wie Alex.

Ich beruhigte mich, als ich merkte, dass es Lucy und Alex sein mussten.

In Lucys Maul hing ein schlaffes Reh und ich war erstaunt, dass sich statt eines Würgreizes in meinem Hals ein hungriges Knurren in meinem Magen bildete, als ich es erblickte.

Lucy hatte lange Ohren und aus den Puscheln an deren Spitzen kamen zwei Kugeln heraus, die golden leuchteten. Sie trug einen spitzen, breiten Schwanz, war etwas kleiner als Alex und goldene Schmetterlingsflügel mit einem außergewöhnlichen Muster sprossen aus ihrem Rücken.

Sie verwandelten sich zurück und brachten das Reh in die Mitte. Der Duft von frischem Blut kroch in meine Nase und das Wasser lief mir im Mund zusammen. Ich schluckte schwer, als ich bemerkte, dass ich mich verhielt wie ein Tier, und fragte mich, ob der Schneeleopard wegen meines Traums nun stärker in mir war. Den Gedanken beiseite schüttelnd und angewidert von mir selbst, dass ich so hungrig bei dem Geruch von Blut wurde, drehte ich mich weg und wartete, bis Lucy und Alex das Reh auseinandergenommen hatten, sodass es am Ende fast so aussah wie das Fleisch, das man im Supermarkt kaufen konnte.

Mexx schien es genauso wie mir zu ergehen – nur dass er einfach stehen blieb und mit hungrigem Blick das Essen anschaute.

Hatte er den gleichen Traum gehabt wie ich?

Ich überlegte, ob ich es vielleicht mal gegenüber ihm oder Cayenne erwähnen sollte, entschied mich jedoch dagegen, da wir im Moment schon genug Probleme hatten.

Cayenne, die wegen des Geruchs aufgewacht war, kam zu mir gelaufen.

„Alles klar bei dir?“, wollte sie wissen.

„Warum fragt mich das jeder? Ja, es ist alles klar“, schnaubte ich und wusste, dass ich Cayenne damit ein Unrecht antat, sie so anzumeckern, nur weil ich selbst nicht mit mir klarkam. Cayenne schien das jedoch nicht so ernst zu nehmen.

„Kommst du dann mit, Wasser holen?“, fragte sie.

Einen Augenblick überlegte ich, dann nickte ich und stand auf.

Gemeinsam gingen wir durch den Wald.

„Du hast dich verändert, Layla. Mexx auch“, sagte sie schließlich, als wir in der Ferne ein Plätschern hörten.

Ich seufzte. „Ist mir auch schon aufgefallen“, erwiderte ich. „Ich hoffe nur, zum Positiven.“

„Ich auch“, flüsterte Cayenne.

Als wir den Fluss erreichten, der sich durch den Dschungel schlängelte, trank ich erst mal gierig. Mir fiel auf, wie durstig ich überhaupt war. Cayenne, die die leeren Flaschen aus den kaputten Rucksäcken mitgebracht hatte, füllte sie auf und wir liefen wieder zurück.

Ich war in Gedanken versunken und überlegte die ganze Zeit, ob ich Cayenne meinen Traum anvertrauen sollte oder nicht, entschied mich letzten Endes aber wieder dagegen.

„Ihr seid stärker und robuster als vorher. Eure Körper haben sich an die Strapazen unserer Reisen gewöhnt und das macht euch ausdauernd und kraftvoll bei wenig Energiezufuhr", erklärte Cayenne.

„Ich denke, das ist vielleicht gar nicht so schlecht", lächelte ich leicht und schaute dann wieder auf den Boden. Ich wusste, Cayenne versuchte, mit mir ein Gespräch aufzubauen, aber ich war einfach nicht in Redestimmung.

Als wir zurück zur Gruppe kamen, war das fertig gekocht und wir aßen und tranken gemeinsam. Die Stimmung war jedoch bedrückend und wir waren alle froh, als wir endlich wieder weiterfliegen konnten.

Mexx und ich gingen noch einmal neues Wasser holen und Lucy und Alex löschten das Feuer. Bereit zum Aufbruch saßen wir danach auf Cayennes Rücken und warteten, bis sie absprang und losflog.

Ich schloss meine Augen und überlegte, wie es gewesen war, bevor Shadow diese Welt in Dunkelheit und Sturm getaucht hatte. Grüne Wiesen, bunte Blumen, gelbe Sonne, blaues Meer; so viele Farben und so viele schöne Landschaften. Erst jetzt fiel mir auf, wie schön unsere Erde doch eigentlich war. Und umso trauriger machte es mich, dass nicht nur Shadow diese Welt zerstörte, sondern auch wir selbst.

Ich öffnete die Augen und schaute zum schwarzen Himmel.

Erst, als Mexx mich sanft fragte, ob alles in Ordnung war, merkte ich, dass mir eine Träne über die Wange gerollt war.

„Ehrlich gesagt, Mexx, ich weiß es nicht", gab ich offen zu.

Er schaute mich mitfühlend an und umarmte mich fest.

Wir flogen wieder über das Meer. Der Sturm wurde immer heftiger und die Wolken immer dunkler. Lucy führte Cayenne mit ihren Gedanken auf den richtigen Weg und wir waren nicht lange unterwegs, da tauchte unter uns wieder ein Strand auf, der von Wellen umspült und von keiner Menschenseele bewohnt wurde – zumindest glaubte ich, dass dort ein Strand war, da die Wellen so massig waren, dass man nichts sehen konnte. Wenigstens wusste ich, dass unter uns nun Land sein musste, denn in naher Sichtweite konnte man ein Dörfchen erkennen, das gerade weit genug weg war, um von den Wellen nicht zerstört zu werden.

Bis der Strand ein gutes Stück hinter uns lag, musste Cayenne ihre Flughöhe halten, damit wir nicht wieder unter die Wellen gerieten. Wie Monster rollten sie über das Land, fraßen alles, was sie unter sich erfassen konnten und spülten es weit nach draußen. Die Menschen versteckten sich in ihren Häusern, keiner wagte sich hinaus und die Tiere verkrochen sich in die hintersten Ecken, um sich vor dem Sturm zu schützen, doch je länger wir brauchten, desto länger zögerte sich die Reise hinaus und umso wilder wurde der Sturm.

Ich fragte mich, wie viele Anemanier noch hier waren, und betete, dass wir es noch rechtzeitig schafften. Anemanier waren ausdauernder, stärker, schneller und schlauer als Menschen, doch auch Cayenne hatte irgendwann ihre Grenzen erreicht und deshalb hoffte ich, dass wir den Kampf bald hinter uns bringen konnten.

Wir landeten in einem Wald abseits des kleinen Dörfchens und machten uns schweigend auf den Weg. Lucy führte uns an und lief zielstrebig durch die Bäume.

„Cayenne, vielleicht wäre es besser, wenn ich die nächsten Flüge übernehme, damit du dich ausruhen kannst“, schlug Phinjeas ihr vor.

Cayenne schaute ihn kurz an und wollte antworten, doch kam nicht weit, da Lucy rief: „Halt!“ Ihre Augen wurden groß vor Schreck und Angst spiegelte sich in ihnen.

„Was ist?“, fragte ich, als wir uns alle umschauten und nichts Gefährliches sehen konnten.

„James, er ist da“, murmelte Lucy so leise, dass man es kaum verstehen konnte.

Sofort hellte sich Cayennes Gesicht auf. „Wo?“, fragte sie mit dunkler Stimme, als Lucy sich zu ihr umdrehte und ihr tief in die Augen schaute.

„Irgendetwas stimmt nicht!“, sagte sie fest.

„Wir müssen trotzdem nachgucken“, beharrte Phinjeas und ballte seine Hände zu Fäusten.

Lucy nickte und lief eiligen Schrittes weiter. Wir folgten ihr, wurden immer schneller, bis wir letzten Endes rannten.

Von Weitem ertönte ein allzu bekanntes Rauschen und mein Herz machte einen Satz, als ich das Stromloch hörte. Das Rauschen wurde lauter und lauter, bis sich der Strudel direkt vor uns erstreckte.

„Oh mein Gott, James!“, rief ich, als ich ihn gegenüber von uns auf der anderen Seite des Strudels sah.

„James“, wisperte Cayenne, doch dieser stand einfach nur da. Sein dunkelgrüner Mantel wehte anmutig hinter ihm, während er für einen kurzen Augenblick dort verharrte, sich dann aber umdrehte und in den Wald lief.

„Was macht er denn?“, wollte Wilko wissen.

„Ich sagte doch, irgendetwas stimmt nicht“, knurrte Lucy.

„Dann müssen wir es herausfinden“, stellte Cayenne fest und rannte um den Strudel. Irgendwie hatte ich das Gefühl, dass sie wusste, was mit James los war, denn ihr Gesichtsausdruck war zwar blank, doch in ihren Augen sah man Zorn und etwas ganz Dunkles, was mir einen Schauder den Rücken herunterlaufen ließ.

Gefolgt von den anderen jagten wir James hinterher, der bei jedem Schritt irgendwie weiter weg zu sein schien als vorher.

„James!“, rief ich und hoffte, dass er vielleicht auf mich hören würde, was natürlich total absurd war und auch nicht passierte, aber einen Versuch war es wert. Irgendwann war er dann ganz verschwunden und obwohl ich die Situation immer komischer fand, trieb mich irgendetwas an, weiter zu rennen.

Dann, wie aus dem Nichts, war da vor uns plötzlich eine Reihe Büsche, die wir zu spät bemerkten. Ich bremste ab, stolperte und fiel in einen rein, doch anstatt liegen zu bleiben, purzelte ich immer weiter durch den Busch, bis ich auf der anderen Seite auf einer kleinen Plattform stand, die weiter vorne einfach abbrach. Ich schüttelte meinen Kopf, als wäre ich gerade aufgewacht aus einem fast realen Traum. Hinter mir stürzten die anderen auch aus dem Busch auf die Klippe und schienen genauso verwirrt wie ich.

„Was war das?“, fragte ich.

Alex knurrte, als Thylo antwortete: „Das war Lexanes Kraft. Hypnose.“

„Wie geht das? Muss sie uns dafür nicht irgendwie anschauen oder so?“, wollte Mexx wissen, der weitaus verwirrter schien als vorher.

„Nein, sie muss dich dafür nicht berühren oder anschauen, sie kann die Anwesenheit anderer genauso spüren wie ich, nur macht sie sich bemerkbar, indem sie den anderen falsche Gedanken einpflanzt", erklärte Lucy.

Rechts von uns hörte man langsames Klatschen und abrupt schauten wir alle zu Parca, Lexane, James – und einem weiteren Mädchen. Sie hatte fast pinke Augen und zerrissene Klamotten, ihre kurzen braunen Haare waren wild auf ihrem Kopf und ließen sie noch wütender aussehen als der Blick, den sie Parca und Lexane zuwarf. Sie war verletzt und wurde von James festgehalten, der durch eine Kette um seinen Hals von Parca gefangen war.

Cayenne sog neben mir scharf die Luft ein. Auch die anderen schienen geschockt und wichen einen Schritt zurück.

„Melody", hauchte Phinjeas hinter mir entsetzt.

„Ich bin beeindruckt. Gut gemacht, Lucy, du hast es schnell begriffen", pfiff Parca und warf uns ein böses Lächeln zu. Lexane lachte grausam.

„Aber kommen wir zu den ernsten Angelegenheiten", grinste Parca und in dem Moment lief James an ihnen vorbei, Melody im Schlepptau.

Energisch versuchte sie sich zu wehren, doch James konnte sie ohne Probleme festhalten.

Wir folgten ihnen mit wütenden Blicken, doch schon bald packte uns wieder pures Entsetzen, als wir sahen, wo James mit Melody hinging.

Er schliff sie bis an den Rand der Klippe.

Melody fluchte, kratzte und biss ihn, schlug um sich und gab einen erschrockenen Laut von sich, als James sie über den Rand hielt.

„James, bitte tu das nicht!", flehte sie verzweifelt.

Die Wellen unter ihr schlugen heftig gegen die hohen Steinwände und zerbrachen wie Glas an ihnen.

„Bitte, James!", sagte sie und schaute ihn an.

Parca lachte.

Cayenne knurrte wütend und ballte ihre Hände zu Fäuste.

„Wieso tust du das?", rief Lucy wütend.

„Weil es Spaß macht und ich euch leiden sehen will. Genauso, wie ich gelitten hab'!"

In seinen roten Augen spiegelte sich Wut und die Verrücktheit, die ihn eingenommen hatte.

„Du bist doch krank!“, schrie ich ihn an.

Er warf mir diesen Blick zu und ich konnte nicht hinsehen, so viel Angst bereitete er mir.

Er leckte mit seiner dünnen, langen Zunge über seine Lippen und grinste wieder. „Ich rieche so viel Angst!“

Lexane atmete tief ein und ihr Blick verdüsterte sich voller Lust nach Furcht und Hass. Sie lief an Parca vorbei und mit ihrem wendigen Körper war sie blitzschnell bei James, vergrub ihre Nase in seinem Nacken und atmete noch einmal tief ein.

James tat nichts.

Cayenne knurrte wütend und ich konnte praktisch das Knirschen ihrer Zähne hören, so fest biss sie zu, um ihre Kontrolle zu bewahren.

„So viel Angst“, kicherte Lexane noch mal.

„Wie, meint ihr, ist das wohl, wenn man die Kontrolle über seinen Körper verliert, man aber sehr wohl weiß, was man tut? Wie meint ihr, wäre es wohl für James, wenn er das Blut eurer gemeinsamen Freundin an den Händen kleben hat?“ Parcas Stimme wurde ganz hoch, mit so viel Freude sprach er.

Angewidert schaute ich James' Bruder an, doch bei der Vorstellung, so kontrolliert zu werden, wie James es gerade wurde, bekam ich Angst. Wie schlimm es sein muss, zu sehen, was du tust, aber nichts dagegen tun zu können ...

Lexane packte James in den Haaren und riss seinen Kopf nach hinten, sodass sein Hals frei war. Dann lächelte sie Cayenne an und biss zu.

James schrie auf. Sein Bewusstsein glimmerte wieder in seinen Augen.

Melody klammerte sich entsetzt an seinen Arm und suchte verzweifelt nach Halt unter ihren Füßen.

Lexane ließ wieder ab. Ihr Mund war blutverschmiert, genauso wie James' Hals, als er auf die Knie fiel und Melody beinahe aus dem Griff verlor. Im letzten Moment packte er sie jedoch wieder und zog sie an den Rand. Mit der Hälfte ihres Körpers lag das Mädchen auf dem nassen Gras, ihre Beine baumelten allerdings noch über dem Abgrund, als James von Parca mit der Kette zurückgezogen wurde.

Cayenne, Lucy, Mexx und ich, gefolgt von den anderen, nahmen uns ein Herz und gingen auf Parca und Lexane los. Doch bevor wir bei ihnen waren, hatte Parca sich in den gigantischen Skorpion verwandelt, stach Melody mit seinem Stachel durch die Brust und schleuderte James gegen sie, sodass sie gemeinsam mit ihm über den Rand rutschte.

Entsetzt rannten Cayenne und ich zu ihnen, während die anderen noch wütender als vorher auf Parca und Lexane zurannten, die ihrerseits mit einem zufriedenen Lächeln im Erdboden verschwanden.

Ich wusste nicht, welche Gefühle und Gedanken mir durch den Kopf jagten, als ich das sah. Angst, Wut, Trauer, Hass, Hoffnung – alle waren sie dabei, als James mit einem herzzerreißenden Schrei gegen Melody geschleudert worden war. Cayenne und ich rutschten an den Rand und Erleichterung kam über mich, als ich eine Hand von James bemerkte, die sich verzweifelt dort festkrallte, um nicht abzurutschen. Cayenne und ich packten beide das Handgelenk und zerrten an ihm.

Bald schon kamen Mexx, Lucy, Phinjeas, Chris, Wilko, Alex und Thylo zur Hilfe und gemeinsam schafften wir es mit Leichtigkeit, ihn über den Rand zu ziehen, gefolgt von dem schlaffen, blutüberströmten Körper von Melody, die James die ganze Zeit über in der anderen Hand gehalten hatte.

Wir zogen sie soweit an Land, dass es keine Möglichkeit mehr gab, über die Klippe zu fallen. James zitterte, sein Blut tropfte weiter aus der Wunde an seinem Hals und so fertig und kaputt, wie er aussah, wollte ich nicht wissen, was er noch in den letzten Tagen erlebt hatte.

Er setzte sich auf und schaute benommen auf Melodys toten Körper.

Phinjeas weinte. Cayenne umarmte James. Thylo konnte nicht hinsehen und Wilko, Chris und Alex waren zu geschockt, um irgendeine Reaktion zu zeigen. Ich griff Mexx' Hand und drückte so fest ich konnte. So viele Gefühle wirkten auf mich ein.

„Nein, nein, nein, nein, nein", flüsterte James und krabbelte zu Melody.

Blut sickerte aus ihrer Wunde und färbte das Gras rot, ihre Augen standen vor Entsetzen weit offen und der Rest ihres Körpers lag still und regungslos da.

Meine Brust schnürte sich zusammen und Mexx vergrub seinen Kopf in meinem Nacken, während Melodys Körper sich langsam zu Staub verwandelte und sie vom Wind fortgetragen wurde.

„Oh Gott, was habe ich getan", wisperte James entsetzt und vergrub seine Hand in die Erde.

14. Kapitel

Wir saßen wieder auf Cayennes Rücken und flogen über das Land. Lucy zeigte ihr wie immer den Weg, James lag bei Phinjeas, der sich um seine Halswunde kümmerte. Wir übrigen von uns schwiegen oder ruhten uns aus.

Die Menschen unter uns waren so gut wie alle verschwunden, nur wenige wagten sich aus dem Haus, um Nahrungsmittel zu besorgen oder einen Arzt aufzusuchen. Die Angst, zum Himmel zu schauen, war bei ihnen jedoch so groß, dass wir uns keine Sorgen machen mussten, gesehen zu werden, obwohl das, glaube ich, auch keinen Unterschied mehr gemacht hätte.

Cayenne flog langsamer als sonst, doch brauchten wir dennoch nur ein paar Stunden, bis wir das Land überquert hatten und auf eine Insel zusteuerten.

„Oh nein!" Entsetzen packte mich, als ich die Insel erblickte. Bäume waren entwurzelt, Wellen tobten und wüteten und von der Insel war eigentlich kaum noch was übrig.

„Wie sollen wir die Anemanier denn jetzt hier finden?", wollte Mexx neben mir wissen, als mein Blick weiter nach draußen auf eine riesige Grube fiel.

„Da hinten ist der Anemanier eingeschlagen!", rief ich zu Lucy, die sich rüberbeugte, um es besser sehen zu können.

Cayenne flog eine Kurve auf die Grube zu, als Lucy rief: „Halt! Die Anemanier sind genau unter uns!"

Ich schaute nach unten.

„Da ist doch niemand!", rief Phinjeas, der sich von James abgewandt hatte und auch runterschaute.

„Sie sind im Wasser", erwiderte Lucy.

„Na, ganz super! Lucy, kannst du dich mit ihnen verbinden und ihnen sagen, sie sollen hochkommen?", schlug Alex vor.

„Moment mal!" Ich schaute alle fragend an, „Sie sind im Wasser? Da unten? Unter diesen ganzen Wellen? Wenn sie noch leben sollten, warum auch immer, wie sollen sie denn bitte hochkommen? Wie sollen sie überhaupt noch leben unter diesen Wellen? Und wie sollen wir an sie rankommen?"

„Dass sie leben, ist sicher, weil ich sie sonst nicht mehr spüren könnte“, behauptete Lucy, doch die restlichen Fragen ignorierte sie, als sie sich konzentrierte und versuchte, sich mit den Anemaniern zu verbinden.

Sie öffnete wieder die Augen. „Phinjeas, wenn ich ‚Jetzt‘ sage, dann schießt du nach da unten, so schnell es geht, und packst dir, was du zu packen bekommst, dann kommst du wieder hier hoch“, befahl Lucy. Phinjeas nickte zustimmend, breitete seine Flügel aus und wartete auf das Signal, als genau in dem Moment unten aus dem Wasser etwas hochgeschossen kam.

„Jetzt!“, rief Lucy, woraufhin Phinjeas die Flügel anlegte und sich geradewegs darauf zustürzen ließ.

Der lilafarbene Delfin war schon wieder im Fallen, als Phinjeas ihn an der Schwanzflosse packte und hochzog. Der Anemanier in seiner Hand verwandelte sich in seine menschliche Form – ein junges Mädchen mit langen, braunen Haaren und hellgrünen Augen – und Phinjeas ließ sie auf Cayennes Rücken fallen, bevor er sich leichtfüßig wieder auf sie niederließ.

Das Mädchen keuchte und stemmte sich auf die Hände, als Wilko mit Thylo kam und sie ihr hochhalfen. James hatte sich auch aufgestützt, um besser sehen zu können, doch auch er half dem Mädchen zu ihm und legte sie auf seinen Mantel, während er sich zu Lucy gesellte. Sie starrte weiterhin auf das Meer. Phinjeas wollte seinerseits gerade seine Flügel wieder einfahren, als Lucy erneut schrie: „Jetzt!“

Völlig erschrocken und unvorbereitet machte Phinjeas wieder einen Satz und flog steil runter auf den nächsten, dieses Mal blauen Delfin zu, der aus dem Wasser geschossen kam. Doch Phinjeas war zu spät losgesprungen und anstatt ihn sich zu schnappen, griff er knapp daneben und musste gefährlich nah an die Wellen ran.

„Pass auf!“, schrie ich entsetzt, als er den Delfin doch zu packen bekam und dabei die Welle unterschätzt hatte. Ich konnte gar nicht hinsehen, da schwappte die Welle schon über beide hinweg und begrub sie unter sich.

„Oh mein Gott!“, rief ich entsetzt und schaute Mexx und dann die anderen an. Cayenne brüllte laut.

„Ich spüre sie noch!“, entgegnete Lucy meinem entsetzten Blick.

„Ja, weil ich sie habe“, erklärte Chris.

Wir drehten uns zu ihm um. Chris hatte die Augen geschlossen und spannte seinen Körper an.

„Das Schutzschild!“, stieß Mexx erleichtert vor.

„Ihr müsst irgendwas machen, sie sind so weit weg, ich kann das nicht mehr lange halten“, presste Chris durch zusammengebissene Zähne hervor.

„Lucy, kannst du mir sagen, wo genau sie sind?“, fragte James plötzlich. Sie nickte.

„Zeig es mir!“, befahl er und ging zu ihr hinüber. Sie legte ihre Finger an seine Schläfen und schloss die Augen. Als sie sie wieder öffnete, verging keine Sekunde, bis James auch schon verschwand.

„Was zur ...“, entfuhr es mir, doch Alex beruhigte mich wieder, indem er erklärte: „James kann sich teleportieren, das ist seine Kraft.“

„Verdammt, der soll sich mal beeilen, ich kann das nicht mehr lange halten“, knurrte Chris wieder. „Mist!“, rutschte es aus ihm raus, als er keuchend nach vorne fiel.

Einige Sekunden waren wir still, nichts passierte. Und mit jedem weiteren Moment, der verging, schwand unsere Hoffnung weiter.

Cayenne brüllte wieder und ging tiefer, doch konnte sie wegen den Wellen nicht noch weiter runtergehen. Phantasy und Paradies flogen um uns herum, gespannt auf das, was noch kommen möge.

„Ich glaube ...“, begann Lucy, als plötzlich drei nasse Gestalten auf Cayennes Rücken auftauchten und tief Luft holten.

Erleichtert atmete ich aus, ohne überhaupt bemerkt zu haben, dass ich meinen Atem angehalten hatte.

Phinjeas spuckte Wasser und schüttelte sich mehrmals, als würde er versuchen, die Tropfen wie lästige Fliegen von seinem Körper zu verscheuchen. Seine Flügel waren wie zusammengepatscht und ich konnte mir vorstellen, wie unangenehm sich das für ihn anfühlen musste. Nasse Klamotten waren schon ekelhaft – und erst nasse Federn!

James hatte sich die Hand auf seinen Hals gepresst und versuchte – ohne Erfolg –, möglichst wenig von dem Schmerz zu zeigen, den er spürte. Doch ich wusste, wie sehr Salzwasser in offenen Wunden brannte, und sein Gesicht war nicht gerade ein blankes Papier.

Der dritte Junge hatte braune Haare und grünblaue Augen, die scheinbar das Meer in sich eingeschlossen hatten. Er war dünner und kleiner als James, aber man erkannte dennoch, dass er im selben Alter sein musste, denn seine Augen schienen nicht nur so stürmisch wie das Meer, sondern auch kalt und voller Erfahrungen.

Im ersten Moment sagte niemand etwas.

Dann schienen auf einmal alle zu realisieren, dass James, Phinjeas und der fremde Junge praktisch aus dem Nichts wieder auf Cayennes Rücken aufgetaucht waren – und das quicklebendig.

„James!“, rief ich freudig und auch die anderen stießen erleichterte Rufe aus. James, der nun ganz blass im Gesicht war, schien sich voll darauf zu konzentrieren, niemandem zu zeigen, wie sehr seine Wunde schmerzte. Phinjeas watschelte inzwischen pitschnass im Kreis und versuchte irgendwie, an seine Flügel zu kommen, um sie mit seinen Händen, die er in grünes Feuer getaucht hatte, zu trocknen.

„Danke“, flüsterte der Junge.

„Kein Problem“, polterte Phinjeas laut los, der seinen Kopf unter seinen rechten Flügel geschoben hatte, um irgendwas zu tun, von dem ich nicht wusste, was es sein sollte. „Wie ich Wasser hasse!“, zischte er gedämpft und verschwand wieder unter seinem Flügel.

„Wir dachten ... Wir dachten, ihr hättet es nicht mehr geschafft. Für einen Augenblick ...“, stammelte ich.

„Haben wir aber, also reißen wir uns zusammen und suchen den nächsten Einschlagsort“, krächzte James verbittert und schloss fest seine Augen, um tief durchzuatmen. Doch gerade in diesem Moment schoss das andere Mädchen hervor und umarmte den Jungen.

„Ryder“, schniefte sie, „ich bin so froh, dass es dir gut geht!“ Der Junge drehte sich zu dem Mädchen und umarmte sie fest.

„Saphira!“, nuschelte er laut in ihre Schulter, während sie sich fest aneinander drückten.

Ich schaute zu Mexx und erwischte mich plötzlich bei dem Gedanken, wie schön es gewesen war, als wir uns umarmt hatten, und wie wunderbar warm er war. Sein Duft nach Sand und warmer Sonne war plötzlich so echt in meinem Kopf, dass ich für einen Augenblick dachte, er wäre direkt neben mir, doch als ich blinzelnd aus meinem Tagtraum erwachte, saß er immer noch am gleichen Fleck wie vorher und schaute weg. Enttäuscht und peinlich berührt lief ich rot an, als mir klar wurde, was ich gerade gedacht hatte und wie absurd das war, denn Mexx und ich waren ja so etwas wie Geschwister. Keine richtigen, also würde es funktionieren, aber ...

Stopp, halt! Was dachte ich da bloß? Wir kennen uns schon, seit wir klein sind, das geht nicht!

Okay, tief durchatmen, du übertreibst nur!

Ich schaute zu Lucy und guckte, ob sie vielleicht irgendwas von meinen Gedanken aufgegriffen hatte, aber sie verhielt sich normal und drehte sich gerade von Cayennes Kopf weg, der sie offensichtlich den nächsten Standort gezeigt hatte. Lucy wendete sich an Saphira und Ryder und begann ihnen zu erklären, was passiert war, wer wir waren und was wir vorhatten. Erleichtert atmete ich aus.

Den Gedanken beiseite schiebend, war ich plötzlich sehr zufrieden, wie schnell und problemlos – na ja, fast problemlos – die Rettung von Saphira und Ryder gewesen war. Ich hoffte, die nächste würde genauso reibungslos verlaufen, damit wir schnell etwas gegen Shadow unternehmen konnten.

Doch gerade, als mir die Zufriedenheit bewusst wurde, schlich sich schon wieder ein unwohler Gedanke in mich. Was ist, wenn es reibungslos ablaufen sollte? Was ist, wenn das alles geplant war?

Ich schaute wieder zu Saphira und Ryder, die dünn und klein waren und irgendwie verängstigt schienen. Ich meine, klar, die Rettung war nicht wirklich reibungslos, immerhin wären die drei fast ertrunken, doch ich hätte erwartet, dass es schwieriger werden würde, dass die Schattenkrieger wieder auftauchen würden, um unsere Pläne zu kreuzen, dass irgendwie alles länger dauern würde. Wollte Shadow nicht mit allen Mitteln verhindern, dass wir die ganzen Anemanier zusammenbekommen?

Saphira blickte sich in alle Richtungen um, als würde sie erwarten, dass gleich jemand aus den Wolken geschossen kam, um sie zu vernichten, und Ryder schien ziemlich angespannt zu sein. So fest, wie er Saphiras Hand hielt, würde es mich nicht wundern, wenn sie diese bald nicht mehr spüren könnte.

Das machte mich noch unruhiger und ich kroch rüber zu Mexx und fragte ihn: „Fällt dir irgendetwas an Ryder und Saphira auf? Irgendwas ... Komisches?“

Mexx’ braune Augen huschten erst erstaunt zu mir und dann zu Saphira und Ryder. „Sie wirken etwas angespannt, aber nachdem sie die ganze Zeit in diesem Meer da unten schwimmen mussten, ist das doch normal“, sagte er schließlich.

„Ich weiß nicht. Denkst du nicht, dass ging alles viel zu ... Du weißt schon, einfach?“, hakte ich nach.

Verdutzt guckte er mich an. „James und Phinjeas wären fast gestorben, wenn du das einfach nennst?“, behauptete er.

„Nein“, stöhnte ich verzweifelt, „ich meinte, dass ging doch alles ein wenig schnell. Oder etwa nicht? Und guck doch mal, wie sie sich umschauen, als ob jeden Moment jemand aus dem Nichts auftaucht und sie umbringt! Ich meine, könnte es nicht sein, dass vielleicht, du weißt schon, Lexane oder Parca irgendwie ihre Finger im Spiel haben?“

Mexx zuckte mit den Achseln. „Ich weiß nicht, mag sein. Denkst du, wir sollten es vielleicht James erzählen? Oder Lucy?“, fragte er und schien plötzlich auch etwas unruhiger.

Nach kurzer Überlegung, schüttelte ich den Kopf. „Nein, Lucy hat schon genug mit ihren Gedanken und der Anemanier-Aufspür-Aufgabe zu tun und James ist, glaube ich, im Moment nicht so gut darauf anzusprechen. Der hat ‘ne üble Wunde am Hals, die beim Teleportieren wieder aufgegangen ist.“

„Was ist mit Phinjeas?“, schlug er vor.

Ich schaute zu ihm rüber, doch der schien in ein tiefes Gespräch mit Alex, Thylo, Chris und Wilko verwickelt zu sein, in dem er etwas übertrieben erzählte, wie es war, fast zu ertrinken.

„Ich finde, wir sollten es erst mal für uns behalten, aber etwas aufmerksamer sein, was Saphira und Ryder angeht“, entschied ich letztlich.

Mexx nickte einverstanden.

Phantasy und Paradies waren wieder zurückgefallen und ich machte mir immer mehr Sorgen um sie, denn der Sturm schien noch schlimmer als je zuvor zu sein. Cayenne kam kaum voran und die dunklen Wolken waren so schwarz wie die Nacht. Ich glaubte zwischendurch, schreckliche Schreie aus den Wolken zu hören, und erzitterte jedes Mal am ganzen Leib.

„Er ist der letzte!“, sagte Lucy plötzlich und wir anderen, die verzweifelt versuchten, uns gegen den ganzen Wind an Cayenne festzukrallen, schauten auf und blickten sie hoffnungsvoll an.

„Das sagst du jetzt?“, erwiderte Thylo und warf ihr einen vorwurfsvollen Blick zu.

„Hätte doch sowieso keinen Unterschied gemacht“, entgegnete Wilko.

„Ich dachte", sagte Lucy wieder, „ich gebe euch noch ein bisschen Motivation, bevor ihr alle wie Steine von Cayennes Rücken fallt."

Alex und Chris grinsten, während Thylo schmollte und Wilko ihn auslachte. Auch die anderen lächelten und ich glaubte, selbst bei James ein freudiges Glitzern im Auge zu erkennen.

Alles war so grausam gewesen. Melodys Tod, Alice' Tod, der Sturm um uns herum, die Sorge, nicht rechtzeitig anzukommen. Alle schienen angespannt, kaum jemand redete. Es galt nur noch, die Mission zu erfüllen. Deshalb war ich dankbar für das, was Lucy gerade gesagt hatte, denn es schien endlich mal ein bisschen Wärme in uns zu bringen, ein bisschen Leben, ein bisschen Normalität.

Es war beängstigend.

Ich meine nicht die Schatten, nicht die Aussicht darauf, einen Krieg zu führen, nicht die Möglichkeit, bald zu sterben. Nein, es ängstigte mich, dass ich immer weniger Sorge und Angst vor allem, was noch kommen mochte, hatte. Ich hatte einzig und allein Angst vor mir selbst und diesem Schneeleopard-ähnlichen Wesen in mir. Das Wesen, das mein Schatten sein und mich ständig begleiten sollte – und plötzlich wollte ich es unbedingt loswerden: Träumt Mexx auch so etwas? Hat er auch einen Schatten in sich?

Ich schaute ihn an. Er verhielt sich normal. Na ja, so normal, wie die Situation es ihm erlaubte. Doch genau das war es doch, oder nicht? Man verhielt sich normal, keiner konnte sehen, was in einem abgeht – abgesehen vielleicht von Lucy –, obwohl man gerne wollte, dass andere es sahen, den Schmerz, die Angst, die Probleme. Ich hatte mir immer jemanden gewünscht, der meine inneren Schreie hörte, wenn ich Angst hatte oder mir zu viele Sorgen machte, denn es war schwer, über die eigenen Schwächen zu reden.

Also holte ich tief Luft und fragte Mexx: „Geht es dir gut?"

Mexx schaute mich blinzelnd an. „Natürlich. Warum nicht?"

Ich schaute ihm tief in die Augen.

Er schaute weg.

Und das war es. Ich wusste, etwas war nicht okay. Und wir hatten keine Zeit, darüber zu reden, denn eigentlich sollten wir ja die Mission beenden, aber ich wusste, dass es nicht so einfach sein würde. Denn etwas stimmte nicht mit Mexx, auch wenn ich den Gedanken nicht wahrhaben wollte.

„Nein, dir geht es nicht gut", sagte ich und es war keine Frage, auf die er hätte antworten können, es war ein reiner Fakt.

„Wieso glaubst du das?", wollte er wissen.

„Weil es mir auch nicht gut geht", erwiderte ich.

„Was hast du?"

„Träume. Einen Schatten in Form eines Schneeleoparden, den ich kontrollieren soll. Zumindest sagt es die Stimme in dem Traum immer. Wir sind Halbanemanier, oder?"

„Woher willst du wissen, dass ich die Träume auch hab'?", fragte er neugierig.

„Weil du dich verändert hast – und ich meine nicht nur verändert im Sinne von ‚alles, was passiert ist, hat dich stärker gemacht' – oder vielleicht auch einfach besser im Gefühle verstecken. Ich meine richtig verändert. So wie ich. Wir schlafen weniger, aber nicht wegen der Albträume oder der Angst, sondern einfach, weil wir weniger Schlaf brauchen. Wir essen und trinken weniger, aber nicht wegen Sorge oder anderen psychischen Problemen, sondern weil wir nicht mehr so viel essen und trinken müssen – und wir haben keine Angst. Zumindest nicht vor Shadow", strömte es plötzlich alles aus mir raus. Meine ganzen Gedanken.

Mexx sagte nichts.

„Welches Tier siehst du?"

Pause.

Ich berührte ihn an seinem Arm.

„Einen Löwen. Einen schwarzen Löwen mit rauchigen Augen und einem Schwanz, der aussieht wie Ranken."

„Macht es dir Angst?"

„Nein. Er ist ein Teil von mir. Sagt zumindest die Stimme in meinem Traum." Nun schaute er mich an. „Ist das was Gutes oder nicht?", fragte er plötzlich und klang hin und her gerissen zwischen den Möglichkeiten, „es einfach geschehen lassen" und das Tier zu akzeptieren oder sich dagegen zu wehren.

„Weiß ich nicht. Ich will aber irgendwie die Kontrolle darüber erlangen. Es wird uns im Kampf helfen. Was sollte daran falsch sein? Cayenne und die anderen können das doch auch."

„Aber sie sind Anemanier."

„Und wir sind Halbanemanier, was wahrscheinlich der Grund dafür ist, dass wir erst so spät anfangen, unsere anemanischen Kräfte zu bekommen."

„Wie kannst du dir da so sicher sein?"

„Bin ich nicht. Ich versuche nur, nicht verrückt zu werden."

In Mexx' Gesicht lag Zweifel.

Ich lächelte ihn an. „Wir schaffen das schon", flüsterte ich und strich ihm über die Wange.

Und, als ob ich einen Zauber gesagt hätte, spiegelte sich feste Entschlossenheit in seinen Augen wider und er guckte mich an. „Ja, wir beide schaffen das schon", sagte er und lächelte. Es war das erste Mal seit Beginn dieser Reise, dass ich mich wirklich, wirklich glücklich fühlte.

Doch wie es unser Schicksal wollte, sollte das nicht lange so sein, denn plötzlich sah ich im Hintergrund etwas, dass meinen Atem stocken ließ.

„Was zur Hölle?!", stieß ich entsetzt aus, da kam auch schon ein heftiger Wind auf, die Schreie am Himmel wurden lauter und mein Trommelfell klirrte. Hinter uns hatte sich auf einmal eine dunkle Wolke herannahender Schatten aufgetan, aus denen man nur die roten Augen hervorblitzen sah. Auf ihnen drauf, als wären sie eine Welle, rannten ganz vorne Parca und Lexane mit einem hässlichen Grinsen im Gesicht und Augen, in denen sich ihre Verrücktheit spiegelte.

„Cayenne!", schrie Lucy. „Schnell!"

Laut brüllend zog Cayenne ihre Flügel an und ließ sich fallen.

Der Wind peitschte gegen mein Gesicht, ich klammerte mich an Cayenne fest und kniff meine Augen zusammen. Erst, als es plötzlich wieder ruhiger wurde, machte ich die Augen auf und erkannte, dass wir nun ganz tief über das Land flogen. Schnee bedeckte den Wald unter uns und die Kälte traf mich dort, wo Cayennes Körperwärme nicht mehr hinkam.

Ein lautes Kreischen ertönte über uns. Als ich mich umdrehte, sah ich die dunkle Schattenwolke über uns hersausen. Wie auf ein Kommando flogen aus den äußeren Reihen Schattenkreaturen heraus und rasten direkt auf uns zu.

„Die greifen uns an!", schrie ich entsetzt.

„Genau wie wir sie", entgegnete James und als ich ihn anschaute, lag ein herausforderndes Lächeln in seinem Gesicht und seine Augen glitzerten aufgeregt.

„Phinjeas, nimm mich mit!“, befahl er.

Ohne zu zögern, verwandelte sich Phinjeas in den schwarzen Panther, breitete seine mächtigen Flügel aus und drückte Cayenne mit einem Schwung herunter, als er von ihr absprang, während James auf ihn zulief und sich um seinen Hals klammerte.

„Chris, gib ihnen dein Schutzschild“, ordnete Lucy an.

Chris tat, wie man ihm befahl, und schloss seine Augen, während ich völlig perplex immer noch James hinterherschaute. Aus dessen Ärmeln schossen plötzlich Säbel, mit denen er einem auf uns zurasenden Schattenkrieger durch den Hals schnitt. Ein ohrenbetäubender Schrei krachte unerwartet auf mich ein, der zu einem sterbenden Gurgeln wurde, sodass ich Mexx' Rufe erst kurz darauf wahrnahm.

„Layla, nimm deinen Pfeil und Bogen und tu was!“, maulte er mich nervös an. Ich nickte nur, froh, dass mir jemand sagte, was ich tun sollte, und schnappte mir meinen Bogen, während ich aufstand und einen meiner Pfeile darin spannte. Mit einer plötzlichen Entschlossenheit nahm ich einen weiteren Schatten ins Visier, der dicht hinter Cayenne war. Ich spannte meine Muskeln an, konzentrierte mich, atmete tief durch, zielte – und traf. Mit einem lauten Schrei und einem Pfeil im Kopf stürzte er in die Tiefe.

Mit wilden Augen schaute ich mich um.

Mexx war bei Lucy, die sich in einen großen Luchs verwandelte hatte, aus dessen Rücken goldene Schmetterlingsflügel herausragten und dessen Schwanz mindestens zwei Meter lang war. Mexx nickte mir zu und stieg auf ihren Rücken, wilde Entschlossenheit in seinen Augen und ein scharfes Schwert in seiner starken Hand. Lucy sprang nun ebenfalls von Cayennes Rücken und schoss nach oben zu Phinjeas und James, die versuchten, die Schattenkrieger von Cayenne fernzuhalten.

Alex blickte mit zornigen Augen gen Himmel, aus seinen Haaren sprühten Funken und zwischen seinen Fingern zischten kleine Blitze, die immer größer wurden. Er knurrte wütend, spannte sich und zielte mit seinen blitzgefüllten Händen auf die Schattenkrieger. Mit einem lauten Krachen sauste die Stromladung in Richtung Schattenwand, verschwand kurz darin und verteilte sich dann durch die Schattenkrieger, die kreischend auseinanderschwärmten.

Ab da nahm ich nicht mehr wahr, was die anderen machten, denn meine Konzentration lag auf den Schattenkriegern, die wie Zielscheiben am Himmel entlangflogen. Einen Pfeil nach dem anderen zog ich, spannte, zielte und traf. Mich durchströmte eine unglaubliche Ruhe.

Ich wollte gewinnen. ich würde gewinnen.

Ich war nur noch auf die Schattenkrieger fixiert und auf mein Verlangen, sie zu zerstören. Das Einzige, was ich noch mitbekam außer den Schatten, war Cayenne, die sich hin und her bewegte und die Schattenkrieger mit ihren Fängen und Klauen zerfetzte – das bekam ich auch nur mit, da sie mich dadurch zum Wanken brachte.

Ein weiterer Schattenkrieger flog mir ins Visier und ich zog einen weiteren Pfeil, spannte ihn, zielte – und verlor mein Gleichgewicht, als Cayenne schmerzerfüllt aufschrie und ich merkte, dass jemand hinter mir war.

Ich drehte mich um – wo waren die anderen hin?! Statt ihnen sah ich Lexanes hämisches Grinsen, als sie sich auf die Hände fallen ließ, während sie mit ihren Beinen meine eigenen unter mir wegtrat.

Mit einem erschrockenen Aufschrei fiel ich zu Seite und purzelte von Cayennes Rücken herunter. Panisch versuchte ich mich an ihren Stacheln festzuhalten, doch immer wieder rutschte ich ab. Meine Beine baumelten schon über den Abgrund, da schaffte ich es endlich, meine Hand um einen Stachel zu befördern und mit einem Ruck hing ich an Cayenne.

Mein Bogen mit dem nun locker daran baumelnden Pfeil, der sich in der Sehne festgehängt hatte, folgte kurz darauf und ich schnappte ihn mir mit der anderen Hand, bevor er in die Tiefe fallen konnte.

„Schau dich an. Denkst du wirklich, du könntest einen Anemanier besiegen, du Mensch?“, lachte sie und verbrauchte das Wort ‚Mensch’ wie ein Schimpfwort. Ich zog wütend meine Augenbrauen zusammen und funkelte sie an.

„Und sprechen kannst du wohl auch nicht mehr, Menschlein“, grinste sie mich von oben herunter an.

Wut schlang sich in mich – und dennoch musste ich kichern. Ihr Grinsen verschwand.

„Was? Was ist so witzig?“, fauchte sie mich an.

„Du hast keine Ahnung“, lachte ich und wurde immer hysterischer, „du hast ja überhaupt keine Ahnung ...“, und jetzt wurde ich wieder wütender, „... wozu Menschen in der Lage sind.“

Mein Arm fing an zu schmerzen und ich wusste nicht, wie lange ich das noch durchhalten würde und wann Lexane endlich mit ihrem

Spielchen aufhören und mich töten würde. Doch ich konnte nicht anders, ich wollte ihr auf keinen Fall das Vergnügen machen, dass sie mir höllische Angst einjagte.

„Und du hast wohl keine Ahnung, wozu wir in der Lage sind, Mensch", spuckte sie mich an.

„Ich denke, das habe ich", sagte ich zufrieden.

„Ha! Ich lach' mich tot. Es wird Zeit, dir dein hässliches Maul zu stopfen und eine weitere menschliche Pest zu vernichten", zischte sie und holte aus. Mit einem Schlag wurde mir klar, dass sie mich nun umbringen würde. Doch gleichzeitig spürte ich plötzlich etwas in mir, das mich gerade zu extrem an meinen Traum mit dem komischen Schneeleoparden erinnerte.

Energie schoss wie aus dem Nichts durch mich.

Ich sah Lexanes Augen wütend aufblitzen, als sie ihre spitzen, giftigen Nägel auf mich zufahren ließ, überließ der Energie in mir die Kontrolle und bevor Lexane ihre tödlichen Krallen in mich bohren konnte, hatte ich mich mit einem heftigen Ruck wieder hochgezogen. Ich stieß mit so viel Kraft nach oben, dass ich einige Herzschläge über Lexane war und mich dann auf sie fallen lassen konnte. Meinen Bogen donnerte ich ihr seitlich ins Gesicht, sodass sie wegkippte.

Sie fasste sich an ihre Wange und schaute mich mit erschrockenem Blick an.

„Halbanemanier", lächelte ich zufrieden.

„Das kann nicht sein", sagte sie entsetzt und ich glaubte so etwas wie Angst in ihren Augen zu sehen. Doch das war nur für einen Sekundenbruchteil, bevor sie mich wieder mit einem zornigen, kalten, herablassenden Blick anschaute und ohne weitere Worte von Cayennes Rücken sprang.

Wut stieg wieder in mir auf. Wie kann sie es wagen, jetzt wegzurennen?!

Plötzlich formte sich ein mächtiges Brüllen in meiner Kehle und ich spürte, wie mein Körper sich veränderte.

Eine kurze Zeit war ich wieder in meinem Traum, fiel und fiel immer weiter in den Schneeleoparden, bis das letzte Stück Mensch von mir verschwand.

Als ich wieder erwachte und auf Cayennes Rücken stand, wusste ich plötzlich, dass ich mich verwandelt hatte.

Ich fletschte meine Zähne, spürte jeden Muskel in mir, jeden Atemzug, jeden Herzschlag. Ich konnte weiter sehen als zuvor, einzelne Geräusche aus der Ferne wahrnehmen und hatte plötzlich so viel Kontrolle wie noch nie.

Mit einem Satz sprang ich von Cayennes Rücken herunter und landete kurz darauf heftig auf allen vieren am Boden. Mein rechtes Hinterbein brannte, aber meine Beute – Lexane – war auf der Flucht und sie durfte auf keinen Fall entkommen.

Ich spürte, wie der Boden unter mir etwas einsackte, der Schnee wirbelte auf und ich hörte ihn fallen. Es war erstaunlich und raubte mir den Atem, als ich erkannte, dass ich nicht mal mehr richtig den Schnee sah, sondern seine Struktur, und es kitzelte mich in den Pfoten, als ich die Schwingungen der Materie wahrnahm und die Kontrolle darüber erlangte.

Das ist meine Kraft, schoss es mir durch den Kopf, ich kontrolliere den Schnee, das Eis.

Ich saugte tief die Luft ein, nahm Lexanes Duft auf und mit einem entschlossenen Knurren nahm ich die Verfolgung auf.

15. Kapitel

Ich jagte durch den Schnee. Der eisige Wind peitschte mir ins Gesicht, doch mein warmes, weißes Fell schützte mich vor der Kälte, während die Muskeln darunter gleichmäßig rollten.

Die Bäume sausten an mir vorbei und ich fühlte mich so frei. Das war das beste Gefühl aller Zeiten! Dieses Gefühl von Freiheit, vom Endlich-wieder-atmen-Können! Dieses Gefühl von kalter Erde unter den Pfoten, der eisig-klirrende, belebende Geschmack der Luft, das freudig pochende Herz, das einzige Ziel vor Augen – eine Aufgabe, die vollkommen erfüllt.

Aus der Ferne sah ich eine tiefe Grube und erkannte, dass wir gar nicht so weit vom Einschlagsort angegriffen worden waren. Es dauerte nicht lange, da breitete sich das hell leuchtende Erdloch vor mir aus – dazu mischte sich der Geruch von Blut. Schnuppernd und aufmerksam warf ich meinen Kopf hin und her auf der Suche nach dem Opfer, doch der metallische Geruch des Blutes war so stark, dass ich kaum noch was anderes roch.

„Es tut mir leid", hörte ich plötzlich eine verzweifelte Stimme neben mir. Erschrocken wirbelte ich herum und verfluchte, dass ich so unkonzentriert gewesen war.

Nicht weit von mir standen nun Saphira und Ryder und guckten mich ängstlich an.

„Ihr!", grollte ich, „ich wusste, dass man euch nicht trauen kann!"

„Und warum hast du niemandem was gesagt?", fragte Saphira plötzlich, ziemlich frech dafür, dass sie uns verraten hatte.

Doch recht hatte sie schon. Ich stöhnte innerlich auf. Behalten wir es doch erst mal für uns – dumme Idee, dumm, dumm, dumm! Ich knurrte.

„Wir können nichts dafür. Wir wollten es euch sagen", versuchte Ryder sich zu entschuldigen, doch ich wusste genau, wie ich darauf antworten sollte.

„Und warum habt ihr es niemandem gesagt?", ahmte ich Saphira nach und warf ihr dabei einen wütenden Blick zu. Sie schaute genervt zurück.

„Wir wussten nicht, dass es so früh passieren würde", verteidigte Ryder sich weiter.

„Idiot!“, fauchte ich.

„Ich weiß. Wir wollen trotzdem helfen. Chris, Alex, Thylo und Wilko wissen es schon. Wir sind abgesprungen, um die Grube zu finden“, sagte Saphira.

„Woher wusstet ihr von dem Einschlagsort? Und wo sind die anderen jetzt? Habt ihr sie Lexane und Parca ausgeliefert?“

Wütend scharrte ich mit den Krallen im Schnee.

„Nein“, ertönte eine dritte Stimme und Erleichterung überkam mich, als Thylo, Wilko, Chris und Alex aus dem Wald traten und sich neben Saphira und Ryder stellten.

„Lucy hat es gesagt, die Sache mit dem Einschlagsort. Aber du hast es nicht mitbekommen, weil du zu sehr auf die Schatten konzentriert warst“, erklärte Chris ruhig.

Ich entspannte mich ein wenig.

„Wie wollt ihr das jetzt erklären, Saphira und Ryder? Warum habt ihr nichts gesagt?“, ging ich wieder auf das alte Thema ein.

Ryder seufzte und Saphira schaute auf den Boden.

„Lexane hat unsere Sinne verwirrt“, begann Saphira.

„Du weißt schon, mit dem Hypnosezeug und so“, mischte sich Wilko ein.

„Und wir wussten einfach nicht mehr, was wahr und was nicht wahr ist“, fuhr Ryder fort.

„Es fühlte sich so an, als wären wir da, aber irgendwie auch nicht. Und alles schien so unreal“, endete Saphira.

Meine Schultern lockerten sich und die Anspannung rann aus meinem Körper. Ich traute ihnen zwar immer noch nicht ganz, aber ich wusste, dass sie die Wahrheit sagten.

Ich konnte aber nicht sagen, woher ich das wusste. Ob es jetzt am ruhigen Herzschlag der beiden lag oder an ihrem Stimmen? Am Geruch des Schweißes? Ich konnte es nicht sagen, aber dass sie nicht logen, das wusste ich.

Ich nickte ihnen akzeptierend zu und wurde in meiner Annahme bestätigt, als ich sah, wie die Anspannung aus ihren Gesichtern fiel.

Stille.

Dann ertönte ein langes Stöhnen von der anderen Seite.

„Das hat interessant angefangen. Ich dachte, ihr würdet euch gleich in Fetzen reißen. Und jetzt dieser ganze Versöhnungskram ... echt nur nervig", seufzte Lexane gelangweilt, als hätte sie gerade einen schlechten Liebesfilm geguckt.

Sofort war die Anspannung wieder in meinen Muskeln und ich war kampfbereit, genau wie die anderen.

„Ruhig, meine Wilden", sagte sie lässig und verwirrte mich immer mehr mit ihren Sinneswandeln.

„Ich hab hier was, das euch freuen könnte."

Sie grinste hässlich.

Nicht gut, dachte ich nur, als auch schon jemand aus den Büschen stolperte, gefolgt von Parca, der ihn an der Schulter gepackt hielt.

Das durfte doch einfach nicht wahr sein! Wie konnten die jedes Mal vor uns da sein?!

Zwischen Lexane und Parca stand ein kleiner Junge, der genauso aussah wie Phinjeas, nur mit weißen Haaren, einem zerrissenen weißen Hemd und schwarzen Shorts. Verwirrt und blutend schaute er uns an.

„Joshy!", riefen Thylo und Alex gleichzeitig entsetzt.

„Awww, Joshy, guck mal, wie schön, dass du da bist. Bla bla bla. Hört auf mit dem sentimentalen Mist! Das bringt mich zum Kotzen!" Lexane redete, als wäre das hier die schlechteste Soap der Welt und sie wäre gezwungen, sie sich anzugucken.

Die Wut stieg wieder in mir auf.

„Was glaubst du eigentlich, wer du bist?", knurrte ich sie wütend an.

„Ich glaube, dass ich sehr gut bin", lachte sie mich aus.

„Und ich glaube, dass du gleich tot bist", grollte plötzlich jemand Neues.

Lexane drehte sich erschrocken um und mein Herz zog sich vor Spannung zusammen, als ich Phinjeas erkannte, der sie mit funkelenden grünen Augen anschaute. Seine Hand stand in grünen Flammen, als er mit einem kräftigen Satz auf Lexane zusprang, die ihn verdutzt anstarrte.

Parca schrie wütend und wollte sich dazwischenwerfen, doch ich reagierte schneller und war bei ihm, bevor er eine Hand auf Phinjeas legen konnte. Ich warf meinen Kiefer in seinen Arm und riss ihn von ihm weg. Er brüllte vor Schmerz und Entsetzen, als er nach hinten geschleudert wurde.

Ich hielt ihn fest im Blick, da hörte ich hinter mir ein gurgelndes Schreien und dann Parcas schmerzerfülltes „Nein!"

Mein Blick huschte zurück auf Lexane, die gerade stolpernd zu Boden ging und mit leblosen Augen in die Luft starrte.

Aus ihrer verbrannten Kehle triefte das Blut und Phinjeas stand schwer atmend über ihr.

„Wehe, du tust meinem Bruder weh!", keuchte er und ein Schauder lief mir kalt über den Rücken, als ich seinen kalten, wütenden Blick sah, mit dem er Lexanes Leiche musterte.

„Layla, pass auf!", rief plötzlich jemand hinter mir und ich drehte mich sofort wieder zu Parca, den ich in diesen wenigen Sekunden total vergessen hatte.

Hass blitzte in seinen blutroten Augen und ich wich zurück, als er sich wütend auf mich stürzte.

„Erst töte ich dich, weil du es gewagt hast, mich anzugreifen, dann folgt dein kleiner, rothaariger Freund, der es gewagt hat, Lexane zu töten. Dann töte ich James, der mich einfach im Stich gelassen hat damals. Und dann werde ich den ganzen Rest deiner Truppe niederstrecken! Pass nur auf! Das werdet ihr büßen!", brüllte Parca wütend und verwandelte sich. Sein Stachel raste gefährlich schnell auf mich zu, doch ich konnte noch rechtzeitig ausweichen.

Da kam von der Seite auch schon ein funkensprühender Gepard angesaust – Alex! Er holte mit einer seiner sechs Pranken aus und zielte auf Parcas Kopf. Der duckte sich weg, verwandelte sich wieder in einen Menschen, wich – jetzt kleiner – aus und verwandelte sich in einem kräftigen Sprung wieder zurück. Der rote Skorpion mit den Metallsäbeln an seinen vorderen Scheren ließ seine drei Stacheln auf Alex zurasen, doch dieses Mal war ich wieder bereit und sprang ihm an den Schwanz. Ich spürte, wie sein Panzer unter mir knackte, als ich meine Zähne immer tiefer in ihn bohrte.

Ein metallisches Kratzen röhrte aus seinem Rachen und ich spürte, wie der Schwanz unter mir verschwand und ich zu Boden fiel, als er sich wieder zurückverwandelte.

Mit blutendem Rücken drehte er sich zu uns und musterte jeden einzelnen.

Phinjeas, ein schwarzer Panther mit wunderschönen Pfauenfederflügeln und grünen, wütenden Augen, die brannten wie das Feuer, das er beherrschte.

Alex, der geschmeidige Gepard mit dem funkensprühenden Fell

und den sechs gewaltigen Beinen, die ihn noch schneller zu machen schienen.

Joshy, ein gigantischer, weißer Tiger mit spitzen Ohren, wunderschön gemusterten Streifen und mit rot flammenden Pfoten.

Ich erkannte ihn und Chris am Geruch. Letzterer nun eine kleine sandfarbene Katze mit gigantischen Segelohren und spitzem Gesicht. Gefährlich sah er nicht gerade aus, doch seine Macht war der Schutz und in seinen Augen lag so viel Entschlossenheit, dass man trotz seines zarten Aussehens Respekt bekam.

Das Gleiche galt für Thylo, der auf Chris' Kopf saß, ein kleines Echsenwesens mit großen Glubschaugen und Flügeln, die wie ein Fächer auf seinem Rücken ausgebreitet waren, sodass er nur mit Rückenwind hätte fliegen können. Auf seinem Kopf war eine kleine Antenne, an ihrer Spitze leuchtete eine kleine Kugel wie eine Laterne.

Offensichtlich konnte Ryder Wasser kontrollieren, denn er stand direkt daneben, Wut brannte in seinen meeresblauen Augen und Wasser perlte um ihn herum. Er verwandelte sich nicht, da er, selbst wenn er sich in einer Wasserblase eingehüllt hätte, um sich verwandeln zu können, damit er Nach- als Vorteile gehabt hätte.

Ich überlegte, ob dadurch, dass ich Schnee kontrollieren konnte und Schnee nun mal Wasser in einem festen Aggregatzustand war, ich auch Wasser kontrollieren konnte. Doch als ich es versuchte, stellte ich fest, dass es nicht klappte. Ich bekam den Schnee einfach nicht in Wasser umgeformt. Ich schloss daraus, dass wir Schnee oder Wasser zwar bewegen konnten, wie wir es wollten, die Materie jedoch an sich nicht verändern konnten.

Saphira stand hinter Ryder, etwas ängstlicher, aber dennoch entschlossen, und Wilko, der auch nicht verwandelt war, hatte seine Brust vorgestreckt und ein dunkles Grollen kam aus seiner Kehle.

Zuletzt fiel Parcas Blick auf mich und er riss seinen Mund zu einem weiten Grinsen auf.

„Halbanemanier? Interessant", sagte er, Lexane offensichtlich total vergessend, die sich neben ihm zu Staub verwandelte und gen Himmel flog.

„Wir sehen uns im Krieg", sagte er und verschwand in dem breiten Loch, das sich unter ihm aufgetan hatte.

Die Schatten am Himmel schlossen wieder die entstandene Lücke.

Ich sah Cayenne am Himmel auf uns zufliegen und drei Gestalten auf ihrem Rücken sitzen, die wahrscheinlich Lucy, James und Mexx hießen. Phantasy und Paradies folgten ihr.

Die Schatten wiederum waren wie eine wilde, brodelnde Masse am Himmel. Mit lautem Gekreische nahmen sie Geschwindigkeit auf und sausten am Himmel entlang wie eine Schlange.

„Sie wollen irgendwo hin", bemerkte Chris.

Wir verwandelten uns zurück, da landete auch schon Cayenne vor uns. Schnell stiegen wir auf ihren Rücken.

„Ich weiß auch, wohin", sagte James und schaute Mexx und mich hintereinander an. Verwirrt blickte ich zurück, bis ich plötzlich begriff, was er meinte. Ich öffnete meinen Mund in Schock und wollte etwas sagen, aber nichts kam heraus. Das Einzige, was ich dachte, war: Meine Eltern!

„Er will nach Miami?", fragte Mexx noch mal, um sicher zu gehen.

„Alle Anzeichen sprechen dafür. Um Miami ist eine Art Blase, nichts kann herein, nichts heraus. Shadow kann also nur da sein und er wird angreifen, sobald wir dort ankommen", erklärte Lucy.

Ich erinnerte mich wieder an den Bericht, den ich damals in dem Restaurant gelesen hatte, und Angst breitete sich in mir aus. „Ich muss zu meinen Eltern!", sagte ich mit Panik in der Stimme.

„Layla. Ich weiß, das ist jetzt schwer für dich, aber wir versprechen dir, dass wir auf deine Eltern aufpassen werden. Wir werden gewinnen!", sagte James mit fester Stimme und sein Blick wurde weicher, als ich ihn anschaute. Er lächelte.

Ein Kloß bildete sich in meinem Hals und ich konnte bloß nicken. Ich glaubte, ich war die Einzige hier, die noch ihre Eltern hatte, und ich sah in den Gesichtern der anderen, dass sie mir nicht wünschten, dass ich sie nun auch noch verlieren sollte.

Also riss ich mich zusammen. Entschlossenheit ersetzte die Angst in mir und ich setzte mich auf Cayennes Rücken.

Alle Müdigkeit schien vergessen, denn ausruhen konnte ich mich, wenn der Kampf vorbei war –und so, wie ich mich jetzt fühlte, war ich fest davon überzeugt, Shadow die Kehle ohne viel Aufwand mit bloßen Händen zusammenquetschen zu können. Adrenalin schoss durch meine Adern, während wir auf Cayennes Rücken saßen und sie schnellstmöglich nach Miami flog.

Ich war nervös. Natürlich war ich nervös, ich würde gleich gegen einen Schatten kämpfen in Miami, wo meine Eltern waren, und alles hing von mir und meinen Freunden hier ab.

Stille lag über uns. Ich zählte meine Pfeile und versuchte mich zu konzentrieren. Mit geschlossenen Augen lauschte ich meinem Atem, spürte, wie frische Luft in meinen Körper strömte und verbrauchte Luft entwich, hörte mein Herz klopfen und das Blut in meinen Adern rauschen.

Es dauerte nicht lange, da war ich wieder in meinem Traum und sah mein Seelentier. Ich umrundete es, schaute es mir ganz genau an und versuchte jeden Muskel auszumachen, jede Bewegung, jede Kraft in diesem Körper und ließ mich von dem leisen Grollen in seiner Kehle beruhigen.

Die Angst in mir wurde ersetzt durch Ruhe, während ich mich bemühte, nicht darüber nachzudenken, dass das Schicksal der Erde bei einer Gruppe von Aliens und Halbaliens lag, die aussahen wie Kinder und, Mexx und mich eingeschlossen, auch Kinder waren. Das klang alles sehr unwirklich und ich erwischte mich bei dem Gedanken, dass das vielleicht doch alles nur ein komischer Traum war und ich bald aufwachen würde in meinem Bett, um die Dinge wieder so wie vorher vorzufinden.

Als ich Mexx' Hand auf meiner Schulter spürte und er mich an sich ranzog, sodass mein Kopf an seiner Brust lag, wusste ich jedoch, dass das real war. Realer als real.

Er drückte mich fest an sich und legte sein Kinn auf meinen Kopf, während er abwesend meinen Arm streichelte und versuchte, mich und größtenteils auch sich selbst zu beruhigen.

„Wir schaffen das", murmelte ich und atmete seinen Duft tief ein.

„Versprich mir, dass du, wenn du nicht mehr kannst oder verletzt bist, Schutz suchst. Bitte", flüsterte Mexx und drückte mich fester an sich.

„Nur, wenn du das auch machst", erwiderte ich.

„Ich tue es für dich", sagte er.

„Genau wie ich", entgegnete ich.

Für einen Moment sagte niemand etwas. Eine leise Spannung bildete sich zwischen uns. Wir wussten beide, dass dort noch etwas war, das gesagt werden musste, bevor es vielleicht ... zu Ende geht.

Mexx holte tief Luft.

„Ich liebe dich", flüsterte er plötzlich und mein Herz flatterte.

„Ich liebe dich … Ich liebe dich ... Ich liebe dich ... Ich liebe dich", hallte es durch meinen Kopf.

Er liebte mich, Mexx liebte mich.

Gott, Mexx liebte mich!

Freude brodelte plötzlich in meiner Brust auf. Ich hob meinen Kopf und schaute tief in seine Augen.

Er wich meinem Blick nicht aus, während meine Hand an seinen Nacken wanderte und ich seinen Kopf vorsichtig nach vorne drückte.

In seinen Augen lag Liebe, Angst und Entschlossenheit. Es lag eine geteilte Vergangenheit in ihnen und eine Wärme, die mich für diesen Moment alles vergessen ließ.

Ich küsste ihn.

Seine weichen, warmen Lippen waren für diesen Augenblick das Einzige, was ich spürte, als ich meine Augen geschlossen hielt und versuchte, dieses Gefühl so tief in meine Erinnerungen reinzubrennen, dass ich es nie wieder vergessen würde. Und wenn es keinen Ausweg mehr gab, dann würde ich mich hieran erinnern und weiterkämpfen, denn es würde sich lohnen.

„Da vorne ist Miami", hörte ich James' tiefe Stimme und Mexx und ich lösten uns voneinander.

„Ich dich auch", murmelte ich ihm noch zu, bevor wir uns zu James umdrehten, der sich aufgestellt hatte.

„Die Schatten haben noch nicht angegriffen, aber macht euch darauf gefasst, dass sie es tun werden, sobald wir in die Blase eingedrungen sind."

Der Sturm blies heftig um uns, während Miami immer größer wurde. Jetzt, wo ich aus Mexx' warmer Umarmung wieder in die Realität gerufen worden war, bemerkte ich die Kälte und die Anspannung um uns herum.

„Shadow ist stark. Er ist das Zentrum. Wir müssen ihn besiegen, dann besiegen wir auch die Schattenkrieger." James' feste Stimme beruhigte ein wenig, genau wie seine entschlossene Miene, mit der er uns alle einmal anschaute. Dann wurde er weicher.

„Das wird ein harter Kampf. Nicht jeder von uns wird überleben. Wir wissen nicht, was auf uns zukommt, ob wir gewinnen oder verlieren. Aber“, und jetzt wurde er wieder fester, „wir kämpfen hier nicht ohne Grund. Wir kämpfen nicht für Macht und Sieg, sondern für die Freiheit und den Frieden. Für die Sicherheit der Menschen und der Erde. Wir kämpfen, um Shadow zu zeigen, dass wir nicht zu kontrollieren sind, dass wir nicht in seiner Dunkelheit leben wollen. Wir kämpfen für das Gute! Das ist der Gedanke, der euch antreiben muss! Egal, was passiert, gebt euch ihm nicht hin, sondern glaubt bis an den Schluss an euch und an das, was wir erreichen können, wenn wir hier erfolgreich sind. Vergesst das niemals und ich sage euch, dann werden wir auch gewinnen!“

Nacheinander schaute er uns an, dann setzte er sich.

In unseren Augen konnte man sehen, dass seine Worte uns gestärkt hatten und alle wussten, dass jeder von uns dachte: „Ja, wir werden gewinnen, genau wie James es gesagt hat!“

Cayenne setzte zum Landeflug an und wir machten uns bereit.

Der Sturm toste – und plötzlich war es totenstill. Man konnte die Blase nicht sehen, doch so, wie der Regen plötzlich abbrach, als wäre ein Schutzschild um die Stadt gebaut worden, musste dort etwas sein, das die Dunkelheit von draußen abhielt. Und so schlagartig, wie es still geworden war, mussten wir durch die „Blase“ gekommen sein. Kein Wind wehte, kein Vogel zwitscherte, selbst die Menschen, die auf der Straße gingen und ihre Erledigungen machten, schienen leiser als sonst. Es hörte sich so an, als wären ihre sonst so lauten Stimmen und Schritte gedämpft worden, die Fröhlichkeit und der lebensfrohe Klang, den sie sonst immer mit sich trugen, wie aus ihnen ausgesaugt.

Ein Schauder lief mir kalt den Rücken runter.

Es war nichts zu hören außer dem Gemurmel der Menschen unter uns, Cayennes Flügelschläge und unser Atem, nichts zu spüren außer meinem wild klopfenden Herzen in der Brust.

Ich spannte meinen Pfeil auf den Bogen und Cayenne landete mitten in der Stadt.

Die Menschen um uns herum schrien erschrocken auf und flüchteten. Ich sah eine Mutter ihr Kind in den Arm nehmen und panisch davonrennen. Warum waren denn immer noch so viele Menschen auf den Straßen? Sahen sie denn die Schatten nicht? Hatten sie sich so sehr an ihre Anwesenheit gewöhnt, dass sie selbst mit Kindern aus dem Haus gingen?

Mit einem Anflug von schlechtem Gewissen stieg ich von Cayennes Rücken ab und als die anderen dies auch getan hatten, verwandelte sie sich wieder zurück.

Um uns herum flüchteten immer noch einige, doch wir blieben einfach so stehen und warteten. Wir lauschten nach Schattenkriegern und suchten nach dunklen Schatten am Himmel.

Doch da war nichts.

Anspannung knisterte zwischen uns, das Blut rauschte mir in den Ohren und ich hatte das Gefühl, vor lauter Adrenalin gleich in Ohnmacht zu fallen, wenn ich es nicht endlich rauslassen konnte.

Einige Zeit – vielleicht waren es nur Sekunden, aber es fühlte sich an wie eine Ewigkeit – standen wir dort und ich fühlte mich wieder wie in der ersten Klasse vor meiner ersten richtigen Prüfung. Ich hatte Angst davor, zu versagen und die anderen zu enttäuschen.

Wir warteten weiter.

Dann ertönte ein lautes Kreischen.

Ich dachte, mein Trommelfell müsste platzen, als dieses schrille, nach Tod klingende Geräusch durch Miami echote. Dann klang es ab und ertönte erneut.

Flügelschläge waren am Himmel zu hören und ein Wiehern, das nur Phantasy sein konnte.

Ich schaute hoch.

Paradies segelte am Himmel, begleitet von dem schwarzen Pferd. Es landete auf einem Hochhause, stieg und wieherte noch einmal, während Paradies über ihm hinwegflog und eine dunkle Wolke aus Schatten hinter ihm herrollte.

Sofort spannte ich meinen Pfeil an und wie aus dem Nichts sackte die Blase um uns zusammen. Die Schatten, gemeinsam mit dem Sturm, fielen über uns her.

16. Kapitel

Ein Schattenkrieger landete vor mir und ohne zu zögern schoss ich ihm einen Pfeil ins Herz.

„Lucy!", rief ich.

In Sekundenschnelle war sie bei mir.

„Ich muss auf ein Hochhaus, von dort oben kann ich besser zielen", sagte ich und steckte Pfeil und Bogen weg, um mich an ihr festhalten zu können. Sie verwandelte sich und gemeinsam stiegen wir empor. Als sie mich dann oben absetzte und kehrtmachte, nahm sie einen Schattenkrieger mit, der sich in ihre Schulter verbissen hatte. Ich zog Pfeil und Bogen und schoss ihm in den Kopf.

Ich tötete drei weitere Schattenkrieger, bevor einer hinter mir landete. Ich bemerkte ihn gerade rechtzeitig, duckte mich unter seiner Kralle durch und schmetterte ihm meinen Bogen gegen den Kopf. Er fiel in die Tiefe und unten verbiss sich Phinjeas in seine Kehle. Als schwarzer Panther flog er an mir vorbei und spie grünes Feuer, während er mit seinen Krallen ausholte und zwei weitere Krieger vom Himmel holte.

Ich erschoss einen, der Phinjeas von hinten angreifen wollte, bevor ich Phantasy zu mir pfiff. Das Pferd kündigte sich mit einem lauten Wiehern an, als er durch die Luft auf mich zu galoppierte. Mit einem kräftigen Sprung saß ich auf seinem Rücken und wir jagten über das Schlachtfeld.

Ich sah Cayenne nicht weit von mir Feuer speien, während James als Wolf von ihrem Rücken auf einen Krieger sprang und ihm in den Nacken biss, bevor er sich auf den nächsten teleportierte.

Ich sah Joshy unten als weißen Tiger Seite an Seite mit einem schwarzen Löwen kämpfen. Da ich von jedem anderen das Seelentier kannte, konnte dies nur Mexx sein.

Ich erkannte Alex, der blitzezischend durch die Schatten jagte, gemeinsam mit Saphira und Ryder, die seine Blitze durch ihre Fluten an Wasser leiteten, das sie kontrollierten.

Erstaunt erblickte ich einen gigantischen, schwarzen Hai mit drei Rückenflossen aus der Erde schießen und einen Schattenkrieger verschlingen, bevor er wieder in der Erde verschwand, als wäre sie Wasser.

Da die einzige Verwandlung, die ich noch nicht kannte, die von Wilko war, musste er es gewesen sein.

Dann fiel mein Blick auf Chris und Thylo, die von einer Gruppe von Schatten umzingelt waren und ihre kleinen Verwandlungstiere nutzten, um zwischen den Kriegern durchzuschlüpfen, damit sie dann, zurückverwandelt als Mensch, ihre Messer in sie rammen konnten. Doch es waren zu viele Krieger, also lenkte ich Phantasy auf sie zu, erschoss einige mit meinen Pfeilen beim Sturzflug und sprang dann von Phantasys Rücken, verwandelte mich in der Luft und landete auf dem nächsten Schatten. Ich verbiss mich in seinen Nacken, bohrte meine Krallen in seine Schultern und versuchte, den widerlichen Geschmack von schwarzen Schattenblut in meinem Mund zu ignorieren, während ich mit meinen Hinterbeinen seinen Rücken zerkratzte, bis er leblos in sich zusammenfiel.

Der stinkende Duft der Schattenkrieger war nun viel deutlicher zu riechen und mit der Mischung aus Staub und Abgasen brachte es mich fast zum Würgen. Ich spürte das heftige Poltern ihrer schweren Füße und das Scharben von Krallen über Fleisch und Straße. Ich spürte, wie das schwarze Blut des Schattenkriegers in mein Fell floss und sich verklebte, roch die Angst von Menschen und spürte den Kampfesgeist von all meinen Freunden durch meine Muskeln jagen und mir Kraft geben.

Ich ließ von dem Krieger ab und duckte mich, als ein weiterer von der Seite auf mich zusprang. Meine Reflexe waren schnell und ich schaffte es, mich zurückzuverwandeln, während ich unter ihm durchrollte und mit einem Pfeil in seinen Hals schoss, bevor ich wieder zu meinem Seelentier wurde und dem nächsten Krieger an die Kehle sprang.

So ging es weiter.

Je mehr Schattenkrieger ich vernichtete, umso mehr kamen wieder zurück, hatte ich das Gefühl. Wir alle kämpften, als gäbe es kein Morgen mehr. Kraft jagte durch meinen Körper, ließ meine Muskeln anspannen und mich reflexartig und schnell bewegen. Die Konzentration ging nicht verloren, all meine Aufmerksamkeit lag auf den Gegnern und eine gewisse Ruhe hatte sich in mir breit gemacht, die alle Sorge und Angst – angesichts des Unvermeidlichen – von mir weghielt. Doch ich wusste, dass das nicht ewig anhielt und dass wir Shadow finden mussten, sonst gäbe es bald wirklich kein Morgen mehr.

Wir verwandelten uns in Menschen oder Seelentiere, je nachdem, was gerade vorteilhafter war, schossen Pfeile, schlugen mit Schwertern, warfen Messer oder benutzten unsere Kräfte, nur um von mehr Schatten angegriffen zu werden.

Häuser wurden zerstört, Menschen flüchteten, schrien um Hilfe, suchten nach ihren Freunden, Familien und Schutz. Sie rannten panisch davon, während alles um sie herum zu Schutt und Asche wurde. Straßen wurden aufgerissen, Autos durch die Gegend geworfen, Fenster zerschmettert, Unschuldige getötet.

Polizisten versuchten die Situation unter Kontrolle zu bekommen, evakuierten Zivilisten – und wenn sie nicht gerade von Schatten getötet wurden, versuchten sie sogar selbst, auf die Krieger zu schießen.

Ich wusste nicht, wie lange wir schon kämpften, doch irgendwann hörte ich Flugzeuge am Himmel und als ich hochschaute, erkannte ich Militärflieger von der US Air Force.

Erst war ich dankbar für die Unterstützung, doch natürlich wussten sie nicht, dass Cayenne und wir anderen in ihrem Team mitspielten. So musste ich entsetzt mit ansehen, wie einer seine Raketen Richtung Cayenne abfeuerte.

„Cayenne!", schrie ich hilflos und war froh, als Phantasy wieder zu mir galoppierte und ich auf seinem Rücken die Verfolgung aufnehmen konnte, doch natürlich war die Rakete schneller. Sie näherte sich Cayenne unaufhaltsam, die diese mittlerweile bemerkt hatte und auf der Flucht zwischen den Gebäuden herjagte, um sie abzuschütteln. Die Rakete war gefährlich nah an ihr dran, als sie es schaffte, scharf um ein Hochhaus zu biegen, sodass ihr Verfolger in besagtes Hochhaus krachte und in die Luft ging.

Die Wucht der Explosion schleuderte Cayenne nach vorne und sie landete auf einem niedrigeren Haus, wo sie sich zurückverwandelte und abrollte. Wütend schaute sie den Jet an, während dieser erneut auf sie schoss, doch dieses Mal war ich da.

Ich trat Phantasy noch einmal heftig in die Seiten, um ihn anzutreiben, und galoppierte auf den Jet zu. Ich spannte meinen Pfeil und zielte auf den Piloten hinter der Windschutzscheibe, doch bevor ich oder er etwas tun konnten, krachte ihm von der Seite ein Schattenkrieger in den Flieger. Der rechte Flügel wurde beschädigt und der Jet stürzte zur Seite.

Ich schoss dem Schattenkrieger in den Kopf und sauste dann dem Flugzeug nach, doch Cayenne war schneller und schnappte es mit ihren gewaltigen Drachenklauen. Sie krallte sich am Heck fest und flatterte heftig mit den Flügeln, um die Geschwindigkeit zu bremsen, bevor sie es mit einem lauten „Klong“ auf den Boden absetzte.

Als wir landeten, sprang ich sofort von Phantasys Rücken und rannte auf den Piloten zu, der im Sitz festzuklemmen schien, da die ganze rechte Jetwand eingedellt war. Cayenne schob die Wand erst etwas zur Seite, bevor wir es gemeinsam schafften, den Piloten zu befreien.

Keuchend landete der junge Soldat auf der Straße und wir stützten ihn, damit er nicht umfiel. Nach einigen Sekunden schien er die Situation verarbeitet zu haben und fragte verwirrt: „Warum helft ihr mir?“

„Weil wir nicht die Bösen sind, junger Krieger. Wir kämpfen auf eurer Seite“, erklärte Cayenne.

Der Pilot schaute uns ungläubig an.

„Es gibt Gute von euch Aliens?“, fragte er skeptisch.

„Ja. Aber wir haben jetzt keine Zeit für Erklärungen, Sie müssen es den anderen sagen“, erwiderte ich und wie zum Beweis kam ein weiterer Jet auf uns zu und wir sahen, wie sich zwei Klappen öffneten und weitere Raketen zum Vorschein kamen. Ich machte mich schon bereit zur Flucht, als der Soldat in sein Funkgerät rief: „Nicht schießen! Nicht schießen!“

Die bereits ausgefahrenen Raketen fuhren wieder ein und der Jet flog ab. Cayenne und ich schauten uns an.

„Sagen sie Ihren Leuten, dass sie nur auf die Schattenkrieger schießen sollen. Die schwarzen Kreaturen mit den roten Augen und den zerfetzten Häuten“, befahl Cayenne.

„Praktisch diejenigen, die hier überwiegend auf dem Schlachtfeld sind und versuchen, alles kaputt zu machen und zu töten“, ergänzte ich.

Einen Moment schaute der Soldat uns grimmig, jedoch gleichzeitig auch überlegend an, was für Cayenne wohl ein bisschen zu lange dauerte.

„Tun sie es!“, brüllte Cayenne und der junge Mann zuckte zusammen, drehte sich weg und wiederholte in sein Funkgerät, was Cayenne und ich gesagt hatten. Zufrieden schaute ich Cayenne an, als plötzlich ein lautes Brüllen am Himmel zu hören war.

Mein Blick wanderte hinauf, wo dunkle Schatten aus den Wolken strömten und Militärjets in die Tiefe zerrten. Ich erkannte einen riesigen Schlangendrachen. Er war schwarz, wand sich durch die Luft und hinterließ einen angsteinflößenden Eindruck mit seiner gigantischen Halskrause, die mit langen Fäden geschmückt war, und den roten Stacheln, die aus seinem Rücken ragten.

„Wer ist das?“, fragte ich.

„Meine Mutter“, stieß Cayenne erstaunt hervor, als hätte es ihr die Luft verschlagen. Sie verwandelte sich und mit zwei kräftigen Flügelschlägen war sie in der Luft. Mit einem lauten Brüllen krachte sie in den anderen Drachen, sodass sie als einziges Schuppenbündel verschwanden, bevor Cayennes Worte überhaupt bei mir ankamen.

Ich rollte mit den Augen – der Pilot hinter mir war schon wieder vergessen und stieg auf Phantasys Rücken.

„Was ist mit mir?“, fragte der Soldat und ich antwortete ihm, während ich Phantasy in die Seiten trat und weggaloppierte: „Tun Sie Ihren Job!“

Cayenne war mit ihrer Mutter verschwunden, die offensichtlich von Shadow kontrolliert wurde, und ich wollte nicht weiter darüber nachdenken, wie Cayenne sich wohl fühlen musste in einem Kampf gegen ihre eigenen Eltern.

Verdammt, die Arme wird aber auch von gar nichts verschont!

Ich machte mich wieder an meine Aufgabe, Schattenkrieger mit meinen Pfeilen vom Himmel zu holen, als ich einen schrecklichen Schrei von unten hörte.

Während ich noch einen Pfeil in die Brust eines Schattenkriegers jagte, befahl ich Phantasy, in Richtung des Schreis zu galoppieren. Ein ganzes Schattenbündel war dort im Kampf mit Lucy, Saphira, Alex und Ryder verwickelt. Ich wollte gerade wieder abdrehen, weil ich meinte, dass das genug wären, als mich von der Seite jemand ansprang.

Erschrocken schrie ich auf und Phantasy wieherte, als ich mit voller Wucht auf den Boden krachte und für einige Augenblicke weiße Punkte vor meinen Augen schwirrten. Ich versuchte, wieder Luft zu bekommen.

Zum Glück war ich Halbanemanier, sonst hätte ich den Sturz nicht überlebt, dachte ich, als ich aus dem Augenwinkel etwas auf mich runtersausen sah.

Ich rollte mich zur Seite, sprang auf und schaute in die grün leuchtenden Augen eines Skorpions, dessen Schwanzspitze dort in der Straße steckte, wo ich gerade noch gelegen hatte. Ich zog einen Pfeil, doch meine Hand griff ins Leere. Ein zweiter Griff, ein zweites Mal Luft: Mit Entsetzen stellte ich fest, dass es keine Pfeile mehr gab.

Mist, dachte ich, als Parca seinen Stachel aus der Straße frei bekam und wieder auf mich zielte.

Ich duckte mich unter ihm hinweg, den Schmerz im Hinterkopf ignorierend, während ich mich mit einem kräftigen Satz verwandelte und auf Parcas Rücken sprang. Ein metallisches Kreischen ertönte aus Parcas Hals, als ich meine Krallen in seinen Panzer bohrte und nach seinem Nacken schnappte. Ich spürte ihn unter mir knirschen und drückte fester zu, als er in dem Versuch, mich abzuschütteln, heftig umherwirbelte.

Die Welt drehte sich plötzlich und ich lag unter Parca. Für einen Augenblick bekam ich keine Luft mehr und dachte, ich würde sterben. Ich spürte, wie die Luft aus mir rausgepresst wurde, während meine Brust von Parcas Gewicht zusammengequetscht wurde. Ich versuchte einzuatmen, doch sein Panzer war auf meinem Gesicht und panisch bemerkte ich, dass ich nichts einatmen konnte. Ich spürte Schmerz, meine Nase knackte und ich wusste, dass sie gebrochen war. Ich presste meine Augen fest zusammen mit dem Wissen, dass ich gleich sterbe würde, wenn er nicht von mir runterging.

Doch genauso schnell, wie die Luft aus meiner Lunge gepresst wurde, atmete ich sie plötzlich wieder ein. Das Gewicht von meinem Körper verschwand. Ein stechender Schmerz in meiner Brust ließ mich zusammenzucken und ich wusste, dass ich so nicht weiterkämpfen konnte: Mit einer gequetschten Brust und einem Dutzend geprellter Rippen.

Ich sah die Ketten auf mich runtersausen. Ungelenk rollte ich zur Seite, aber schon zu Beginn sah ich, dass ich es nicht schaffen würde. Alles lief wie in Zeitlupe, aber sie waren immer noch schneller als ich.

Ich musste an Mexx denken und schloss meine Augen.

Und wartete.

Die Ketten kamen nicht.

„Layla, bist du okay?“, hörte ich James’ Stimme.

Ich öffnete meine Augen und nickte, obwohl ich alles andere als okay war.

Parca schrie wütend von der Seite, wo er hingeschleudert worden war, und raste auf James zu.

„Ich kümmere mich um ihn", konnte James noch hastig sagen, bevor er sich unter seinem Bruder wegducken musste und die Säbel rausholte, um eine Kette abzuwehren.

Eine kühle Hand legte sich auf mein Knie und ich zuckte zusammen. Ich riss meinen Kopf von den wegrollenden, kämpfenden Brüdern weg, um in Ryders sorgenvolle Augen zu blicken.

„Lass mich dir helfen", sagte er.

Ich nickte nur, zu schwach, um noch etwas anderes zu machen. Doch ich konnte jetzt nicht aufhören, ich musste kämpfen, meine Freunde brauchten mich.

„Lucy, Saphira, Alex! Haltet die Stellung, ich brauche kurz Ruhe", befahl Ryder. Entfernt vernahm ich daraufhin ein einheitliches „Verstanden!", bevor Ryder seine Hand schmerzvoll fest um mein Knie drückte.

Ich biss mir auf die Lippe und versuchte, die Hand von mir runterzubekommen, während eine kalte Flüssigkeit durch meinen Körper strömte. Die Welt vor meinen Augen verschwand und ich fragte mich, warum Ryder das tat. Warum brachte er mich um? Warum hatten die anderen nichts dagegen?

Doch dann ließ der Schmerz nach und frische Luft erfüllte meine Lungen, während mein Blick wieder klar wurde und neue Energie durch meinen Körper jagte.

Fragend schaute ich Ryder an.

„Wasser", erklärte er locker. „Es ist gut für die Heilung, aber deine Wunden sind nicht ganz verheilt, nur ausreichend für den Rest des Kampfes."

Während er mir hoch half, gab er mir einen meiner Pfeile, den er wahrscheinlich aus einem toten Schattenkrieger gezogen hatte. Er bedachte mich dabei mit einem Blick, der mir sagte, ich solle ihn gut benutzen.

Ich wollte ihm danken, doch dann hörte ich Saphira rufen: „Passt auf!"

Ryders Augen wurden groß vor Schock.

„Nein!", schrie ich, als sich seine Augäpfel nach innen drehten, er auf die Knie sank und zur Seite fiel. Blut triefte aus seinem Mund und seinem Bauch, wo der Schattenkrieger, der nun vor mir stand, ihm seine Krallen hineingerammt hatte. Wütend und ohne nachzudenken holte ich mit meinem Bogen aus und zog ihn ihm über den Kopf. Er flog zurück in die Arme von Saphira, die seinen Kopf zur Seite drehte und sein Genick brach. Leblos sank der Krieger zu Boden.

„Ryder", schluchzte Saphira und stolperte zu ihm. Sie sank neben ihm nieder und weinte.

Wut brannte sich in mich. Wie können sie es wagen? Wie können sie es wagen, meine Freunde zu verletzen?

Ich knurrte wütend, lief zu Saphira und hievte sie hoch. Wir hatten jetzt keine Zeit, seinen Tod zu bedauern, denn die nächsten Krieger stürzten sich schon auf uns.

Für einige Zeit konnte ich Saphira beschützen und die Schattenkrieger mit meinem Bogen abwehren, ohne den Pfeil zu benutzen, den ich für jemand weitaus Besseren zur Seite gelegt hatte. Doch dann wurden es zu viele und ich zog Saphira an mich und brüllte ihr ins Ohr: „Reiß dich zusammen und mach, dass sein Tod nicht sinnlos war!"

Dann ließ ich sie los und stach einem neuen Angreifer meine Bogenspitze ins Auge. Der Krieger taumelte zurück und ich verpasste ihm noch einen Schlag, bevor ich ihm meinen Pfeil in die Brust rammte und ihn wieder rausriss. Ich verwandelte mich in den Schneeleoparden, zerfetzte einige Schattenkrieger mit meinen Krallen, doch dann fiel mir etwas ein und ich schaute zum Himmel.

Was ist, wenn er die ganze Zeit schon da war?

Ich bekam eine Idee und merkte, dass ich Cayenne dafür brauchte, die wer weiß wo war.

„Lucy!", rief ich und schleuderte einen weiteren Krieger weg.

„Ja?", hörte ich Lucys Stimme von irgendwoher. In meinen Gedanken stellte ich ihr eine Frage, konzentrierte mich aber auf die Horde von Schattenkriegern, die mich angriff.

„Warum?" Ihre Stimme war jetzt näher als vorher.

Ich verwandelte mich und biss einem Krieger die Kehle durch. „Ich weiß, wo Shadow ist."

Und offensichtlich hatte Lucy Cayenne schon gerufen, denn die flog mit einem lauten Brüllen über uns her und zerquetschte bei ihrer Landung vor uns einige Schattenkrieger, bevor sie noch mal eine Ladung Feuer spie und die restlichen Angreifer um uns herum wegpustete.

Sie war verletzt und schwarzes Blut klebte an ihrem Mund, also ging ich davon aus, dass sie den anderen Drachen vernichtet hatte. Ich rannte auf sie zu und stieg auf ihren Rücken.

„Flieg hoch!“, rief ich ihr zu und sie folgte meinem Befehl.

„Ich weiß, wo Shadow ist, aber du musst mir jetzt vertrauen. Wir müssen durch die Schattenwolke am Himmel!“, erklärte ich ihr laut, um die Kampfgeräusche zu übertönen.

Als Antwort schnaubte sie und drehte sich zum Himmel, sodass wir senkrecht auf die Schattenwolken zustürmten.

Krieger sausten an uns vorbei, Jets ballerten durch die Gegend und einmal sah ich aus dem Augenwinkel Phinjeas, der schnappend und beißend einen Schatten nach dem anderen aus der Luft holte. Dann waren wir so nah an der Wolke, dass ich dachte, mein Trommelfell platzt vom Gekreische der Schatten.

Je höher wir flogen, umso besser erkannte man, dass die Wolke eigentlich keine Wolke war, sondern ein Haufen Schattenkrieger, die auf ihre Befehle warteten, um anzugreifen.

Sie werden kontrolliert. Und wer kontrolliert sie?

Shadow.

Also, wo ist Shadow?

Natürlich dort, wo er alles im Blick hat und sie am besten kontrollieren kann: In der Wolke.

Cayenne flog immer schneller.

Ihre breiten Flügel jagten uns durch die Masse an Schatten, bis wir eine gewaltige Figur in der Mitte des Ganzen sahen.

Shadows rote Augen leuchteten heller als die der anderen, seine gold-silberne Rüstung mit den Hörnern am Helm glänzte stolz und die schwarzen Flügel an seinem Rücken hielten ihn in der Luft.

Er sah uns nicht, als wir in einiger Entfernung von ihm immer höher flogen, doch an seinen Bewegungen erkannte man, dass er die Schattenkrieger wieder neu formierte und selbst bewegte.

Cayenne sah ihn auch, da war ich mir sicher, doch wir waren zu weit weg, als dass ich ihn mit meinem Pfeil hätte abschießen können. Cayenne änderte auch nicht die Richtung, um ihn anzugreifen, sondern flog höher und höher durch die Schatten hindurch. Ohne Shadows Befehl konnten sie uns nicht angreifen, also flatterten sie bloß verwirrt zur Seite oder fauchten uns an, wenn wir zu nahe kamen. Ich klammerte mich an Cayenne fest und auch wenn ich nicht genau wusste, was sie vorhatte, vertraute ich ihr.

Die Schattenwolke schien nie zu enden, doch irgendwann erstarben die Schreie und die dünne Luft machte mir das Atmen schwer. Die Sonne jedoch schien hier oben auf meinen Körper.

Wir waren über den Schattenwolken.

Die Sonne am Horizont tauchte den Himmel in einen orangenen Ton. Trotz Cayennes Wärme war es eisig kalt hier oben und der kühle Wind umhüllte uns. Der Tumult unter uns war wie eine weit entfernte Erinnerung. Ich konnte nicht glauben, dass unter uns ein Kampf stattfand. Und wenn, dass er wichtig war. Hier war alles gut, rein, hell – und ich vergaß, was unter uns stattfand, während Cayenne und ich gemeinsam hier oben umherdrifteten.

Ich fühlte mich leicht. Alles Geschehene ein unrealer Traum.

Hier war nur die Sonne, eingerahmt von weißen Wolken.

Doch dann, wie in einer Achterbahn, drehte Cayenne ihren Körper so, dass wir kopfüber auf das Schattenmeer schauten.

Ich spannte meinen Pfeil.

Atmete tief durch.

Cayennes Flügel schlugen kräftig. Noch hielten sie uns oben.

Plötzlich wusste ich, dass das hier mein letzter Flug war.

Mein Herz pochte. Erstaunlich ruhig für das, was auf uns zukam.

Mein Blut rauschte. Ich spürte die Muskeln des Schneeleoparden in mir und hörte sein Grollen.

Ich hatte keine Angst. Alles war dumpf.

Unreal.

Ich dachte an Mexx. Das Versprechen.

Dachte an meine Eltern, an all die Menschen, für die ich das hier tun würde. An Alice.

Hoffte, dass sie alle wussten, wie sehr ich sie liebte. Hoffte, sie wüssten, dass ich mein Leben opfere für alle Menschen auf dieser Erde. Zwei Leben gegen 7.284.283.000 plus neun Anemanier.

Cayenne legte ihre Flügel an.

Stille.

Wir fielen, kopfüber.

Wind zerrte an mir und ich krallte mich an Cayenne fest. Ich erinnerte mich an das eine Mal, wo ich im Freizeitpark im „Freien Fall“

mitgefahren war. Es hatte sich genauso angefühlt. Nur hatte ich dort nicht dem Tod entgegengeblickt.

Wahrscheinlich würde ich sterben.

Mit einem Mal waren wir wieder in der Dunkelheit der Schatten und die Schreie ertönten in meinen Ohren.

Ich hörte mein Herz rasen und das Blut rauschen. Die Luft wollte nicht in meine Lungen kommen. Ich konnte nicht mehr klar denken, doch als Shadow in meinen verschwommenen Blick kam, funktionierte mein Körper wie auf Autopilot. Ich nahm den Pfeil von Ryder und spannte ihn auf den Bogen.

Wir kamen näher.

Seine roten Augen waren plötzlich auf mich gerichtet.

Cayenne brüllte.

Rote Flammen schossen in mein Bild und Hitze umgab mich, doch ich sah Shadow und ich spannte fester, zielte auf seinen Kopf.

Und dann ließ ich los.

Ich sah den Pfeil auf ihn zurasen.

Er verschwand in den Flammen, genau wie Cayenne und ich.

Ein lauter Knall war zu hören.

Es brannte. Mein Körper wurde in Feuer getaucht. Hitze leckte an meiner bloßen Haut.

Alles, was ich spürte, war Schmerz.

Wir wurden zurückgeschleudert.

Ich hörte schmerzerfüllte Schreie. Ich glaube, es waren meine eigenen.

Es tat so weh. Bitte mach, dass es aufhört, flehte ich.

Ich spürte Tränen meine Wangen runterlaufen, sie waren kühl auf meiner verbrannten Haut.

Alles brannte.

Es tat so weh. Oh Gott, es tat so weh!

Müdigkeit und Verzweiflung schlichen sich in mich und dann war es vorbei.

Der Schmerz war weg.

Eine warme Hand berührte meine Schulter und ein vertrauter Duft erfüllte meine Nase. Der Duft von Honig und warmen Sand.

Ich öffnete meine Augen.

Ich stand in einem weißen Raum.

Ein warmer Atem lag an meinem Ohr und kitzelte mich am Hals.

„Du hast es versprochen", ertönte die dunkle Stimme in meinem Ohr.

Dicke Tränen bildeten sich in meine Augen.

„Ich weiß", wisperte ich mit bebender Unterlippe.

„Du hast versprochen, dass du auf dich aufpasst."

Pause.

„Wir wollten zusammen sein. Ich wollte mit dir zusammen sein, für immer. Ich dachte, du wolltest das auch."

Verzweiflung und Trauer lag nun in seiner Stimme und ich wollte mich nicht umdrehen. Ich konnte ihm nicht in die Augen schauen.

Schuldgefühle machten sich in mir breit. Ich hatte das Gefühl, ihn verraten zu haben.

„Mexx, bitte. Ich hatte keine Wahl", versuchte ich es.

„Du hast immer eine Wahl, Layla. Du hättest es jemandem sagen können. Lucy oder James oder jemand anderem von der Truppe. Du hättest es nicht selbst machen müssen." Seine Stimme war plötzlich ernst, ohne Emotionen. „James war bereit zu sterben. Das hat man in seinen Augen gesehen. Sie haben viel länger gelebt als du, Layla. Das ist nicht fair. Sie hätten sterben sollen, nicht du."

„Das ist selbstsüchtig", erwiderte ich.

Mexx würde so etwas nie sagen. Er würde so etwas nie tun. Das ist nicht Mexx neben mir. Oder doch?

„Es ist mir egal, ob das selbstsüchtig ist, Layla. Ich liebe dich. Oh Gott, wie sehr ich dich liebe! Wie sehr ich Alice geliebt habe! Und jetzt seid ihr nicht mehr da und ich bin allein!" Da war wieder Verzweiflung in seiner Stimme. „Ich bin so allein!"

Er weinte.

Ich wollte ihn nicht angucken. Ich wollte nicht in sein trauriges Gesicht gucken.

Er brüllte neben mir.

„Ich bin so allein!", schrie er, „Ich bin so allein!"

Und dann verebbte die Stimme und ich drehte mich um. Mexx war nicht da.

Tränen rollten meine Wangen runter.

„Mexx!", schrie ich.

Ich war so allein.

Ich schloss meine Augen und ließ mich fallen.
Weißes Licht.
Ich griff danach.
Wunderschön, dachte ich und ließ mich gehen.

17. Kapitel

Gedämpfte Stimmen hallten durch meinen Kopf und ich stöhnte.

Meine Augen öffneten sich, obwohl ich zu benommen war, um wirklich zu spüren, was mein Körper tat. Helles Licht brachte mich zum Blinzeln und dunkle, verschwommene Gestalten zeichneten sich dagegen ab. Ich stöhnte noch mal und lag plötzlich auf der Seite. Langsam kam das Gefühl wieder in mich zurück.

Ich spürte harten Boden unter mir. Meine Finger glitten über rauen Asphalt, während ich versuchte, sie zu bewegen. Ich hustete schwer und merkte, wie trocken mein Hals plötzlich war. Ich drückte meine Augen fest zusammen und versuchte, meine Benommenheit abzuschütteln. Die Stimmen wurden klarer, genau wie das Bild vor mir.

Ich lag auf etwas Weichem, Warmem. Vor mir befand sich eine Menge Schutt. Einige rauchende Häuser mit zerschmetterten Fensterscheiben und halb abgerissenen Dächern bemerkte ich aus dem Augenwinkel. Ich hustete noch mal.

Vertraute Stimmen waren um mich herum, die ich nicht ganz zuordnen konnte, als ich mich versuchte aufzusetzen, jedoch von kräftigen Armen festgehalten wurde.

Ein warmer, vertrauter Duft umhüllte mich, als mich die Arme plötzlich fester umschlangen.

„Mexx", röchelte ich. Mein Hals war so trocken.

„Layla! Oh mein Gott! Ich dachte, ich hätte dich für immer verloren!", schluchzte Mexx in meine Schulter.

Ich erwiderte seine Umarmung und drückte ihn fest an mich, als immer mehr von dem Geschehenen zurück in mein Gedächtnis kam.

„Ich auch", wimmerte ich leise in sein Ohr und spürte, wie eine Träne meine Wange runterkullerte. Dann drückte ich mich von ihm und seufzte.

„Wie kann das sein? Wie kann ich noch leben?", schniefte ich und schaute mich um.

Neben mir saß Cayenne, sie sah genauso verwirrt aus wie ich.

„Wir leben", keuchte sie und schaute mich an. Sie war voller Staub, aber auf ihrem Körper war keine einzige Wunde.

Ich bemerkte auch die anderen. James, Phinjeas, Joschy, Chris, Thylo, Wilko, Saphira und Alex. Sie waren um uns herum, schienen glücklich, lächelten, umarmten uns und freuten sich.

Lucy fehlte.

Mexx half mir auf und James Cayenne.

„Ihr habt uns gerettet", sagte James und schaute uns beide lächelnd an. Ich glaubte, ich hatte ihn noch nie so glücklich gesehen. Er umarmte Cayenne fest und sie ließ ihn nicht mehr los.

„Was ist passiert?", wollte sie wissen und weinte. Ich wusste nicht, ob es Erleichterung war oder Freude, aber dadurch kamen auch noch mehr heiße Tränen in meine Augen.

„Vier Kristalle, vier Anemanier und vier Elemente vereint. Die Prophezeiung hat sich erfüllt."

Erschrocken drehten wir uns zu der neuen Stimme um. Obwohl sie mir bekannt vorkam, wusste ich nicht mehr, wo ich sie gehört hatte.

Vor uns stand plötzlich ein wunderschöner, junger Mann mit weißen Haaren und Augen, die leuchteten wie die Sterne. Er war muskulös und trug neben einer normalen Jeans und einem simplen schwarzen T-Shirt einen weißen Umhang, der aussah, als käme er aus der Zeit der Römer. Er wurde begleitet von einem großen, goldenen Löwen und trotz seines weichen Lächelns und seiner freundlichen Augen spürte man seine Macht wie tosende Wellen um uns herumströmen.

Die anderen Anemanier sogen scharf die Luft ein, als sie ihn sahen, und neigten respektvoll die Köpfe und mit einem Mal wusste ich, dass das Saronix war, der Herrscher über Dragonier.

„Ich kenne dich", sagte Mexx. Ich schaute ihn fragend an.

„Du auch?"

Saronix richtete seinen Blick auf uns. „Ich besuchte euch in eurem Traum und half euch, eure anemanische Kraft zu entdecken", erklärte er mit einer ruhigen und weisen Stimme, die von Wissen und Macht sprach, aber auch von Freundlichkeit und Gerechtigkeit.

So viele Fragen schwirrten in meinem Kopf, doch als ich meinen Mund öffnete, um etwas zu sagen, brachte sein Blick mich wieder zum Schweigen. Er lächelte mich an und irgendwie wusste ich, dass sich meine Fragen noch klären würden.

Cayenne und ich lebten und hatten trotz allem keinen einzigen Kratzer, Lucy war nicht da und irgendwie hatte ich das ungute Gefühl, dass sie gestorben war. Die anderen waren verletzt, doch keiner schien in Lebensgefahr zu schweben. Und dann war da Saronix, Herrscher über Dragonier, der ... was wollte? Uns gratulieren? Der hätte gerne mitkämpfen können, dachte ich.

Ich zuckte zusammen, als plötzlich jemand von oben heruntergeflattert kam und neben Saronix landete.

Wo waren eigentlich Paradies und Phantasy?

„Wir haben sie gefunden, mein Herr", sagte der braunhaarige Junge mit den vier Flügeln, die aus seinem Rücken ragten, und kniete sich hin.

„Danke Cryses. Es wäre nett, wenn du uns zu ihnen führen könntest", sagte Saronix. Der braunhaarige Junge namens Cryses nickte und erhob sich, dann bedachte er uns alle mit einem Blick, um sicherzugehen, dass wir folgen würden, und ging voraus. Saronix lief voran, direkt nach ihm der Löwe, und dann, einer nach dem anderen, folgten auch wir ihm.

Wir alle schauten uns neugierig und verwirrt an, als wir durch die zerstörte Gegend liefen, obwohl Mexx und Thylo eher humpelten. Besorgt schaute ich Mexx an und stützte ihn.

Hin und wieder rauschte ein Flieger über uns vorbei und einzelne Menschen waren auf den Straßen zu sehen, die weinten und im Schutt nach Überlebenden suchten. Ich schluckte schwer, während wieder heiße Tränen in meine Augen quollen, doch ich biss meine Zähne zusammen und war froh, als wir weiter vor uns zwei junge Mädchen sahen, die uns ruhig anschauten.

Eines war groß und blondhaarig mit blausilbernen Augen, das andere kleiner und braunhaarig mit saphirblauen Augen.

„Selene, Bayla", neigte Saronix respektvoll seinen Kopf.

Sie lächelten beide und deuteten auf den Boden.

Ein Mann lag dort. Er hatte braune Haare und die gleiche Hautfarbe wie Cayenne, seine braunen Augen starrten ins Nichts und Blut strömte aus einer Wunde am Kopf, wo mein Pfeil steckte.

„I-ist das Shadow", wisperte ich und hatte plötzlich einen Klumpen im Hals.

Saronix nickte.

„Das ist mein Vater", sagte Cayenne, doch es war kein Vorwurf, sondern nur eine Feststellung.

„Es tut mir leid", entschuldigte ich mich und schaute sie an.

Sie lächelte, als sie meinen Blick erwiderte.

„Muss es nicht. Er war böse.“ Es schmerzte, zu hören, dass eine Tochter so etwas über ihren eigenen Vater sagen musste.

„Sind das die Drachenkristalle?“, fragte James plötzlich.

„Ja, genau deshalb sind wir hier“, erklärte Saronix.

Und erst jetzt fiel mir auf, dass um Shadow herum vier silberne Drachenfiguren lagen, deren Kristallaugen in unterschiedlichen Farben leuchteten: Rot, Blau, Gelb und Grün.

„Das sind die Kristalle, die euren Planeten zusammenhalten?“, wollte ich wissen.

Cayenne nickte.

„Werden sie euch wieder zurück nach Dragonier bringen?“, fragte ich weiter.

Cayenne nickte abermals und schaute mich dann an. In ihren Augen lagen Abschied und Trauer. Meine Unterlippe begann wieder zu beben.

„Wie werden wir das anstellen?“, wollte Joshy wissen und kam einen Schritt nach vorne.

„Mit Hilfe der Prophezeiung“, erklärte Saronix.

„Die du vorhin genannt hast?“, fragte Thylo.

„Genau die“, erwiderte der Herrscher.

„Das Feuer des Drachen wird über sie wachen“, murmelte Alex neben mir.

„Cayenne!“, rief ich. Sie guckte mich fragend an.

„Nein, nein. Das Feuer des Drachen wird über sie wachen. Damit bist du gemeint, Cayenne. Du kannst dich in einen Drachen verwandeln, was bedeutet, dass du die Drachenkristalle beschützen musst“, erklärte ich und war ganz aufgeregt, weil ich es verstanden hatte.

„Das stimmt“, sagte die Blondhaarige und hob die Drachenfigur mit den roten Kristallaugen auf.

„Dieser Kristall steht für das Element Feuer. Für Wärme, Energie und Licht. Er gehört dir“, erklärte sie und ging auf Cayenne zu.

„Niemandem gehören die Drachenkristalle“, erwidert Cayenne und schaute dann fragend zu Saronix.

„Doch, aber nur dem, der sie kontrolliert. Selene hat recht, Cayenne. Dieser gehört dir. Ich habe dich ausgewählt, ihn zu kontrollieren“, versicherte ihr Saronix.

Cayenne schaute ihn eine Sekunde lang erstaunt an, dann trat sie nach vorne und Selene legte ihr die Drachenfigur auf die Handfläche.

Die Augen des Steindrachen leuchteten rot auf, als er sich plötzlich bewegte und sich über Cayennes Arm schlängelte, bis er um ihre Hüfte lag wie ein Gürtel, das Schwanzende als Verschluss um seinen Hals geschlungen.

Dann kam Saronix auf sie zu, legte ihr den Zeigefinger auf die Stirn und malte ein Symbol darauf. Als er fertig war, leuchtete diees auf, als hätte er es wirklich gemalt, und ein Drache aus Feuer erhob sich hinter Cayenne, der genauso schnell verschwand, wie er erschienen war.

„Cayenne, hiermit erkläre ich dich zum Beschützer der Drachenkristalle und zur Herrscherin des Feuerkristalls", sagte er.

Wir klatschten und Cayenne lächelte.

Wir lösten die Prophezeiung weiter. „Das Wasser des Wolfes trägt sie bis an die Spitze des Dolches", sagte Thylo.

Damit war James gemeint. Seine Verwandlungsgestalt war der Wolf und es waren seine Worte gewesen, die uns in den Kampf geleitet hatten. Er bekam den Drachenkristall mit den blauen Augen, der für das Element Wasser stand, für Heilung und Leben.

„Die Erde des Panthers und die Luft des Tigers vereint die Herzen eines jeden Kriegers", ergänzte Chris.

Es dauerte nicht lange, da wussten wir, dass dieser Satz für Phinjeas und Joshy stand. Ihre Verwandlungstiere waren der Panther und der Tiger und es war jener Kampf gewesen, der die letzten Streitigkeiten in unserer Gruppe beseitigt hatte, in dem wir Joshy gefunden hatten.

Phinjeas bekam den Drachenkristall mit den grünen Augen, der für die Erde stand, für Stärke und Wissen. Joshy bekam den letzten mit den gelben Augen – das Element Luft, das für Geschmeidigkeit und Balance stand.

„Und wenn man ihn wird wieder erwecken, dann wird uns das weiße Fell eines reinen Herzens vor dem Schatten erretten", beendete Saronix und schaute mich mit seinen weisen Augen an.

Ich war sprachlos. Alle schauten mich an und dann begannen sie alle einer nach dem anderen zu klatschen und zu jubeln. Der Kampf war beendet. Wir hatten gesiegt.

Durch die aufgeteilte Kraft der Drachenkristalle auf Cayenne, Phinjeas, Joshy und James konnten sie kontrolliert das Portal öffnen – und ich wusste, es war Zeit für den Abschied.

Cayenne kam auf mich zu.

„Danke für deine Hilfe“, sagte sie und lächelte. Eine Träne kullerte ihre Wange herunter. „Danke auch dir, Mexx.“ Sie schaute Mexx an und dieser gab ihr ein zuversichtliches Lächeln.

„Wir stehen in eurer Schuld“, fügte James hinzu und stellte sich neben Cayenne.

Wir verabschiedeten uns.

Es schmerzte, doch wir konnten nicht mit auf ihren Planeten und sie konnten nicht hier bleiben.

Lucy und Ryder hatten in dem Kampf ihr Leben verloren, das war nun sicher. Phantasy und Paradies waren verschwunden und keiner wusste, wohin.

Ich umarmte Cayenne, dann James und dann alle anderen. Wir weinten, weil wir uns kennengelernt hatten und enge Freunde geworden waren, doch nun wieder auseinandergehen mussten.

Cayenne, James, Phinjeas und Joshy stellten sich weit auseinander und bildeten ein Viereck.

Die Kristalle in ihren Drachenfiguren leuchteten auf, genau wie die Zeichen, die den vieren auf die Stirn gemalt waren.

Anemanische Zeichen für ihre Kraft.

Dann bildeten sich Drachen aus Feuer hinter Cayenne, Wölfe aus Wasser, Panther aus Erde und Tiger aus der Luft und sie strömten gen Himmel. Sie kreisten über unseren Köpfen, während ein heftiger Wind aufkam und das brausende Geräusch eines Stroms in unseren Ohren ertönte.

Es bildete sich ein gigantisches Loch am Himmel, umrandet von den Elementen in den Tierformen – und eine andere Welt war zu sehen.

Dragonier.

Ich lachte und küsste Mexx, während ich meine Arme um ihn schlang.

Einer nach dem anderen stellten sie sich unter das Portal und verschwanden.

Bevor Cayenne, Phinjeas, Joschy und James jedoch gehen konnten, kam Saronix noch einmal zu uns.

„Die Halbanemanier wurden vergessen, ich hoffe, ihr sucht sie und trainiert sie. Beschützt euren Planeten. Wir werden wiederkommen“, sagte er und dann teilte sich sein weißer Umhang. Federn formten sich in dem Stoff, bevor zwei gigantische, weiße Flügel aus seinem Rücken hervorkamen, seine Augen heller leuchteten als zuvor und er seine Arme ausbreitete.

„Die wahre Kraft liegt nicht im Zerstören, das kann jeder. Die wahre Kraft liegt im Wiederaufbauen. Jeden Tod wieder zum Leben zu bringen und jedes Halbe wieder zum Ganzen zu machen! Jeder Sturm zieht vorbei, jeder Nacht folgt ein Tag und jeder Schatten zieht vorüber, doch die Sterne strahlen immer, auch wenn du sie nicht siehst!", sagte er laut und ich dachte, ich spinne, als aus seinen Händen ein goldener Strahl kam, der uns alle überspannte.

Für einige Zeit war ich geblendet und musste die Arme vor meinen Augen verschränken, doch dann erfüllte mich ein warmes Gefühl und alle Müdigkeit war wieder aus meinem Körper verschwunden.

Als ich meine Augen öffnete, waren sie weg und eine Leere öffnete sich in meinem Körper, die ich mühsam versuchte zu ignorieren. Es war das Richtige.

Die Menschen jubelten. Ich nahm Mexx' Hand und drückte sie fest.

Er drehte mich zu sich und wir schauten uns an.

Dann küsste ich ihn. Denn obwohl unsere Freunde nun weg waren, hatten wir uns.

Und wir hatten es geschafft. Wir hatten die Welt gerettet.

Nun hatten wir eine neue Aufgabe. Wir mussten Phantasy und Paradies suchen und den Erhalt der Halbanemanier sichern, damit wir vorbereitet waren auf das, was noch auf uns zukam.

Auf der Erde wurde eine ganz neue Rasse entdeckt. Die Halbanemanier hatten eine große Macht auf diesem Planeten und ihre Art musste von den Menschen erst mal akzeptiert werden. Im Moment wurden wir noch als Helden gefeiert, aber wie schon immer würde es Menschen geben, die Angst vor uns hatten. Es würde Vorurteile und Rassismus geben und böse Mächte, die versuchten, diese Macht zu missbrauchen. Wir mussten uns erst daran gewöhnen, aber bevor Normalität einkehren konnte, hatten wir noch einiges vor uns.

Epilog

„Die Erde, Dragonier und Faraley.

Geschwisterplaneten.

Obwohl Dragonier und Faraley viel größer sind, haben sie dennoch so viele Ähnlichkeiten, dass man sie als Geschwisterplaneten bezeichnet.

Und schon seit Beginn ihrer Existenz kreuzten sich ihre Geschichten.

Menschen, Anemanier und Tresalteses wurden im Kampf gegen das Böse vereint. Göttersagen entstanden und Legenden wurden erzählt – von Helden, die einst die Dunkelheit bekämpften.

So, wie in der Steinzeit einige Höhlenmalereien darauf basierten und bei den Stämmen von Göttern die Rede war, so, wie eines Tages die Indianer und Aborigines ihre Sagen auf dieser Grundlage schufen, so entwickelten sie sich weiter. In der ägyptischen, indischen, chinesischen sowie der übrigen asiatischen Mythologie, bei der makedonischen und der des Seleukidenreiches, von Afrika über Rom bis hin zum Norden war immer wieder die Rede von menschen- oder tierähnlichen Wesen mit besonderen Kräften, die sie als Götter bezeichneten.

Doch vor allen Dingen in der griechischen Mythologie spielten die Anemanier eine große Rolle. In allen Mythen der Menschen, die sich mit der Zeit weiterentwickelten und bald schon so viele neue, erfundene Geschichten dazu bekamen, dass sie irgendwann nur noch als Sagen dargestellt wurden, an die man vielleicht glaubte, aber bei denen jeder wusste, dass sie nicht wirklich existierten.

Überall dort war doch ein Funke Wahrheit.

Jedes Mal, wenn ein Schatten auf Dragonier entstand, wurden die auserwählten Anemanier auf die Erde geschickt, um dort gegen ihn anzutreten. Große und auch kleine Schlachten fanden statt und sie nahmen ihren Lauf und schrieben sich in die Gedächtnisse der Menschen ein. Dasselbe gilt für die Bewohner von Faraley, auch sie kamen mit ihrer Finsternis immer wieder auf die Erde.

Die größten Schlachten waren jedoch vor allen Dingen die, die auch in der griechischen Mythologie erwähnt wurden.

Der Kampf von Zeus, Hades und Poseidon gegen Kronos.

Die drei auserwählten Brüder gegen ihren Vater und der darauffolgende Krieg zwischen Zeus und Poseidon gegen Hades.

Um die Erde zu beschützen, ließ Zeus einige Anemanier auf ihr zurück, die sich dort unter das Volk mischten und schon bald vergessen wurden. Sie verliebten sich in Menschen und zeugten Kinder, die sogenannten Halbanemanier.

Auch die Tresalteses hinterließen einige ihrer Krieger auf der Erde, die sich noch heute unter uns befinden.

Anfangs wurden sie trainiert, damit ihre Gaben erhalten blieben und die Erde sicherer wäre. Doch schon in der frühen Renaissance, als die Götter bereits Sagen waren und Übermenschliches zu Hexerei erklärt wurde, begannen die Menschen, Jagd auf sie zu machen.

Von alten Märchen über Drachen und Feen bis hin zu Werwolf- und Vampirgeschichten wurden sie in Gut und Böse eingeteilt und vernichtet – selbst die Guten.

Also verheimlichte man die Gaben und damit die Kinder sicherer waren, wurde auch ihnen nichts von ihrer Kraft erzählt. So vergaß man sie und auch diese Wahrheit wurde zum Märchen.

Nur auf Dragonier und Faraley wusste man noch über sie Bescheid, doch kannte man ihren Aufenthaltsort nicht, weshalb sie bis zu der Ära von Cayenne, Phinjeas, Joshy und James auch dort nicht mehr zu existieren schienen.

Ihre Heldentaten wurden nie vergessen."

Mit diesen Worten beendete ich meine Lektion und schaute mich in meinem Klassenzimmer um. Die Kinder schienen diese Geschichte erst mal verarbeiten zu müssen. Einige schrieben sich etwas auf, andere schauten gelangweilt aus dem Fenster und wieder andere starrten mich erwartungsvoll an.

Ich musste lächeln.

Seit dem Kampf in Miami hatten Mexx und ich alles getan, um diese Schule aufzubauen. Sie sollte dazu dienen, Halbanemaniern zu helfen, ihre Kraft zu kontrollieren und zu akzeptieren. Wir wussten zwar, dass es auch Halbtresalteser auf dieser Welt gab, doch sie blieben uns verborgen. Daher sagten wir der Öffentlichkeit nichts und hielten weiterhin Ausschau.

Etwas Größeres würde kommen und dafür benötigten wir alle Kräfte.

Damit die Halbanemanier eine Chance auf eine Ausbildung trotz ihrer Andersartigkeit hatten und um uns auf den nächsten Kampf vorzubereiten, errichteten wir diese Schule. Denn obwohl die Menschheit uns erst als Helden feierte, bekamen sie Angst. Immer mehr Halbanemanier wurden entdeckt und die steigende Anzahl beunruhigte sie. Sie bekamen Angst vor dem, was wir tun könnten, und vergaßen, was wir für sie getan hatten.

Es entstanden Organisationen, die gegen Halbanemanier protestierten, Terroranschläge verursachten – und bald schon fanden wir uns in einer Situation, in der wir mehr und mehr um unsere Rechte kämpfen mussten.

Dieser Kampf würde noch sehr lange dauern, vielleicht würden wir nie ganz akzeptiert werden. Aber wir taten, was wir konnten, und so lange dies der Fall war, würde unsere Schule die Halbanemanier beschützen.

Niemand wusste, wo wir waren oder ob diese Schule ein Mythos war oder nicht. Eins war klar: Wir würden alles darum geben, dass niemand, dem es nicht bestimmt ist, herausfand, wo unsere Schule lag.

Ich wurde aus meinen Gedanken gerissen, als der Finger eines Schülers in die Luft schoss.

„Ja, Peter?“, nahm ich ihn dran.

„Was ist dann eigentlich mit Cayenne, Joshy, Phinjeas und James passiert? Und wer ist Saronix eigentlich, was hat er gemacht?“, fragte der Junge mich neugierig.

Ich lächelte ihn warm an.

„Diese Frage kann ich dir beantworten, sobald Milo“, und damit schaute ich den kleinen blondhaarigen Jungen warnend an, „endlich aufhört, im Unterricht mit seinen Kräften zu spielen. Du weißt, dass man das nicht darf.“

Milo duckte sich beschämt mit seinem Kopf weg und murmelte: „Entschuldigung, Miss Hefley.“

Ich nickte ihm zu und wandte mich dann wieder an Peter: „Cayenne, Joshy, Phinjeas und James wohnen auf Dragonier. Sie sind die Beschützer der Drachenkristalle im Auftrag von Saronix, dem Herrscher ihres Planeten.

Seine Geschichte begann schon im 5. Jahrhundert vor Christus mit dem Kampf von Zeus, Hades und Poseidon und langt von dort bis hin in die jetzige Zeit.

Auch er wurde in der Mythologie erwähnt und auch er war auf der Erde nur eine kleine Nebengeschichte in all ihren Erzählungen.

Er ist der Bruder von Nemesis und der Herrscher von Dragonier. Er rettete so viele Leben und kein Mensch schätzte es wert, denn auf der Erde war er nur Pegasus, das geflügelte Pferd, das Zeus die Blitze gebracht hatte und die Chimäre besiegte, dann jedoch gemeinsam mit den anderen Göttern auf den Olymp zurückkehrte, der bei den Anemaniern auch als Heimatplanet Dragonier bezeichnet wird."

Ich erzählte ihnen die ganze Stunde lang von den Geschichten der Anemanier. Immer mehr wird sie erforscht und immer mehr kommt zum Vorschein, doch ihre Geschichte ist nie zu Ende.

„Miss Heffley?"

Ich schaute zur Tür, wo der Kopf eines jungen Mannes hervorlugte.

„Ja, Lukas?", fragte ich neugierig.

Er räusperte sich und stellte sich richtig hin.

„Wir haben es gefunden", nickte er mir zu.

Erschrocken und zugleich auch erstaunt hob ich meine Augenbrauen.

„Ist das so?" Ich hatte gedacht, es würde noch viel länger dauern, hatte schon fast erwartet, ich wäre zu diesem Zeitpunkt dann nicht mehr am Leben, doch nun schien es komplett anders.

„Ja", bestätigte Lukas.

Ich erhob mich hinter meinem Schreibtisch und mit großen, entschlossenen Schritten ging ich auf ihn zu.

Ohne zu warten, ob ich da war oder nicht, drehte sich Lukas um und lief den Flur entlang.

Ich gab den Kindern frei und folgte ihm. Mit schnellem Gang gingen wir die Treppe herunter, den Flur entlang und dann in den Raum 001.

Mitten in dem Raum stand ein Tisch. Mexx, Miss Abbington und Doktor Filsch waren alle schon am Platz und schauten mich erwartungsvoll an.

Lukas und ich ließen uns in den Sitzen nieder, bevor ich fragte: „Wie ist der Stand?"

„Wir waren auf einer Expedition in China, da fanden wir diese Tafeln in einem alten Tempel. Sie waren beschützt von Drachenfiguren, die uns umbringen wollten, aber wir haben die Herausforderung gut gemeistert und sind mit den Schätzen zurückgekommen. Wir haben kurz darauf Miss Abbington kontaktiert, die durch ihre anemanischen Kräfte die Schriften übersetzen konnte, und wir fanden es heraus. Es handelt sich tatsächlich um Faraley und die Tresalteses. Sie gibt es wirklich und hier liegt der Beweis."

Mister Filsch schob mir die Tafeln zu und ich begutachtete sie mit intensivem Blick.

„Keine Fälschung?", fragte ich.

Miss Abbington schüttelte den Kopf.

„Niemand sonst könnte sowas wissen oder sich ausdenken. Der ganze Tempel hat von großen Mächten vergangener Zeiten gesprochen und bevor wir dort rein gegangen sind, hieß es in dem Dorf, dass sich bis jetzt noch niemand da reingetraut habe. Ich denke, wir wären tot gewesen, wenn wir nicht unsere anemanischen Kräfte hätten. Es schien, als habe der Tempel das gespürt und uns deshalb durchgelassen. Es spricht von einer Zeit, in der alle drei Planeten verbunden waren und davon, dass sie es bald wieder sein werden."

„Also müssen wir davon ausgehen, dass auch die Dunkelheit dieser Legenden wahr ist", murmelte ich.

„Es scheint so", erwiderte Mister Filsch. „Wir können natürlich nur spekulieren, aber die anderen Prophezeiungen, die wir gefunden hatten, waren auch wahr, also müssen wir davon ausgehen, dass diese es ebenfalls ist."

Ich seufzte. „Das Abenteuer hat kein Ende", grinste ich breit.

„Es spricht von zwei Jungen, die beide um dieselbe Zeit geboren werden und das Band der Planeten wieder herstellen", flüsterte Miss Abbington.

Ich nickte.

„Wir halten nach ihnen Ausschau und geben ihnen die nötige Unterstützung, wenn sie sie brauchen, doch etwas anderes können wir nicht tun", seufzte ich.

„Die Geschichte schreibt sich selbst", murmelte Mexx.

„Und sie geht immer weiter", beendete ich seinen Satz.

Denn die Zeit floss immer weiter und die Zeit war eine unendliche Geschichte.

Oder besser gesagt: Da ist ein Ende zu jeder Heldengeschichte und wenn da ein Ende ist, dann ist da auch ein Neuanfang. Mit jedem Neuanfang entsteht eine Legende und mit jeder Legende eine neue Geschichte, die erzählt werden möchte.

Und so läuft die Geschichte der Planeten der Nacht immer weiter.

Danksagung

Wie viele andere Autoren vor mir musste auch ich feststellen, dass ein Buch zu schreiben kein Kinderspiel ist. Es erfordert viel Zeit, Geduld und Ausdauer. Dennoch ist es für mich jedes Mal etwas Großartiges, zu sehen, wie sich die Welt, die ich so lange in meinem Kopf aufbewahrt habe, die ich bis ins Feinste durchgedacht und bearbeitet habe, auf den Seiten langsam zu etwas formt, an dem jeder Mensch teilhaben kann. Es ist ein tolles Gefühl, wenn sich die eigenen Charaktere immer weiterentwickeln und sich neue Türen in der Geschichte öffnen, die man selbst gar nicht so erdacht hatte.

Letzten Endes habe ich das Abenteuer, das sich über sieben Bände abspielt, erfunden und geschrieben – doch wer weiß, was gewesen wäre, wenn ich nicht meine Freunde und meine Familie zur Unterstützung gehabt hätte ...

Hiermit danke ich ganz besonders meinem Bruder Alex, dessen Loyalität gegenüber seiner Familie und seinen Freunden so manchen Charakteren in meinem Buch den letzten Kick gegeben haben und dessen gutes Herz mich immer daran erinnert hat, was einen wahren Helden ausmacht.

Ich danke auch seinen Freunden Chris, Thilo und Wilke, die gemeinsam mit ihm zu den vier Jungs Alex, Thylo, Wilko und Chris in meiner Geschichte geworden sind und somit einen großen Beitrag zu meinem Buch geleistet haben, denn ich benötigte unbedingt noch Krieger, die am Ende im großen Kampf gegen Shadow antreten würden.

Auch danke ich meiner Freundin Luka, die als Lucy in meiner Geschichte auftaucht und mir so einige Male aus der Patsche geholfen hat, als ich einfach nicht mehr weiter wusste.

Ich danke meinem Papa, der mich immer unterstützt und mir durch seinen Beistand beigebracht hat, dass, wenn man nur daran glaubt, alles möglich ist und man mit viel Arbeit und Durchhaltevermögen seine Träume erfüllen kann.

Aber vor allen danke ich meiner Mama und Ines!

Ich danke meiner Mama für alles, was sie bis jetzt für mich getan hat, ohne sie wäre ich nie so weit gekommen. Und ich danke Ines, die sich mit mir zusammen an mein Buch gesetzt hat, als es am Anfang von einer elfjährigen Hand geschrieben war und keinerlei Sinn gemacht hatte. Sie hat mir geholfen und die Motivation gegeben, mich noch mal an das Buch zu setzen und es zu dem zu machen, was es heute ist!

Und zu guter Letzt danke ich natürlich dem Brighton Verlag von ganzem Herzen, dass sie es mir ermöglicht haben, meine Arbeit mit der Welt zu teilen!

Danke!

Natalie Peracha wurde am 06.04.1999 in Frankfurt am Main geboren und lebt seit ihrem vierten Lebensjahr in Münster. Sie ist achtzehn Jahre alt und machte dieses Jahr ihr Abitur.
Sie fand schon früh großes Interesse in Büchern und schrieb als kleines Kind schon immer gerne Geschichten.
Im Jahr 2012 gewann sie mit einer ihrer Kurzgeschichten, „Friends of Dragon", beim Osteuropa-Wettbewerb und veröffentlichte mit vierzehn das Hörbuch „Silentium", das aus einer weiteren ihrer Kurzgeschichten entstanden ist.

Der Familienbetrieb

Brighton Verlag® GmbH

***... hat es sich zur Aufgabe gemacht, Bücher und Filme zu veröffentlichen,
die eventuell von großen Verlagen oder dem Mainstream nicht erkannt werden.
Besonders wichtig ist uns bei der Auswahl
unserer Autoren und deren Werke:
Wir bieten Ihnen keine Bücher oder Filme an,
die zu Tausenden an jeder Ecke zu finden sind,
sondern ausgewählte Kunst, deren Wert in ihrer Einzigartigkeit liegt
und die damit – in unseren Augen – für sich selbst sprechen.
Wir sind davon überzeugt, dass Bücher und Filme bereichernd sind,
wenn sie Ihnen Vergnügen bereiten.
Es ist allerdings unbezahlbar, wenn sie Ihnen helfen,
die Welt anders zu sehen als zuvor.***

**Die Brighton Verlag® GmbH sucht und bietet das Besondere –
lesen Sie selbst und Sie werden sehen ...**

Ihr Brighton® Team

Sonja Heckmann
Geschäftsführende Gesellschafterin
she@online.de

Jasmin N. Weidner
Assistenz Geschäftsführung
jasmin.weidner@brightonverlag.com

Ester Meinert
Leitung Vertrieb
ester.meinert@brightonverlag.com

Anne Merker
Sekretariat Brighton® Group
anne.merker@brightonverlag.com

Ernst Trümpelmann
Satz, Buch- & Covergestaltung
ernst.truempelmann@t-online.de

info@brightonverlag.com
www.brightonverlag.com